DV8

私家偵探2

紀蔚然

獻給　朱靜華

「在痛苦中，我們首次察覺到自己的生命，沒有了它便會了無生氣。」

——康德

目次

I 進度報告

1.

依舊天天散步，散步依舊，智者可以從走路獲得值得昭告世人的啟示，可惜我不是。

有時我會於散步途中猛然停下腳步，回想前一刻到底想些什麼，是哪些情緒讓步履愈加快速，像競走選手，像趕著救火的消防員，然而正於穩住身子那刻，先前水母般聚積腦海的雜念卻串通好似地瞬間溜得無影無蹤，情境好比乍醒後試圖綴合夢裡故事的線條，你愈使力，夢裡的畫面便愈模糊恍惚，跳進跳出稍閃即逝，直到夢境一波波退潮只剩零星碎片；這時我會再度提起腳步，刻意快走，用身體節奏喚回情感記憶。原來，我發覺，每當不自覺疾走時，內心正為某人某事忿忿不平，可能是陳年老帳，也可能是最近看到的新聞或一張嘴臉，疾走是因為我想殺人或搞破壞。

除了反社會、輕度受迫妄想症，以及逐年增加項目的精神官能症，例如被推下捷運月台的恐懼，或是想把單車騎士推出人行道的衝動等等以外，截至目前，二〇一二年七月，我還活著，心情穩定。

不時向自己提交進度報告已成習慣，於散步、吃飯、飲酒、談笑、寤寐間詢問自己，還好嗎？甚至做愛的時候……不過那是很久以前的事了。俗話怎麼說的，做愛就像騎腳踏車，一旦學會自然一輩子忘不了。我自信還能駕馭單車，至於跟女人搭訕、交換心情，和她們說情話搞前戲那套功夫恐怕全忘了，唯一記得最後一步，但沒先前逐步醞釀、少了一二三壘晉級，本壘勢難達陣；除非找妓女，否則打不出紅不讓。然而，我可是有尊嚴的人。不過說實在，沒那種閒錢，只好在家自己完成全壘打。

收入不多，唯賴郵局裡渺小的存款度日，可惜景氣差利率低，即使擺在定存也是白搭。自從辭去教職、幹起私家偵探兩年來，接過的案子寥寥可數，掐指算來算到三，無名指就扳不下了。這一行是否幹得下，我懷疑。人家說坐吃山空，我所擁有連小土堆都稱不上，只能任由不安感蟲咬鼠齧，陷入揮之不去的隱憂。還好，老友齊總編出手援救。他是一本生活月刊主編，某回酒攤結束時塞了一萬塊給我，我一邊推辭一邊暗罵自己無聊的自尊，僵持不下的結果，變成我為雜誌開闢專欄賺取稿費的協議。老齊臨去前再三叮嚀，他的讀者可是人生勝利組之中上層階級，內容不能過於嚴肅艱澀，更不可發表尖酸厭世的言論，這一提醒反而讓我當下想到了主題：從語言心理學討論文化現象，例如「人生勝利組」、「魯蛇」、「達人」、「洋蔥」、「GG」等用語背後的意識形態。最近每次見面他便開罵，「寫什麼東西啊」，我也每次保證下回改進，不過我猜他已決心好人做到底，暫時不會抽掉專欄。一個月五千字的稿費當然連酒錢都不夠花，只好被迫下海於徵信社兼差，偶爾加入抓姦掠猴的大業，每出一次任務都讓我感慨萬千，讓我見識人性最醜陋的一面。

寫作有益身心，抓猴有損尊嚴，兩相平衡，內心波瀾不大。

2.

搬到新北一年多了。六張犁連續殺人案落幕不久，臥龍街的房東便要求我搬走，這似乎也是「死區」鄰居們眼神透露的共識。考慮數天，決定搬到有山有水的淡水。

這裡房租便宜很多，幾乎台北的一半，何況是祖先來台落腳的第一站，有種回歸故里的感覺。不過搬來沒幾天，之於淡水的幻想完全跑光。對一直住在「天龍國」的人來說，淡水生活需要時間調適。別搞錯，一般人所說比較冷、濕氣重皆不成問題，主要是這裡地勢高低起伏、馬路蜿蜒曲折，加上少有人行道（有者必停滿機車），散步自有它的風險，即使平安無事走完一趟，隨時得注意川流不息的車輛所耗的精神往往超過體能支出。交警不在時，千萬別指望駕駛會禮讓給斑馬線上的行人；難得遇上一次，我總感動不已。至於如影隨形的摩托車和催油聲則是最大折磨，若能當作硬碰硬的磨練，假以時日一旦我是魚、機車如流水，精神衰弱症應已不藥而癒。

就像其他環伺台北盆地的新北市區一樣，淡水亦鄉亦城、不鄉不城。往好看，既有鄉下人情味，也有都會的便利；往壞看，既沒鄉下人情味，也沒都會那麼便利；若好壞同時看，缺點就是優點，優點就是缺點，這麼繞著說，連我自己都糊塗了。剛搬來時有一種感覺，以為淡水人只把熱情留給觀光客，只把人情味留給同為在地的熟識，至於其他都只是陌生人，並不存在。這讓我想起人類學家格爾茨對於峇里島人的觀察，一九五八年他和妻子來到島上的小村田野調查，一開始沒人搭理，連眼神接觸也不賞一個，彷彿他們「是幽靈，是看不見的人」。直到某天警察前來取締鬥雞，賭客和圍觀者一哄而散、四處躲逃，學者夫婦也跟著跑，於慌亂中跑到一戶人家避難。經過那次歷險，村民不再覺得他們是入侵者，而是共患難的朋友。

然而第一印象難免偏頗，後來發覺我和淡水鄉親用不著戲劇性事故，雙方只需時間，日子久了自然是熟面孔，從點頭、打招呼到寒暄幾句乃遲早之事。這樣就夠了，我要的只是基本善意，不是交朋友。

我不想交朋友，但渴望連結感。更準確地說，我討厭人類卻需要人。

3.

店名有點意思，DV8（deviate），而半年前發現它那晚正好是散步回程中臨時決定繞路，一念之間便偏離慣走的巷弄，拐進較為熱鬧的清水街，才被閃爍的淡紫霓虹招牌吸引。剛開始眼花，以為是撞球間，而且門面毫不起眼，灰濛濛一片，看不到裡面的動靜。不熟悉的場所向來不敢亂闖，一時搖擺不定，左腳想留下，右腳想回家，猶豫間裡面傳來歌聲，仔細聆聽，居然是瓊妮．密契爾的〈河流〉，親切啊，再也不作多想，推門入內。

裡面別有洞天，彷彿走過奇異門。

酒吧頗具規模，靠近大門右側有一套七人座木製桌椅，它的右上方架起可以唱KTV的電視機；左側牆上則掛著老式電子鏢靶，每中一鏢便發出啾啾掃射聲。吧檯在右邊，很長，狀似曲棍守門球桿，從右牆延伸約兩米半，然後弧線似左拐一直拉到屋子中間。一排黑色高腳椅沿著吧檯擺置，有靠背、可旋轉；高腳椅後方、緊靠左牆則是幾張四人座木製矮桌。吧檯的盡頭是酒保進出的地方，再過去隔著半透明玻璃屏風是洗手間，而它的對面則是音響區。爾後才發現我只看到三分之二，後面還有撞球間和廚房。

步入時，瓊妮．密契爾正吟唱「渴望有一條冰河，可以溜冰滑走；我讓寶貝哭了」。店裡幾乎滿座，我選了最靠右牆的高椅。當時短衫短褲，一身汗臭，感覺有點狼狽也有點冷，拎出口袋現鈔一看，只有六百，再檢查背包，發覺皮夾沒帶。吧檯內走來一個女人，很漂亮，問我要喝什麼。

「有沒有生啤酒？」

「有，嘉士伯還是健力士？」

「嘉士伯一杯多少？」我不喝黑麥啤酒。

「一百五。」

「來一杯。不過我身上只有六百，只能喝四杯，千萬別讓我叫第五杯。」

「沒問題，」她笑著說。「看來今晚沒小費了。」

後來才知她是女主人，四十出頭，叫艾瑪，年輕的酒客喚她艾姊。我一見傾心被她煞到，不過後來發現裡面一半的男客曾經追過她，另一半正在追求她。很漂亮，我說過了；亮黑及肩的頭髮於尾端帶點波浪，輕輕落在靛紫刺繡連衣裙領口上，托襯著清晰的五官，讓人聯想吉普賽美人。至於身材，我不會形容，總之不是蓋的。

剛好喝了四杯，每叫一杯她就和我聊上幾句，其實是我找話題跟她聊，不希望她馬上走開。

「音樂很棒，是妳放的嗎？」

「是啊，你聽過？」

「Joni Mitchell，能寫能彈能唱，比 Joan Baez 厲害多了。」

「沒錯。」

「剛才那首 River 尤其美，裡面有真實的愛情故事。」

「真的啊？」

「她那時才和 Graham Nash 分手。他們同居兩年，男的瘋狂愛上女的，還為同居的日子寫了一首歌叫 Our House。Nash 很有才氣，先是 The Hollies 團員，後來和 Crosby、Stills，還有 Neil Young——」

「Neil Young 我知道。」

「四人組團。他們的四重唱是一絕，現在看來，算是絕唱。」

「這麼相愛怎麼會分手？」

「Mitchell 把Nash 甩了。女的才氣、藝術視野都蓋過男的，定不下來。男的很傷心，寫了一首歌叫 Simple Man，意思說我是個簡單的人，只想愛妳；女的很愧疚，於是寫了 River，說她讓她的寶貝哭了。」

「真有趣。」一副想走的模樣。

「故事還沒結束。多年之後 Mitchell 生了重病，腦內動脈瘤，差點命沒保住。在她七十五歲生日，幾個老友為她辦了演唱會，專門演唱她寫的歌，讓人感動的是 Graham Nash 也獻唱一曲，唱的就是——」

「Our House.」

「沒錯。」

喝完第四杯時，她想請我一杯，我說不行，不能第一次見面就讓她請客；毅然決然地從高腳椅站起，對她說，明天再來。

第二天再來之後，幾乎天天來。彷彿意外的命定，DV8 成了我排遣長夜漫漫的去處，在那得識一些酒友，也接下偵探生涯裡第四個案子。

如今要我搬離淡水恐怕很難，DV8 好似生命的錨，讓我只想停靠港灣不再出航。白天大半在河邊活動，累了就坐下來抽菸，看著來自各地的觀光客（韓國遊客變多了）；到了晚上，沐浴淨身、穿戴整齊之後，便從真理大學後面的低矮公寓漫步來到清水街，走進 DV8。沐浴淨身只為以防萬一，搞不好今晚是走運的夜晚，誰曉得；穿戴整齊乃自比威廉．田納西筆下的「紳士訪客」，也同時呼應海明威認同的英雄氣概：喝醉不是問題，重點在於醉得體面。

我固定兩個座位。生意好、艾瑪無暇理我時，我會識趣地坐在最靠近音響區那張木桌（B座），一有機會便充當DJ，播放自個兒帶來的CD；敢這麼做是因為艾瑪默許，何況從來沒有人抱怨。生意清淡時為了跟她聊天，我會像盆栽一樣把自己植在吧檯正中的高腳椅（A座），一方面那兒是艾瑪調酒的地方，另一方面是對面沒有鏡子，看不到自己喝酒的德行。鏡子是我天敵，可不是人長得醜不敢面對現實，而是老覺得鏡子裡的影像其實是我的真實存在，以狐疑不屑的眼神盯著對面的虛構人物。

狡猾如我，總挑選清淡的時光上門，霸占A座。

4.

「真的很掃興。」

「就是啊。」

艾瑪說到旅遊義大利的感想，但我回得有氣無力，心思一時被幾天前的奇遇占據。

傍晚時分於真理大學校園散步，從愛智門入口走到謙遜樓，穿過操場，一路往紅毛城的方向前進，走到大禮拜堂旁的小徑時，一隻巨鳥擋在路中央，仔細一瞧是黑冠麻鷺，俗稱大笨鳥，求偶的呼嗚特別洪亮，不知害臊。為了不驚動牠，我放慢腳步輕聲移動，越走越近，但牠彷彿忙著用腳感應地底蚯蚓的動靜，對我毫不在意。我和牠相距不到一米時不但沒飛走，而且跟我一樣動也不動。我靜靜地看著牠，牠優雅地讓我瞧，正值我以為牠轉頭看我時，身後突如其來的腳步聲把牠嚇走了。聽過大笨鳥不怕人的故事，但如此近距離交流恐怕少見吧。當晚，我做了一個奇怪的夢。

「……從羅馬、佛羅倫斯到威尼斯都一樣，不管買紀念品還是 gelato，你拿出十塊歐元甚至五元鈔，店家都說沒錢找還抱怨連連。有一次一個老闆甚至走進店裡拿出掃把作勢要把我們趕走，只因為我們沒有零錢。這種事在台灣無法想像，通常你急需換鈔拿一千塊去便利商店，不買東西他們照樣換給你不是嗎？我在義大利玩了十天，得到的結論是這個國家缺銅板。而且我觀察到一件事，那些靠祖產，也就是靠名勝古跡吃飯的人大都沒什麼出息，看看淡水老街那些商店就知道了。」

「完全同意。我在巴黎——」

「八里？」

「法國巴黎。」

「巴黎很美啊，怎麼啦？」

「美歸美，也有點掃興。他們缺的不是銅板，而是公共廁所。真的很不好找，除非你到店家用餐，否則你只能碰運氣，走了很久才找到一個擺在路邊的臨時廁所，還得排隊，男男女女一起等同一個廁所，太狼狽了吧。我走在塞納河畔——」

「超浪漫的。」

「沿路看到巴黎人下午三四點便帶著紅酒、點心坐在河邊等待黃昏的來臨，真有情調，可我卻一路想廁所在哪，放眼望去一個也沒，於是開始焦慮起來，這些人如果想要上廁所怎麼辦啊。」

「是你掃興吧。」

台灣不少文人雅士寫「深度旅遊」的文章，通常會帶著優越的口吻說一般人出國觀光只記得食物和風景，完全忽略了文化層面。我和艾瑪只記得銅板和廁所恐怕更糟吧。

今晚酒客不少。我右手邊，隔著一張高腳椅坐著常客之一，老江。老江低著頭，陷入慣常沉思狀，兩手孵蛋似地拱成一圈撫著威士忌酒杯，雙眼好似即將沒電的玩偶般緩緩張開闔上，除了偶爾和人交換一兩句關於烈酒和3C行情的閒話，每晚泰半這個姿勢。若要老江打開話匣子，很容易，只消問他未來的計畫。「已經開始整地了，兩年後執照下來就蓋。我給自己三年，三年之後我就要跟淡水說再見，」他常說。「要是所有北部人搬到花蓮，花蓮人要住哪？」我常如此逗弄。

「其他人只是隨便說說，我地都買了，還會假嗎？」老江事業有成，兩個孩子已大學畢業，一心一意只想跟老婆到花蓮過著自己種菜、自己釀酒的逍遙歲月。任何人第一次聽他懇切地描繪有機無毒的未來，不免流露欣羡的表情；不過多聽幾次，尤其得知這番話已複誦四五年之後，大家的反應就冷了。不能說老江說話不算數，他每回都說「三年之後」，每說一次就多出三年的緩衝。

老江是否真的姓江，事業有成無成、有無子嗣、結婚或離，沒有人確切知曉。酒吧是一個不用坦承交代的所在，你怎麼形容自己都成立，就像另一名常客大衛哥的口頭禪：行兒！後來我們都學會了，無論是完全贊同、懶得抬槓或不忍澆冷水，對於所聽所聞皆回以「行兒」。（不過，「行兒」出自父母來自天津的大衛哥口中特有餘韻，跑到我們嘴裡都成了「行鵝」。）「行兒」有各種意思，有時是「祝福你」、「挺你」，有時是「隨便你說」、「你高興就好」，有時卻指「胡說八道」。什麼都行，我們很少說不行，除非是遇到酒醉鬧事、不知好歹的俗辣。有一回，店裡來了一個自稱移民澳洲多年、身價上億的生客，整晚不斷傾訴有錢沒地方花的痛苦。他想投資台灣，我們說行鵝，他想搬回台灣，我們說行鵝，他想請大家喝酒，我們說不必，可當他付自己酒錢卻想要賴時，我們異口同聲地說：「不行兒！」為了加強語氣，兒字拉得老長，把驚嘆號都捲了進去。從此那小子再也不敢現身。

老江右手邊，隔著三張高椅、接近弧線的位置，坐著一名女性，二十五上下，長什麼模樣看不清楚，視線被老江擋住了。

不久，大衛哥來了，還帶著兩個女郎，很年輕，大衛哥若有孫女恐怕比她們年長。三人依次往我左邊坐下，我開始覺得擠了。

年過七旬的大衛哥高而清瘦，稀疏的頭髮往後繫成一把馬尾，加上白色長袖襯衫和米白卡其長褲，一副仙風道骨的作派。據說——在此一切始於據說、終於據說——大衛哥乃退休多年的建築師，因對女人極不信任，至今仍光棍一個。若有機會接觸，你會發覺他對任何人都不信任。聲稱早已看破人生的他，最大的願望是有人執筆為他寫一本傳記，略知我底細之後，腦筋居然動到我頭上，邀我捉刀。我推說沒資格，其實不好意思說，不是人人都值得一部傳記。

大衛哥是肖想艾瑪的豬哥裡面年紀最大、資歷最深的一位，不過今晚他暫時把艾瑪給忘了，一直跟兩女表述極其灰暗的人生觀。他那套「人類畢竟白幹一場、文明終將滅亡」的道理大夥早已耳熟能詳，懶得理會。在酒吧，不容易聽到新鮮的，你見過一個酒客三次和三十次沒多大差別，劇本就那麼一套，願意透露的隱私極為有限。切忌打破沙鍋問到底乃不成文規定：大家心照不宣，不該問的別問，既然並非真心關切，何必在乎別人的偽裝和保留。對於先行離去的酒友，我們說聲保重，那句叮嚀雖發自肺腑卻不帶餘韻，他們的背影尚未完全消逝於緩緩闔上的大門之前，思緒早已飄往別處。

音樂停了，我過去換CD，順便移到B座。

將CD推入凹槽，同時以讚嘆的眼神看著三個在後面打撞球的少年家。撞球檯面因前陣子天花板漏水早已水漬片片，且球桿只剩一枝亦無巧客，三個活寶卻不減興致地比一場14-One，難得打進一球便一陣歡呼。他們不是容易取悅，就是超級無聊。

啤酒、威士忌、白蘭地的味道任何酒吧都一樣，唯有音樂是可為天堂、可為地獄的冒險。我曾為了喝酒走進酒吧，卻為了掃興的音樂提前走人。我去過、數不清的酒吧裡，唯有 DV8

容許我帶來自己的音樂，尤其夜已深沉、店裡客人只剩小貓三兩時，便可獨占ＤＪ的任務，播放私藏的靡靡之音。

回到Ｂ座時，四百剛好步入酒吧，甫落坐艾瑪便奉上一杯生啤，同時將遙控器交給他。兩人默契十足，用不著說話。四百的髮型和臉龐酷似歌手五百，因體型和身高都小一號，自滅一百。聽說他從事消防器材的買賣，因家裡沒裝有線電視，晚上常來酒吧看足球轉播。問他為何不裝ＭＯＤ，他嫌貴，不過一個晚上花四五百塊來這喝酒看電視倒不覺得心痛。

四百蹺起二郎腿，斜側著身子轉向七人座後方牆上的電視時，酒吧頓時成了他家客廳。

這些都是熟悉的畫面，老江、大衛哥、四百都是熟悉的人。然而他們的身影以及這裡的一切唯有於昏暗迷濛的燈光和混著萊姆與酒精的氣味裡才具真實感，倘若哪個大白天在馬路遇見其中一位，恐怕會有活見鬼的震懾。我們都是見光死。

諾拉・瓊絲呢喃唱出I think it's going to rain today……

破碎的窗牖，空蕩的迴廊
天空裡蒼白的月亮染一抹灰
人類的慈悲漫溢
而我想會下雨今天
稻草人穿著流行服飾
僵化的微笑將驅走愛

人類的慈悲漫溢
而我想會下雨今天

寂寞，寂寞
錫罐在我腳邊
索性踢到街頭
那才真夠朋友

招牌閃閃發亮籲請我
幫助落難人並指點迷津
人類的慈悲漫溢
而我想會下雨今天

隨著歌聲，我滑入溫柔和冷腸交織的情緒，想像歌詞描述的情境：月夜朦朧、人去樓空，失意人踩著玻璃碎片步出家門。街上的潮男潮女笑容可掬，內心冷漠；到處都是勸人行善的標語，愛心符號和姿態無所不在，人類的假意慈悲氾濫成災。失意人站在紅十字會招牌底下，看見乞丐和他討錢的錫罐。他該怎麼做？施捨一點零錢，加入人道行列？還是罐頭一腳踢開，揭穿偽善面目？這出於絕望的衝動容或是他和乞丐之間關於殘酷實相的一絲連結……一邊感傷，一邊看著正忙的艾瑪。無論從任何角度欣賞就是喜歡。我迷戀她，我想。

艾瑪追求者眾，我雖最後一個報名，已有領先群豬的跡象。跡象之一就是我們會聊些較為私密的話題，可惜她透露的方式涓涓滴滴，像個守財奴；我則不同，一副散財富豪，認識沒多久便將此生關鍵事蹟表白完畢，包括憂鬱症、恐慌症、離婚、辭職、跑單幫私家偵探，聽得她時而訝異時而狐疑，不確定我所言是真是假。儘管多麼喜歡艾瑪，儘管對她的性幻想海浪滔滔，我害怕，但憑高度自制、謹守分際，害怕稍越雷池一步便為避風港引來風暴。夜夜一同抽菸喝酒、一起談天說地，她分明是我此階段生命中的女人，但兩人的關係又即又離、既親且疏，感覺很美，也很痛苦。

5.

「妳認識那位叫了一杯熱茶的客人嗎？」艾瑪端著盤子走過時，被我攔住。

「不認識，第一次來。幹麼？」

「我覺得她在注意我。」

「每個女人都在注意你。」

「真的啊。」

艾瑪不再理我，往廚房的方向走去。真的，我沒看錯，熱茶女子一直注意我，不是明目張膽那樣，而是每隔一會兒便往我這邊掃描，似乎在觀察我，或者看我不順眼？看她服飾，應該是白領上班族；白色絲質V領襯衫外面套著深藍色西服，下身穿著黑色高腰齊膝窄裙，流露著端莊沉著，然而憂鬱的眼神卻透著一股哀悽。

「老哥！」剛才帶著員工和客戶於七人座開會的胡舍走到我桌前。

「坐吧，剛才又接了什麼 case 不要告訴我。」

胡舍是竹圍一家中等規模的徵信社老闆，我是他人手短缺時雇用的臨時「幹員」，但兩人的互動比較像朋友，而不是老闆和員工。胡老闆十多年前自調查局「退休」（據說因包庇友人而遭革職），走投無路之餘想到自己的專長，於是搞個徵信公司，名稱和本人作風一樣招搖，「終極關懷徵信社」。許是自覺這行業不體面，堅持稱他的狗仔為「幹員」，堅持要求「幹員」叫他「胡舍」。第一次聽到時，我以為人如其名叫做「胡扯」。他大聲糾正，「是胡 Sir，媽的港片沒看過嗎？是阿 Sir 的 Sir！」我和胡舍第一次見面便就結下梁子，兩人互看不順眼；我覺得他粗鄙無文，他覺得我目中無人。一半因為兩人的直覺都很準確，一半因為兩人算是同行，後來卻成為最有話聊的一對。

當胡舍得知我是私家偵探，右眼往上一挑，只說：「是嗎？有什麼資歷？」「沒有。」我說。之後整晚，他把我當空氣，懶得再瞧我一眼。幾天之後，他又現身，右手提著一只黑色麂皮公事包，瞧見我在 B 座便大步走來。

「既然你自稱私家偵探，我要考你。」

「我幹麼讓你考？」

「平常我訓練幹員是有一套方法的，可不是只交代他們『招子放亮點』或『魔鬼出在細節』那些屁話。我都是根據辦案實例出考題來測驗手下的推理能力。怎樣，要不要試試？」

「不要。」

「不要還是不敢？」

「不要也不敢。」

不意他突然姿態放軟，反差之大讓我招架不住。「拜託啦，大哥，那天晚上知道你是偵探之後這幾天小弟心裡一直納悶，我想媽的偵探的名牌不是像賣檳榔隨便掛的，我受過專業訓練，他有嗎？不挫他銳氣老子絕不甘心！拜託啦，好玩嘛，你不讓我掂掂斤兩我會一直想著你這不太好吧。」

「你請我喝酒就陪你玩。」

「沒問題。」

「要是我不及格，儘管看不起我。面子不是東西。」

「一言為定。」

根據實例案件的考題：跟監對象是「胖子」，因委託人懷疑他將公司機密賣給競爭對手而受到調查。調查結果顯示，胖子會不定期將資料交給中間人，由中間人付款並將資料交給買方。一個下雨的傍晚，胖子步出公司但並未直接前往白手套的住家，而是先搭捷運，之後換公車，然後走路到目的地。然而「魔高一尺、道高一丈」（胡舍真的這麼寫），一切都在徵信社掌握之中。路途中，胖子在 Dunkin' Donuts 買了一個甜甜圈，一手撐傘一手將它往嘴裡送。不久，來到一棟住家式高樓大廈（二十五層），步入前胖子左顧右盼，確定沒被跟蹤後走進大樓，步入電梯。幹員隨即出現於門口，一邊和管理員交涉，一邊注意電梯停靠的樓層。麻煩來了，電梯裡只有胖子一人，卻先於十七樓停下數秒，之後上升至二十一樓，再也不動了。幹員買通了管理員之後上電梯，問題是：他該按哪一層樓？

「只有往下，不會往上，更不是中間。答案是第十五層。」我說。

「啊？為什麼？」從他的表情看不出猜對或猜錯。

「很簡單。從不斷變換路線、搞障眼法研判，對象生性多疑，不是省油的燈，因此他絕不會按下十七和二十一，好讓你們知道他要去的地方在十七和二十一之間。再來，往上機率不高，因為他是個胖子，爬樓梯太累了，因此只有往下。」

「為什麼不是十六呢？」

「他心機重、城府深，十六太簡單了。十四或再往下當然有可能，但還是那句老話：他是個胖子，不太可能往下走好幾層。何況當天沒有危險的徵兆，有的話他不會走進大樓，更別說上了電梯。如此大費周章只是搞保險，讓自己心安，但重點是他不會累壞自己。線索在甜甜圈。當然，他走進店家然後出來，可能也是為了再次確定有沒有人跟蹤。不過根據他一邊撐傘一邊吞下甜甜圈來看，這傢伙不只好吃，而且貪圖享受；我猜，他會出賣公司也是基於這個因素。這樣的人在沒特殊情況下，不會把自己搞得太累。如果由我跟監，我會第一時間賭十五樓，然後觀察樓梯間的狀況，看看地面有沒有雨滴，以及扶手處有沒有從他手上沾過來的糖霜，確定樓層之後，順著雨滴循線就可找到密會的公寓了。」

胡舍半晌說不出話，幾度張口發出呀呀聲，還用拳頭搥擊桌面，我想我猜對了。自那時起，每當遇到疑難雜症便來找我商量，只要他代付酒錢，我不介意給意見、出些不用負責的點子。胡舍曾邀我到公司上班、擔任經理，我說別鬧了；之後希望聘我為顧問並強調有給職，我差點心動，但不想和他關係太近，終究沒應允。不意某回情況緊急、臨時缺人手，他來電苦苦哀求，要我無論如何得幫忙否則點點點的，只好答應。去了才知，所謂緊急情況就是我最怕的抓猴現場。菜鳥警察第一次看到屍體通常會吐得臉色慘白、兩眼布滿血絲，但那天順利攻堅闖進賓館房門之後所發生的情境——拍照蒐證、狡辯耍賴、謾罵叫陣、拉扯鬥毆——讓我覺得比看到屍體還糟。

事後我雖跟胡舍說下不為例，但後來還是勉強自己陸續接一些案子。原因無他，為了錢。

「這還不是最糗的一次，」胡舍正緬懷以前調查局的日子。我一邊聽，一邊看著艾瑪端著一盤花生米，走到熱茶女子對面和她攀談。

「我們接獲署名『愛國自強人』的舉報，裡面指控中油公司某協理長年和負責供應器材的廠商何老闆合作，不但拿回扣還收受股份，幾年下來獲利他媽至少一億。多年之後何老闆過世，由兒子接手，就叫他小何吧。小何看不慣這種事，不想再跟協理有瓜葛，但是協理即將退休，而且一退休就要移民美國，希望把手上的股份變現。小何心想花錢消災，送走瘟神也好。那天，他開車送錢過去協理家時，我們一路保持距離跟在後頭，來到新生北路他往右拐進入狹窄的單行道，我們也往右拐，突然他的車不動了，我們只好跟著不動。正納悶怎麼回事時，小何居然走下車，往我們的方向走來，對我們說，『對不起，我搞錯了。這裡是死巷，請你們往後退，我才能往後退。』最後人贓俱獲時，小何一看是我們滿臉驚訝，我們則是滿臉尷尬。」

「吳誠，」艾瑪從吧檯進出口過來，對我說，「那位小姐想跟你談談。」

5.

我和女子坐在撞球間破舊的沙發談話，比較安靜。先前打球的三傻已轉移陣地，在前面射飛鏢。

「我叫何琳安，想請你幫個忙。」

「請說。」

「我想請你找個人。」

「什麼人？」

「有點複雜，我連名字都不知道。」

II 深埋的記憶

1.

何小姐透過臉書找到我。

我聽從艾瑪的建議在臉書登記一個帳號，「吳誠 私家偵探」，提供手機號碼並註明「如需面議晚上八點～十一點淡水DV8」，沒廣告詞，只附上價目表。

問她為何找上我，何小姐說因職業的關係平常會留意高度曝光的刑事案件，因此記得六張犁連續殺人事件，以及我先是警方頭號嫌犯、爾後以偵探身分協同辦案的過程，不過真正讓她選擇我的原因是一篇訪談裡提到的「私眼」。

天大的誤會。只能怪破案之後自以為神探，接受某文字媒體訪問時大言不慚地說我有一雙可以看透表層的「私眼」。真他媽胡說八道。有些話才說出口便後悔，當時就是這種心情，致使爾後每當憶及自是汗顏不已，因此當何小姐不自覺地降低音量問我是否具有靈異功能時，我大聲言明「絕對沒有」，鄭重的程度把她嚇一跳。

訪談當時，心情正陶醉於自我膨脹的飄飄然，以致語帶神祕地對記者說我的眼睛「很敏銳，能見人所不見」。當時忘了說，其實是下意識隱瞞，所謂「私眼」乃長年和精神疾病奮戰所養成的神經質。當我生病時——恐慌症來襲後陷入的重度憂鬱，每每長達數月——情況尤其明顯。在那期間，任何事物都是象徵：在我這個病號眼裡，稀鬆平常的現象突然增添一層具象徵色彩的神祕；同時，我會在一些不相干的事物感受它們之間的內在連結。說是洞見也好、錯覺也罷，我彷彿瞥見了事物的核心，也隱隱感應到存在的神聖面向。此時的我一面處於焦慮不安、孤立無援之中，一面覺得宇宙環環相扣為一體，我與所有人事物之間有所連結，而從中衍生的悲憫讓我得以「同病相憐」的心情對待每個人。

記得多年以前去台大精神科回診時，留意到一個與我年紀相仿、右腿上了石膏的病人拄著拐杖於門診室前等候，之後在領藥區又看到他，他也認出我來。見他艱困地把藥包放進提袋，我上前幫忙，交談之後發覺兩人回程同路，我得回輔仁大學，他得回新莊宿舍。兩人於是結伴上路，我幫他拿著提袋，他則一拐一拐的走到車站搭客運。我們在車上淺聊各自的狀況，我跟他說因長期失眠才來精神科；他對我說在海山里的工廠工作，因精神衰弱才來看病，還有兩個月前騎車時忽然間無故緊張，機車失控下撞上電線桿，摔斷了右腿。

（當時「憂鬱症」尚未成為廣泛流通的字眼，連醫師自己也沒完全搞清楚，因此所有的精神症狀都以「失眠」、「衰弱」、「緊張」來形容。那還是對於精神疾病感到羞恥的年代，連病人自己都不願承認。多年之後羞恥心雖未消失，但是「憂鬱」卻成了時髦的東西，成為文人、藝人或俗辣犯下愚行後為自己辯駁的藉口；某些人動不動就把憂鬱症掛嘴邊，彷佛它是一枚勳章。）

我陪他在海山里站下車，一直走到工廠。臨別時他向我道謝，我則於心裡向他道謝；短暫的相聚為兩個陌生人帶來連結，我幫助了他，他也幫助了我。從海山里走到輔大，一邊於心中祝福他，希望醫生對症下藥、減輕他的症狀，一邊覺得自己狀況好很多。

說起來弔詭，若說悲憫心或疾病帶來的神聖感是一股讓我爬出憂鬱山谷的力量，隨著病情逐漸改善，連結感卻也跟著由濃轉淡，甚至消失殆盡。因此狀況穩定、忘了自己有病時，日常事物不再具有象徵意涵，星星只是星星、月亮只是月亮；而且稍不小心，「私眼」往往質變為「自私的眼」，一種帶著勢利與刻薄觀看世事的冰冷眼神。這時神經質變得小家子氣，只剩受迫妄想的一面，對於他人偏離「正常」的行為與樣態無法將心比心，少一分容忍。

這些年我正是如此，雖有所警惕卻修正不來。之於胸襟的事單靠理性認知或意志決心是培養不來的。當然，問題不在於讓我再次發病（上天保佑，千萬不要），而是如何一面保持穩定，一面試著尋回心靈脆弱時體驗到宛如恩典般的連結與神祕。

2.

何琳安二十五歲，一頭露耳短髮搭配著輕盈、不規則劉海，予人幹練又不失活潑的感覺；說話時表情不多，用詞嚴謹、少有贅字，但提到令她惶惑的事則神色緊張，聲音略微顫抖。她是菜鳥刑事律師，任職於一家大型事務所，平常負責小案件，遇到重大刑案時則加入直屬上司陳榮昭律師所組的團隊。兩人既為同事，也「好像是」一對。

三個月前，陳律師接到老友趙玉明的電話。兩人為高中同學，因一同活躍於社團而結交至今。

「趙先生希望榮昭代表他，因為他遇到了麻煩。」

「什麼事？」

「他被警方懷疑謀殺妻子。」

「什麼動機？」

「找不到動機。」

「沒有動機幹麼殺死老婆？」

「這就是整個案子奇怪的地方。」

何小姐接著說，趙先生是電子業設計師，於林口開一家軟體設計公司。半年多前，妻子開車回娘家途中被追撞失控，撞上路旁的大樹而受了重傷，因腦部嚴重受損成為植物人。夫妻倆都保了壽險，各保五千萬，雖然也有醫療險但金額很小。因為妻子的狀況，趙先生從保險公司那邊拿到理賠金。「沒有死亡也可以拿到錢？」我問。「是的，」她說，「人壽保險的理賠有兩種，一種是身故，另一種是殘廢，如果被保人是一級殘廢，亦即植物人，理賠的金額和死亡一樣。因為醫療扶助的金額無法負擔醫院費用，趙先生決定放棄醫療扶助金，申請了全殘理賠，領到錢以後把妻子接回家照顧。」

「動機來了：他不想花錢長期照顧老婆。」我說。

「他真的很愛他太太。」

「這句話在法庭站不得住腳吧。」

她白我一眼，說她找我幫忙的事跟趙先生的案子無關，長話短說即可。

接病妻回家後，趙先生除了用現代醫療設備維繫她的生命，還到處拜求偏方，聽說被騙了不少錢。今年四月某晚，他開車出門前往台北火車站，接一個從南部北上的民俗療法專家，準備帶回家裡讓他看看病人的情況。我打岔問道，為何不請專家直接到家裡？她說趙先生沒見過那個人，希望先在外面談談，確定不是江湖術士才會帶回家。晚上七點多，她接著說，看護外出丟垃圾後回到屋內，平常嗜打電遊的她過了一段時間才發覺病人已經斷氣。看護馬上打電話給趙先生，接著打給病人的母親。趙先生一人趕回家裡，不久後岳母也趕來。看到女兒的屍體，岳母悲從中來大哭一聲，撲倒在女兒身上，這時才赫然發現女兒一直戴在胸前的金項鍊不見了。趙先生仔細察看屋內後，發現書房裡的名貴手錶也不見了。報警之後警方展開調查，驗屍報告顯示趙太太死於窒息，他殺的機率很大，可能的凶嫌包括看護，還有附近一帶的慣竊，但是警方認為趙先生也有嫌疑。

「他不是有不在場證明？」

「是，但是警方認為他可能買通某人來謀殺妻子。」

「然後故布疑陣，搞得像是竊盜。」

「沒錯。趙先生不堪警方騷擾，所以找我們幫忙。」

「這麼做當然是明智之舉，但只是被懷疑就找上律師會不會看起來心虛？」

「這是基本法律常識。被警方懷疑時第一件事就是找律師，不然怎麼ㄙ——」我猜她原本想說「怎麼死的都不知道」但不合專業形象，硬生生把話嚥下。「何況一旦受到懷疑，無論怎麼做在警方眼裡都是心虛。」

所言極是，關於這點我曾有切身之痛。

「以上我想是背景。」案情看似一翻兩瞪眼卻有其詭異之處，但不是我的問題，因此沒有說出腦海裡一連串的疑點。

「是的。」

兩個月前，何小姐、陳律師、趙玉明三人在餐廳共用晚餐，同時討論案子的最新發展。因警方找不到任何涉及看護與趙先生的證據，已將偵查重點轉移至林口、樹林一帶的慣竊，大家心情放鬆不少，喝了些酒。何小姐酒量普通，稍微過量便暈了，回到家後倒頭即睡。隔天醒來，宿醉的何小姐盥洗後準備出門上班，然而走出浴室時突然呼吸急促，頸部以上大汗淋漓，感覺頭顱即將炸開，趕緊打給一一九。急診醫師後來診斷為恐慌症，開了鎮靜藥丸給她。之後何小姐一直睡不安穩，噩夢接二連三，陳榮昭於是幫她找到朋友介紹的馮姓精神科醫師。經過數次晤談和分析，尤其針對何小姐夢境的內容，馮醫師有了驚人的發現。

3.

何小姐跟我描述的幾個夢境都不長，內容零碎亦無完整情節，和一般人的夢境大致相仿。我們作夢的時間或許很長，夢裡意象的跳接與轉換或許受到某種內在邏輯牽引，然而醒來之後能夠記起的就這麼多，或者說就這麼少。這時精神分析師於解夢上的功夫便派上用場了。

心理分析和偵探的工作一樣，除了科學精神，運用聯想力來個詩的跳躍是不可缺的。馮醫師對於何小姐一系列夢境提出的解釋便為一例。簡單地說，馮醫師從層出不窮的意象裡抽絲剝繭，找到關鍵的共通處：大雨沖刷後從泥土冒出的鐵箱、一雙倒插在菜田裡的高筒橡膠雨靴、森林裡埋伏於樹叢裡的怪物等等，以及一些無法辨識的聲音顯示，一個被深埋已久的

「祕密」意欲從意識的水平線冒出；而且根據大量的自然界意象研判，這個「祕密」可能和何小姐孩童時期的經歷有關。

何小姐起初不以為然，自認工作平順、日子充實，感情亦似有依託，何況恐慌症發作的前一晚因案情發展對客戶有利，心情特別放鬆。馮醫師告訴她一個故事：一名男子因女友月經遲來而提心吊膽多日，後來發覺是一場虛驚，兩人決定去看電影以為慶祝，然而就在買好票、從票口走到戲院大門時，男子突然莫名地恐慌起來。馮醫師說，歷經一段極度緊張或激烈的日子之後所帶來的鬆弛，往往會引發與前事無關的焦慮，因為那時的意識已卸下防備，讓壓抑已久的潛意識找到反撲的破口。在醫師建議下何小姐半信半疑地走一趟宜蘭，詢問已從教職退休多年的父母。剛開始父母堅稱醫生胡說八道，在她追問之下甚至大發雷霆，等到何小姐描述於半催眠狀態下從腦海跑出的一些畫面時，他們知道瞞不住了。

何琳安一直以為自己是土生土長台北人，其實台北市不是她的出生地。台北不是很多人的出生地，包括她父母。何爸來自宜蘭，師範大學畢業後分派到三重國小教書，在那兒愛上了同事，來自雲林的何媽。兩人在三重共組家庭，因覺得市區龍蛇混雜，即後來俗稱「八＋九」（流氓混混）集散地，選擇住在大同南路、三光國小一帶。那裡靠近淡水河，較為偏僻，舊稱「菜寮」，因多菜園與草寮而得名。

故事發生於琳安五歲的時候。那時琳安有幾個固定玩伴，其中一個大她兩三歲的男孩和她特別要好，總是喚她「安安」。根據琳安零碎的記憶和父母的描述，有一天兩人在男孩家後院玩貓捉老鼠，安安是老鼠、男孩是貓。一片寂靜時，突然從屋內傳來一聲巨響，好像是什麼東西倒了。男孩找到安安時，叫她安靜勿動，等他回來，自己則走進屋內察看。安安等了很久很久，等到有人找到她時，出現的不是男孩而是鄰居。根據警方研判，有人闖進男孩家，殺死男孩的母親，被男孩撞見時把他打昏後逃逸無蹤。之後安安有一陣子陷入驚嚇之中，白天不敢出門，半夜則醒來多次，不時問道「哥哥呢」。父母見狀決定搬到台北，到恩主宮廟求神保庇、為她收驚；同時，經人介紹找到一位兒童心理醫師為她治療。如此今古合璧、雙管齊下，安安的病情日見好轉，長大後幾乎忘了整個事件。

「妳要我做什麼？」

「幫我找到那個男孩。」

「沒問題。」雖這麼說卻毫無把握。

這麼多年之後，我上哪兒去找安安口中的「哥哥」？

III 走路工

1.

「乾杯。」

「乾杯。」

「碰杯的時候請看著我，以示尊重。」

經營酒吧多年，艾瑪早已建立一套自我防衛機制。沒有人知道她的中文全名，常客只能透過送貨員和她的對話裡猜測大概姓翁。問她為何叫艾瑪，只隨口說大學時英文課老師取的，彷彿「艾瑪」只是代號，和本人一點關係也沒。還有，為了不給顧客錯誤解讀的機會，她和酒客乾杯時一向避免眼神接觸。

「對不起，忘了。乾杯。」

「乾杯。」

這一次艾瑪看著我，我則做出挑逗的眼神。

「有沒有人說你很猥褻？」

半夜即將兩點，接近打烊時刻，店裡只剩我和她……還有她兒子。

艾瑪是單親媽媽。七年前某日丈夫帶著釣竿出門，臨走前丟下一句「今晚加菜」，不意在東北海岸踩著消波塊釣魚時被瘋狗浪捲走，成為水中魚兒的菜餚。聽起來好像黑色喜劇，但確實發生。當艾瑪說沒找到屍體時，過動的幻想已在我腦海啟動：說不定這小子媽的密謀遁逃，說不定……美國作家霍桑寫過一則傳奇：丈夫傍晚出門散步後便不見蹤影長達二十年，沒想到他竟然一直躲在附近觀察老婆；莫非艾瑪的先生……

「有人親眼目睹他被海浪捲走。」

「還好。」

「還好？」

「沒事。」

艾瑪的兒子叫小忠，中興大學二年級生，假日回淡水時有空會來店裡幫忙。和時下年輕人比起來，小忠不太正常：寡言、體貼、端正。媽媽不用操煩他的事，倒是兒子對媽媽又菸又酒又熬夜頗為擔心，因此兒子在的時候艾瑪較為拘束。我則不會主動和小忠交談，一方面他太正經，另一方面我對他媽有非分之想，面對他時有點作賊心虛。

我和她在吧檯聊天，小忠在B座區寫報告，情況好比義大利西西里島，情侶約會還得有個監護人。

「有一陣子應顧客要求店裡會放 New Age 音樂，比如說愛爾蘭古謠，記得恩雅吧？不知道現在她在哪兒了？George Winston 的鋼琴，還有喜多郎。」

艾瑪說完從她專用馬克杯啜一口涼茶，杯子上以不同色彩和各國語言釉上金恩博士的名言

I have a dream，包括中文「我有一個夢想」。

「只要不是 Kenny G 就好。」

「沒有，絕對沒有 Kenny G。後來覺得這種音樂太甜膩，聽多了覺得超假的，好像在喝 Zero 可樂。」

「老實說我也迷上一段時間，後來也覺得不耐聽。到頭來還是六〇、七〇年代出道的歌手比較有料。」

「他們的東西和社會比較有關。」

時代大不同。轉變從一九六八、學生運動與工人運動結盟而遭遇挫敗的那年之後開始發酵，經過了四十多年，世界成為目前的模樣。嬉皮文化——反戰、博愛、革命——從七〇年代起逐漸沒落，之後在新世紀運動留下餘韻但已面目全非，只剩軟綿綿的瑜伽、冥想、探索自我、擁抱自然。六〇年代的嬉皮到了八〇年代，已從四海為家的流浪者變成新興電子工業的CEO；賈伯斯從長髮披肩改為小平頭的過程彷彿是西方文化改頭換面的縮影。

這期間台灣也歷經巨變，述說著自己的故事。

2.

根據琳安父母，命案地點位於中正南路與大同南路之間、靠近淡水河堤的小巷，時間是一九九二年九月，再過兩個多月剛好整整二十年。他們記得很清楚，因為當時剛開學，不但要照顧女兒還火速搬家，兩人都筋疲力盡。至於男孩姓什麼、父母的職業等等則毫無印象。

真實生活裡，私家偵探賺取的只是按天計酬的走路工：根據既有線索從甲地走訪乙地，再循線從乙地走訪丙地；沒有人真的神如福爾摩斯，握個手便知華生醫生剛從戰地返國，或者像《超感警探》影集主角那樣，光瞄一眼公路上的屍體便確認死者來自拉斯維加斯，賭輸賭贏或喝了多少杯馬丁尼。作為推理小說讀者，我獨鍾「警察程序」類型，瑞典賀寧．曼凱爾、美國麥可．康奈利、日本橫山秀夫三位最得我心。我有樣學樣，辦起案來也是一步步的跨出去。

第一步就是在網路碰運氣，但隨即發現台灣網際網路於一九九〇那年才開始建立，而且起初只是教育部和幾個國立大學合作的學術網路，並未對外開放，得等到隔年和美國普林斯頓大學 JvNCNeT 取得連結後，台灣才正式成為國際網際網路的一員。這意味九〇年代初期與之前發生的事，任何搜索引擎都不會找到一手報導，有的只是後來整理的「大事紀」，不可能涵蓋發生在菜寮的一宗命案。

我轉而求助於「台灣新聞智慧網」及其他資料庫，搜尋一九九二年九月間的社會新聞。

瀏覽各項條目時，對於九〇年代的感覺也跟著湧上心頭。解嚴不久的台灣，經濟榮景已露敗相，正值舊道德觀所剩無幾、公民意識八字還沒一撇的中界時刻。那時人心浮躁、治安紅燈高高掛，台灣彷彿墨西哥，擄人勒索案件層出不窮，道上的兄弟連攤販也不放過，甚至醫生開個診所都得在牆上掛著「警民連線」的告示以為嚇阻。一九九二年四月，歹徒將TNT黃色炸藥藏在麥當勞多家餐廳的天花板上，向店家勒索新台幣六百萬元。整起事件上了報紙頭條，幾個大型速食店（肯德基、必勝客、頂呱呱、溫娣）更是提心吊膽。在那人人自危的年代，讓孩童自己上下學成為過去式。

一九九二年九月十一日凌晨發生了台灣治安史上最慘烈的警匪槍戰。綽號「火龍」的陳興發向天借膽，帶著同夥一共犯下五十四起綁架殺人案，作案地點橫跨七個縣市，名列十大槍擊要犯榜首。陳的末日從他於十日傍晚在合江街射殺「獵龍」專案的成員開始倒數。激戰中陳被擊中腿部，逃至遼寧街時挾持一輛計程車，於光復南路下車後在附近公共電話亭打了一通電話。警方循線找到留下血跡的電話亭，透過通聯紀錄得知陳藏匿在吳興街一棟民宅六樓。警方立即展開部署，集結數百名員警於周遭設下三道防線，並在附近高樓屋頂安排數名狙擊手。因攻堅人員用萬能鎖開門時聲響太大，驚醒陳和他的黨羽，雙方開始火拼。警方有貝瑞塔九〇半自動手槍、步槍，匪徒有烏茲衝鋒槍、M16突擊步槍；警方丟震撼彈，匪徒丟手榴彈。陳丟出手榴彈時大喊：「幹！請恁吃芭樂！」特勤隊見狀趕緊撤到陽台。所幸手榴彈並未爆炸，打算犧牲自己、以盾牌壓住的隊員打開一看，原來「只是一個塞滿菸蒂、檳榔渣的黑松沙士鋁罐」。打到一半時歹徒居然喊停，希望放出兩名「舞小姐」，警方救出人質後雙方繼續開槍，直到屋內瓦斯爆炸、陳興發命喪火窟才結束。六十分鐘內，警匪駁火「兩千多發子彈，打光了信義分局的儲備彈藥」。

3.

一邊閱讀驚心動魄的報導一邊回想當時的氛圍，差點忘了搜尋的目的，只好再次瀏覽標題，最後確定一九九二年九月間沒有任何一則報導三重命案的新聞，唯一較為接近的是九月中旬發生於新莊的一起命案。新莊和菜寮之間有一段距離，琳安父母記憶再差也不至搞錯曾經住過的地方，但他們可能記錯時間。我於是把範圍拉長，一九九二年四～十月，再試一次，結果還是一樣。

有沒有可能命案確實發生但沒上報？可想而知，台灣警察和全世界警察一樣，對媒體的態度愛恨交加，既需要他們發布重要訊息，也得防備他們洩漏必須隱瞞的內幕。聽說警察單位之間有一種競爭心態，互相比賽「見報率」，尤其是破案之後，巴不得媒體大書特書。男孩母親遇害一事應不屬重大刑案，否則媒體不會隻字不提。同時，類似這種「小案」消息，當地的分局八成會把它當骨頭餵給不時到警局泡茶聊天的社會記者。除非，警方把訊息壓了下來？甚至吃案，當作沒發生？或者是案件太小，被重大新聞擠掉了？九月間接連好幾天的要聞和社會版大都被陳興發一人壟斷。

下一步是實地訪查，走一趟三重。

從淡水捷運站坐紅線往南，於民權西路站轉搭橘線之迴龍支線在菜寮站下車，差不多四十五分鐘。下車後順著重新路三段往北走，來到中正南路口時，先過馬路之後右轉，一路下來看到多家便利商店，走到盡頭時則是車流不息的新北環河快速道路，其上還有高高架起的一高縱貫線。沿途兩旁盡是鋼筋水泥公寓，其中幾棟就外觀而言，若移植到台北市區都算得上豪宅。也就是說，琳安父母所說的平房和田園風光根本不見蹤影。

接著，我穿梭於大同南路和中正南路之間的巷弄——同安街、仁化街、泉州街——裡面的屋舍蓋得密密麻麻，大都是四五層樓的公寓。最後來到大同南路，發現它是一條又細又長的市場，蔬果肉類、南北雜貨應有盡有；兩旁的屋舍盡是老舊的水泥建築，其間點綴一兩棟新建豪華大廈。看來，菜寮早已不是菜寮。

從大同南路走到重新路口時，我知道接下來該怎麼做：我該往左回到中正南路。然而該做的往往不是想做的，於是我選擇往右，走往台北橋的方向，不久便來到天台廣場。

我對三重並不陌生。升高中時因成績上不了公立，選擇在蘆洲的徐匯高中就讀，入學前不知道它是天主教學校，進去後發覺除了有不少神父、修士擔任行政或教職外，在教育學生上並不會灌輸宗教觀念；或許當時傻呼呼的，我從來沒感受到校方任何「潛移默化」的作為，以致三年下來對於「天主教」是什麼依然懵懂不識。那時學校周圍都是稻田，正門前的三和路只是一條小馬路。

我們幾個住台北的同學大半搭公車上下學，台北橋和熱鬧滾滾的重新路（以前的省縱貫線）乃必經之地。放學後，我們不時結伴在三重下車，在重新路和正義北路交會地帶留連不去。如今回想，那一帶對我們這些未經世事的高中生來說，無異是三重的西門町，什麼吃喝玩樂，乾淨的咖啡廳和冰飲店，色情的馬殺雞、摸摸茶（茶店仔），樣樣都有。不過吸引我們的主要是唱片行和戲院。當時的國聯戲院和天台戲院分別位於重新路二段兩側，面對面地分庭抗禮、平分秋色。那裡不只有戲院，還經營別的生意。我們在那兒購買最新的盜版唱片，還有看電影。

我們不是真的想看電影——電影院台北多的是，而且大都是首輪戲院——只是聽說這兩家二輪戲院正片播到一半時會插進一小段黃色電影；而且聽說多半是文藝片才有（因為警察不喜歡愛情片，較少來查緝）。接下來的畫面你應該可以想像：一群穿著制服的高中生為了一睹傳說中的A片，乖乖坐在戲院裡觀賞文藝片，個個雙眼直盯著銀幕，結果是正片播完了什麼插片也沒。後來聽說傳言有誤，真正有插片的是蘆洲的中山戲院，我們又一窩蜂趕了過去。訓導主任得知消息，放學之後便到戲院巡察，看到徐匯的學生時便面訓一番，命令他們趕快回家做功課。之後又有一個傳聞，訓導主任把同學全都勸走之後，自己留下來看插片。

有一位同班同學是三重人，家住台北橋附近、中央南路一帶。看完文藝片後，我們有時會到他家鬼混，最常做的就是幾個人把頭湊在一塊一起看「小本」（黃色小說）。有一次我們在樓上聊天，樓下的街道傳來喝叱聲，「幹你娘，好膽麥走！」大家紛紛往窗口探去，只見兩個穿著木屐的男子一前一後在巷弄奔跑，發出令人心驚的叩叩聲；前面那個死命的逃往河堤邊，後面那個拿著一把很長的武士刀一路追殺過去。我們嚇壞了，只有住在三重的同學面不改色，淡淡地說：「這款場面看多了。」

多年之後，國聯和天台都變了樣。國聯戲院早已關門，如今號稱「國聯廣場」，其實只是一棟沒有廣場的賣場。天台戲院變成「天台廣場」，裡面有影城和其他店面，但看起來老舊、冷清，而廣場的公共廁所之髒之亂讓人倒胃至極。走出恐怖的洗手間、走出天台廣場，懷舊之旅就此結束。

我往南走回中正南路，決定辦正事。所謂正事就是討厭做的事：和條子打交道。位於中正南路的菜寮派出所是一棟兩段式建築，前矮後高：前段只有兩層，後段蓋到五樓；入口處有兩株老榕樹，一左一右地構成天然拱門。

「請問有什麼事嗎？」值班的警員看到我，趕緊收起手機。

「請問你們派出所一直在這裡嗎？」

「幹麼？」

「我需要詢問的事情是很早以前發生的。」

「什麼事？」

「請不要一直用問題回答我的問題。請問你們派出所一直在這裡嗎？」

「我不知道。」他看起來才二十多歲，應該不知道。

「我可以見你們主管嗎？」

「幹麼？」

「因為你沒辦法回答我的問題。」

警員猶豫了數秒。

「你等一下。」

警員走進內室後不久，帶出一個兩塊一（二線一星），官階比值勤的一塊三高兩級。

「請問有什麼事嗎？」兩塊一身材介於壯碩與肥胖之間，說話大聲，一副想幹架的模樣。

「我需要詢問一件發生在民國八十一年的命案。」

「命案？」

「一九九二年。」

「一九九二？」

截至目前，我的問題只引來更多的問號，但我按捺著性子；剛才菜鳥好欺負，這傢伙氣勢強盛，不能和他硬碰硬。

「你是誰？」

「我是私——我受人委託調查一件發生在菜寮一帶的命案。這是我的名片。」不得已，只好拿出胡舍為我印的名片。

「徵信社？早說嘛。」兩塊一的眼神從不屑轉為鄙夷，「哇，你們還自稱幹員啊。」

「不好意思，我老闆就喜歡擺譜。我們可以坐下來談嗎？好讓我把事情講清楚。」

在派出所會客區的藤製沙發上，我把琳安的故事說了一遍，並表明希望能察看十九年前的檔案。

「不可能，」聽完後他說：「快要二十年的資料早就不在了。我們派出所以前不在這裡，十幾年前搬家的時候已經銷毀了不少資料。」

「銷毀？」

「沒辦法。台灣警政資料E化是這幾年才開始的，古早以前的文書不可能一直擺在倉庫裡發霉吧。」

兩塊一所言可能屬實也可能是唬爛，唯一能確定的是他不想幫忙，從頭到尾連開水也沒賞一杯。資料可能已遭銷毀，也可能遺失，但資料還好端端躺在檔案櫃的機率並不是沒有。

前來三重之前，我已在網上查明警方處理文書資料的相關法則。台灣政府「機關共通性檔案保存年限基準」裡清理處置資料的方式有四種：列為國家檔案、機關永久保存、屆期後鑑定、依規定程序銷毀。其中編號第十二和警務類檔案保存有關。針對刑事偵查案件是這麼規定的：除了「重大輿情之特殊個案」應永久保存外，其他則依刑責輕重來區分年限。首先「屬犯最重本刑為死刑、無期徒刑之罪者」，所有文字資料（報案紀錄、現場勘查、筆錄、偵查報告等等）保留期限為三十年，且屆期後鑑定去留；再來「屬犯最重本刑為十年以上未滿死刑、無期徒刑之罪者」，其文字資料也是保留三十年，但時限一過就得銷毀。其中，年限起算的方式分為已偵破和未偵破兩種，前者的保存年限「自偵結移送日起算」，後者則

「自全案最後文件之歸檔日期起算」。

男孩母親命案的資料，無論屬已偵破或未偵破，按理說還有至少十年的壽命才會餵給碎紙機。但我不想當場揭穿，一旦得罪了兩塊一或他的長官，這條線就不通了。

IV 三重埔

1.

接下來該怎麼辦？

我可以向胡舍求救，以他的人脈，找到和菜寮派出所有關係的人士應該不難；也可以打電話問朋友，看看他們的朋友有沒有朋友在警界服務，再透過那個人的關係找找有沒有和派出所有關係的朋友。這不就是台灣人靠關係、套交情的方式？有一陣子流行六度分隔理論：世上所有的人只是頂多六個社會關係的距離，也就是說，我和任何人，即便是美國總統或墨西哥監獄裡某個囚犯，只要透過朋友的朋友，不出六個，就能找到關聯性。於某次訪談，影星凱文．貝肯（Kevin Bacon）說他「曾和好萊塢每個人共事，若沒直接合作，至少曾和跟他們合作過的人們合作」。此言一出，引起四個大學生的好奇，搞了一個「凱文．貝肯的六度分隔」遊戲，規則是只要挑戰者提出好萊塢任何一咖的姓名（導演、演員、場記），玩家得於六個人際關係之內找到貝肯和那個人的連結。世界很小，台灣更小，我和台灣任何人之間只有四度分隔吧。

我暫時不打算這麼做，姑且當作走投無路時不得不然之下策。苦思良久之後，決定報名參加新北市文化局主辦和三重歷史文化有關的系列導覽課程。向琳安報備請款時並未說明理由，她沒問什麼便允准了，顯然不至以為我會沒事花客戶的錢來培養自己的人文素養。

幾次的導覽活動讓我對三重有多一點認識，例如某些地名的由來、保留完整的空軍三重一村、貧民窟二十九街、紅燈區豆干厝遺址、碧華布街、秀英花的故事、盛極一時的黑膠唱片工業、密集的宮廟、三和夜市。然而，直到第四次才遇到要找的人。

參加課程主要是為了結交對三重的過往熟悉的地方人士。之前三個裡面，兩位太年輕（才四十出頭），另一位年紀夠大，但不想和我多談，對於我所提出和導覽主題無直接相關的問題懶得回答，甚至有點不耐煩。還好，第四位老師許桑，許進雄先生，六十出頭，為人爽朗，用台語講解時語言豐富，內容葷素不忌，對於學員們有聊無聊的問題皆樂於回答。然而許桑最讓我欣賞的一點是他對三重的觀感較為切實。不少在地文化工作者對於三重「污名化」難以釋懷，因此希望透過他們的介紹扭轉一般人對於三重埔的「刻板印象」，但許桑不同。

「若是講食菸喝酒就是鱸鰻，恁爸自細漢就是鱸鰻。」矮瘦的許桑站在中央北路上大明戲院舊址前，對著隨身麥克風這麼說。夏威夷風尼龍花襯衫塞在米白雙摺西裝褲裡，搭配著黑皮帶和棕色阿瘦皮鞋，若再加一副流線型太陽眼鏡，便是如假包換的烏狗兄。

「但是咱莫騙人，人家講三重埔又髒又亂，這是事實；人家講三重埔治安不好，這嘛是事實。莫講別項，新北市十五個行政區裡面，三重埔的犯罪率常常都是拿第一名；所有分局裡面，刑事案件發生最多的就是咱的三重分局。別人父母會跟孩兒講『墓仔埔毋湯去』，阮的父母會跟阮講『堤岸那邊毋湯去』。講正經的，以前的堤岸那兒還沒環河南路、快速道路，全都是一些浪流連的羅漢腳在那賭博打架。我今天的任務不是要替三重洗面讓伊較為好看，不是，我是要讓恁知道這個所在這幾年來發生了什麼代誌，有啥款的變化，它本身好看歹看由恁自己決定；擱再講，一個都市的特色不是只有好看抑是歹看，伊有什麼趣味才是重點。若是講到三重埔的趣味，這就話頭長了。」

導覽結束時正值傍晚，我跟許桑表示想請他喝酒，順便請教一些事，他二話不說便把我帶到一家快炒店，選了角落的座位，一邊吃喝一邊聽他臭蓋生平。許桑酒量很好，每喝必乾，絕不來「啣補一下」（小口喝）那套。

許桑曾經是迌迌囝子，高中讀到一半便輟學去混黑道，原本以為從此浪蕩一生，沒想到卻為了一個女孩而得罪了敵對幫派的老大。對方揚言要讓他血濺五步，偏偏自己的老大是個俗辣，只想斷尾求生，搞得他孤立無緣，只得跑到嘉義親戚家避難，同時申請提早入伍。

「結果恁爸抽到下下籤，離島三年，在澎湖做通訊兵。那三年可以說悽慘落魄，寒天的時候真正是凍沒著。我們大部分時間都在碉堡裡面偵察阿共仔的情報。當時很緊張，好像台灣的安全全靠我們這幾個在室男，哪像現在，現在你要是跟人講你在戰情室做兵，人家都知道你整天在看電視、打電動，還用手機叫麥當勞。」

「退伍後呢？」

「退伍後整個人思想就變了，較會想了。而且，那個說要把我斬手腳的老大在我做兵第二年就被自己手下砍死了。」

「那個女同學呢？」

「你問到了重點。伊叫做阿娟，生得妖嬌美麗，用現在的講法就是辣妹。我做兵的時候因為見笑，沒跟伊聯絡，也感覺伊應該會和那個老大行做伙。有時候半夜睡不著，想到伊可能被那傢伙睡去恁爸就氣得全身僵硬，得要衝出碉堡才有法度喘氣，完全忘了可能會給阿共仔的水鬼抓走。退伍以後回到三重，我沒那個臉找伊，哪知道有一天走到正義北路在重新路口等紅燈，邊等邊想以後要做什麼，就像人家說的來到了人生十字路口。就在那時候，我看到伊站在對面看著我，也在等紅燈。那當時我的心臟好像打鼓一樣，更嚓更嚓更嚓，我激動、緊張，想要『斡頭閬港』（掉頭開溜），找一個所在覷起來，也想要衝過去給伊攬起來，給車撞死也沒要緊。結果綠燈來了，我和伊在路中心面對面，伊流著眼淚，第一句話就是，我一直在等你。聽到伊這句恁爸感動到靠北，眼淚也流下來，那當時就決定這世人一定要好好的對待伊。」

兩人從此行做伙，一直到現在。當年的辣妹已是三個孫子的阿嬤，不過許桑強調，在他眼裡永遠是辣妹。在阿娟鼓勵下，許桑去上夜間進修班，兩年後拿到高中文憑。

「後來我跟人學木工，不但學技術還跟設計師學畫圖，慢慢知道什麼叫龍骨，什麼叫結構。出師之後自己開一家木材行，不但做批發，還替人做室內裝潢。」

「你的經歷很像天台戲院的頭家。」

「哇，巷子內的喔。我就是聽到伊的故事才決心以他為模範。」

我讀過一篇介紹天台戲院的短文，創始人李瑞軟頗有遠見，於戰後初期百廢待興的一九五〇年代，一邊搞拆除業，一邊開木材行；左手搞破壞，右手搞建設。一九五二年李先生將木材行搬到現今的天台廣場，因對戲劇有興趣，在二樓上面加蓋一座歌仔戲台，取名「天台」，天空中的戲台；歌仔戲沒落後改成電影院，不只「天台」一家，還有「天南」、「天心」、「正義」、「真仙樂」。除了電影院，還有歌舞團；據說許不了就是在那兒發跡的。

「我沒李先生那麼厲害；不過，因為伊的關係，我開始對三重埔的娛樂事業有興趣，自己慢慢研究，跟人開講、訪問別人，聽到有趣味的就記下來，哪知道幾年下來，恁爸變作文史工作者，跟三重有關的，別人若是有什麼不清楚都會來問我。」

「我就是要請教你一個問題。」

我告訴許桑琳安的故事，因覺得他很羅曼蒂克，特別強調琳安和男孩是兩小無猜、青梅竹馬。這招果然奏效，但見他聞之動容，露出不捨的表情，同時一對眼珠子閃閃發光、來回滾動，好似連線中的伺服器。

「我跟你講，你問的代誌正好是我最沒路用的部分。因為我過去的紀錄，我跟警察的關係是他走他的陽關道、我走我的獨木橋，千萬毋通相借問。但是你放心，我會替你問一下，看看有什麼辦法。若能讓他們兩個重逢，這是一件好事，你講對不？」

2.

齊總編來電邀酒攤，我跟他約在DV8。不能每回都是我上台北，總得輪他為見老友一面而有舟車勞頓之嘆；同時也想讓他認識艾瑪——其實是炫耀老子有這麼正的馬子。結果他和艾瑪一見如故，相識不久便頻頻乾杯，將今晚的場合當作吐槽吳誠大會，我佯裝不爽，其實暗讚在心頭。你若是對男女關係稍有認識，應該明白：如果你在意的女人在你面前向你的朋友數落你的不是，她顯然已把自己當成你的準馬子。（不過要是那女人剛好是你夫人，最好皮繃緊一點、印章準備好：她欲求不滿，真的在吐槽。）

齊總編是我和過去生活（文化圈）唯一僅有的連線，不時為我捎來那邊的新聞，但大都是壞消息。

「書越來越不好賣了。」他說。

「書市寒冬已經很久了吧？」

「一年差過一年，看不到春天。」齊總編吸一口長壽，吐出煙的時候說：「有點累了，力不從心。」

「你可以放棄，一走了之。」

「像你那樣？」

「像我這樣。」

「不是每個人可以跟你一樣拋開一切，然後跑去幹一個職業欄查無此項的行業。你有沒有想過，十年以後、二十年以後，當你無法照顧自己的時候，孤家寡人一個怎麼辦？」

「你以為我為何搬到淡水？」

「什麼意思？」

「離河邊近啊。」

齊總編先走一步，趕著搭乘捷運末班車。艾瑪過來找我，面色凝重。

前一陣子 DV8 發生一件插曲，原本只是單純的事故，萬沒想到雪片積成雪球，有愈滾愈大的趨勢。

話說某天，艾瑪的機車後擋泥板，被一個急駛中閃躲前方汽車時的騎士撞壞。當時有人目擊經過，撞到時聽到硬塑膠裂開的聲音，他下意識轉頭，發覺騎士停也沒停，反而加速離去。本想自認倒楣的艾瑪聽了有點火大，調出外面的監視器錄影，除了自己所設還參考附近幾個店家的監視器，結果找到可當證據的畫面。一切如無雲的天空那麼明朗，然而事情在艾瑪報警之後逐漸變得詭異。一個禮拜過後，艾瑪打電話給負責的警員詢問進度。

「還沒查到。」

「我不是提供影像了嗎？」

「妳給的是手機截圖，畫面不清晰，牌照號碼很模糊。」

「什麼截圖，你不會去找店家調出原來的影像嗎？」

「要找妳去找。」

「你說什麼？是我警察還是你警察？民眾報案還得自己找證據？」

「反正就是找不到。」

「什麼叫找不到？是你沒找吧？」

「就是找不到，不然你可以投訴，我歡迎你投訴。」

「好，你叫什麼名字？我一定投訴。」

艾瑪問到姓名後馬上打電話到新北市政府投訴，接受投訴的小姐對於警員的態度感到不可思議，向艾瑪保證一定處理。艾瑪跟小姐說，她不但要肇事者賠償，還要知道那名警員有沒有受到懲處。三天不到，那名警員打來，告訴艾瑪說「找到肇事者了」，之後會依程序處理。事情理應畫下句點，不意當天下午艾瑪卻接到肇事者來電，語帶威脅地說，大家都住在淡水，相遇得到，何不大事化小、小事化無。艾瑪氣炸了，決定跟他周旋到底，再度向新北市政府投訴。同一位小姐對艾瑪說，已掌握對方肇事逃逸的事證，要不要提告民事賠償由她決定；同時根據淡水分局，那名警員將會遭到申誡處分。掛電話前，小姐建議艾瑪這幾天接電話時務必記得錄音，若對方再度打來騷擾便可留下恐嚇的證據。

事情如果就此結束，沒必要多說。就在我勤走三重——白天參與課程、晚上於菜寮一帶熟悉環境——那幾天，事情有新發展。

自艾瑪再度投訴的隔日起，條子天天來DV8巡邏，要求查看每個人的身分證，有時甚至一晚兩回，大家不勝其擾。艾瑪認為一定是那個被申誡的條子搞的把戲。

然而第四天，條子遇到了剋星。好久沒來的大衛哥從其他酒客得知此事後告訴所有人，待會兒要是條子出現，大家不要慌張，由他處理。

打卡似的，九點多條子來了；三人一組。當他們向最靠近門口、正在看球賽的四百要求查看身分證時，坐得老遠的大衛哥隔空大吼一聲：不要理他！這麼一吼，大家全被鎮住。同時，艾瑪配合大衛哥的演出把音樂關掉，DV8頓時安靜無聲如墓園。三個條子不敢相信自己的耳朵，先是一愣，然後往聲音的源頭望去，發現發話的是一個瘦癟的老傢伙時，信心立刻恢復，同時起步、同樣雙手交叉掛在皮帶扣環上，西部牛仔似的走向大衛哥。走過老江時，老江想當和事佬但被胡舍制止。

「各位，拿出你們的手機錄影存證，」大衛哥說，「幾個對著我，幾個對著警察諸君。」聽他這麼說，條子原本左搖右晃的肩膀頓時收斂起來，腳步放慢。

「艾瑪小姐，請妳用手機 Google。」

「查什麼？」

「警察職權行使法。」

聽到「法條」，條子全都像觸電般抖了一下，不敢動了。

「查到了。」

「我現在講出裡面的內容，妳仔細核對，如果錯一個字罰我三杯。」

「好。」

「聽好喔，『警察行使職權時，應著制服或出示證件表明身分，並應告知事由。警察未依前項規定行使職權者，人民得拒絕之。』報告完畢。艾瑪小姐，有沒有錯？」

「一字不差。」

「現在我請問各位警察先生，你們認為這裡面有誰是危險分子，可能對自己或他人造成傷害的人士嗎？你們憑什麼理由天天來這兒查緝？」

「我們根據線報——」其中一個脫口而出，另外兩人已不來及制止。

「線報？用什麼方式線報說咱們這兒有可疑人物？打電話有錄音，白紙黑字有留底，我可以現在跟你們回分局，只要分局長提出證據，大夥一定配合，乖乖拿出身分證。」

「老先生，有話好好講，不是這種態度。總有一天——」

「什麼總有一天？我都七八十了還總有一天。你在恐嚇我嗎？有沒有錄下來？」

「有！」眾口同聲。

條子只能摸鼻子走人，大門還未完全闔上，店裡已爆出歡呼聲。大家搶著請大衛哥喝酒，結果是艾瑪請大家喝酒。個性溫和的老江認為大衛哥這般強勢，只怕會為 DV8 帶來更多麻煩，但艾瑪要他別擔心，她不是怕事的人。

「可惜我那天不在，否則一定要好好敬大衛哥一杯。怎麼啦？事情不是解決了嗎？」

沒想到趕走了條子，卻換來消防臨檢。

「上個月才安檢完，現在突然臨檢，」艾瑪憤憤不平地說，「而且原本沒問題的地方現在統統有問題，不但雞蛋裡挑骨頭還口氣很差，口口聲聲要把 DV8 斷水斷電。」

「顯然又是那個俗辣。」我說。「妳決定怎麼辦？」

「我要跟他拚了。」

「他是警察怎麼拚？有沒有想過找人介紹，跟他和解？」

「我不想跟那種人和解。」

「妳在想什麼？」

「我想雇用胡舍，挖出那傢伙的底細。」

我想了片刻。

「這是沒辦法中的辦法，但是一切要很小心。」

我們把胡舍叫來，跟他說了艾瑪的想法。

「什麼啊！要我去跟蹤警察？媽媽咪呀，不要命了啊我！」

「你緊張什麼，我可以隨時支援。」

「不用啦，吳誠，你忙你的事。」艾瑪說。

「沒關係，這事我管定了。」這輩子從來沒這麼 MAN。

「可是艾瑪，妳要知道，我很貴的。」

「你他媽不會算便宜點？」

「幹麼那麼凶啊，」艾瑪瞪我一眼，轉向胡舍。「你他媽不會算便宜點嗎？」

3.

許桑那邊有了消息，他找到一個可以詢問的人：一九九〇年代期間於菜寮一帶擔任里長的龍哥。

台灣的里長是那種平時彷彿不存在、出事時很好用的公僕。還沒辭去教職前，我曾擔任學員宿舍住戶主委。有一次為了社區的事得和里長伯商量，循著地址找到他時，發現他住的地方完全符合一般對「里長伯」的制式想像：半山腰一間老舊的平房，周圍都是樹，裡面客廳既是家居亦為公辦；我們商討事情時，他媳婦在一旁拿著塑膠小調羹追在兒子後頭要他吃一口米飯。

沒想到許桑帶我去見的龍哥，住在先嗇宮捷運站附近一棟十二層高級大廈、登堂入室之前還得經過警衛通報的那種。

「這都是八字。有人八字不好，打拚一世人也沒法度出頭天；有人生來就是有雞屎運，跌倒也撿到錢。」坐電梯上三樓時許桑說。「他家這塊地本來不值半仙錢，只拿來種高麗菜和瓠仔，哪知道捷運發展到這附近以後整個就起價了。里長伯和建商合作，這棟蓋好之後一樓到三樓都是他家的。這叫做青盲貓遇到死老鼠，」

年過八十的里長伯身子仍舊硬朗，可惜記憶不太靈光，問他一九九〇年代的事，只記得那是他最明智的時刻：抵擋了誘惑沒把土地賤賣給建商，對於我問的事情——任內期間是否發生命案——並沒直接回答。

「三重埔自從一九九〇年了後起了大變化，直的變成横的，横的變成直的，發生過的代誌實在太多，我無法度全部記得。我還記得有一個小學老師，看別人玩股票賺得爽歪歪就凍沒著，也沒跟伊某參詳便辭職去教補習班，賺了錢就投資股票，稍微賺淡薄就『慶寡寡』（囂張），喝酒開查某什麼都來，後來股票賠到走投無路，妻離子散，差一點沒去跳淡水河。」

「唉呦阿龍，人家吳先生是在問民國八十一年你有無遇到什麼案件，」比里長伯年輕六歲的老婆阿卿一直將琳安的故事放在心上，和我一樣，希望阿龍能言歸正傳，「你也稍想看覓，那當時有重要的代誌發生沒。」

「發生那麼多代誌，我哪有法度記得住。吳先生，我跟你講，那是台灣開始亂的時代。頭一次在菜寮這個單純的所在，一個少年家因為吃毒吃到頭殼壞去而殺死他父母。那個囝子是我從小看到大的呢，哪知道……」

許桑向我打個眼神，意指「此路不通，該散了」，我點頭表示同意。然而當我倆告退時，阿卿嫂卻把我們攔下，說她已打電話給兒子，要他從外面帶回酒菜，請我們喝酒。聽到喝酒，龍哥比誰都高興，死命的把我們留下。

開喝之後，龍哥比誰都嗨——顯然平時有禁酒令（讓我不禁想起關於老年的大哉問：禁東禁西多活幾年，抑或恣情縱欲聽天由命？）——我和許桑則借酒澆愁，比平時勇猛。這期間只有阿卿嫂清醒，雖然她沒少喝。她要兒子從房間拿出一本本相簿給龍哥翻閱，龍哥每翻一頁便加以註解，阿卿嫂也在一旁附和。起初我不懂她的用意，以為她和龍哥一樣喜歡留連於緬懷的巷道，但沒多久便明白她想藉此喚起龍哥的記憶：每當龍哥憶及和一九九二那年有關的大小事時，阿卿嫂便會多問幾句。就在許桑喝開、堅持要我和他喊拳否則翻臉而我抵死不從之際，阿卿嫂淡淡的拋下一句「就是伊」，同時從相簿抽出一幀發黃的照片：龍哥和一名警員於派出所前的合照。

「你們去找伊，他應該知道，」阿卿嫂說。

「伊是我換帖的，做人真熱心。」龍哥醉眼迷茫，面帶微笑，心思已飄回過去的美好時光。

「伊叫做莊重光，很好記，和養樂多董事長同名。吳先生，你問的那個時間伊就在三重做警察。」

阿卿嫂的效率沒話說，隔天早上，我和許桑已經坐在莊重光家裡的客廳食茶。雖說是里長伯的換帖兄弟，其實兩人年紀相差一個世代；六十出頭，七年前從警界退休後便在家裡種花養草泡茶，人稱老莊。

茶是我的罩門，幾杯下肚就會醉，但有求於人且主人熱情招待，因此不敢怠慢，來一杯乾一杯。老莊對於我們的造訪非常慎重，不但以冠軍茶餉客，還從櫥櫃搬出最鍾愛的功夫茶具：燒水壺、煮水器、茶壺、茶海、聞香杯、茶杯、茶濾、茶洗，整齊一致擺在茶盤上，一副乾坤齊備的景象。老莊一邊泡茶一邊聽我說故事。

「這個案件我有淡薄印象，」穿著寬鬆、無袖白汗衫的老莊回想時慣性地用手指搔搔他的禿頭。

「真的？」

「哇，乾杯慶祝！」許桑比我還興奮。

「但是細節已經忘了。」

「有法度查嗎？」

我跟老莊說了我在派出所碰壁的經驗。

「聽伊在放臭屁！三十年還沒到，檔案應該還在，他沒查就說銷毀根本是畫虎屚。現在警察的素質實在有夠差，遇到百姓一條龍，遇到黑道一條蟲。」

「就是啊，遇到百姓面臭臭，遇到黑道笑咳咳，」許桑添油加醋。

他們這麼說，我頓時想到那個找艾瑪麻煩的條子。

「恁等我一下，」老莊說完走進房間。

許桑為我倒茶，我說不能再喝了。沒吃早餐就一連灌下幾杯鐵觀音，搞得我飢腸轆轆兼反胃，感覺虛空、想吐。許桑笑我是「奧少年」。

不久後，老莊出現，已換好外出服。

「走！」

「去哪？」許桑問道。

「人講打鐵趁熱、吃米粉要趁燒，現在出發，去調資料來看。」

出門後，老莊招來一輛計程車。本以為老莊要帶我們去菜寮派出所，沒想到他跟司機說三重分局。

老莊做人乾脆俐落，但不會自我吹噓，上車後才告訴我們，他幹過派出所所長，和現在的分局長很熟。

「我去跟局長打個招呼，檔案就放在行政組的檔案室。」

到了分局，老莊叫我們在外等候，自己走進去。我趁這時候請許桑到對面的早餐店找個騎樓的位置，叫了很多東西，對茶免疫的許桑叫了一杯冰紅茶。我和他邊吃邊聊，不時看著手錶。

「安啦，時間越久越有好消息，若是他沒幾分鐘就出來顛倒不好。」

「不管怎樣，都要多謝你呢。」

「免多謝，這是應該的。兄弟啊，你這款私家偵探可有執照？」

「沒，台灣沒這個制度。日本和美國都需要證件，而且每年還有考核。台灣政府沒在管這，若要成立徵信社去登記一下，有統一編號就可以開業了。」

「幹，那麼簡單？」

「所以一般人對徵信社印象不好，將伊當作特種行業，屬於八大行業裡面。」

「所以私家偵探是你自己叫爽的？」

「可以這麼講。」

將近一小時後，老莊步出分局。我們向他揮手，看他的表情好像有收穫。

「有找到沒？」許桑急著問道。

「有夠歹找的歹找，檔案室裡面亂七八糟，物件亂放，沒一個章法——」

「有找到沒？」

「我找了很久才找到一九九〇年代的檔案，哪知到了九一年三月就斷去，一跳跳到二

○○○年，我想說會不會不見了，只好到別區找——」

「到底有找到沒啦？」

「屁話，當然是找到了，不然怎麼會走出來。」

「文件呢？」

「檔案是公文不能拿出來。」

「哇，這廂要怎麼辦？」

老莊從口袋拿出手機。

「手機就是有這個好處：全部都在這。」

V 跟監

1.

艾瑪赴新北地院遞狀同一天，胡舍展開條子跟監行動。

條子的名字很火，叫炎耀燦，一線四星，是否為內軌制警大或警專畢業，或透過外軌制考上的並不清楚。「這不是演電影，」胡舍說，「我可沒能耐駭入警察的網站偷看人事資料。」

我在六張犁連續殺人一案期間和綽號小胖的警員密切合作，且一同歷經生死交關的冒險而結為好友，常常向他請教台灣警察的相關問題。他告訴我想要成為警察可以透過很多方式。第一個方式就是他所選擇的途徑：高中畢業後報考警專（台灣警察專科學校），修業兩年畢業，得通過四等特考才能納入編制，以基層警員任用。另一個方式是高中畢業後考上警大（中央警察大學），修業四年畢業，得通過三等特考才能納入編制，依成績及專長分發，以警官任用。

以上為內軌制，外軌指的是以高中文憑報考一般警察四等特考，通過後得於警專受訓一年，合格後才能成為警員；或者是以大學文憑報考一般警察三等特考，通過後得於警大受訓一年，合格後才能成為警官。

除了以上常設管道，還有幾次特例。一般來說，調查局人員的素質高過一般刑警，主要是因為他們各有（財經、資訊、醫學等）學士級以上的專長，而警大四年的訓練雜而不精（刑法、搏擊、柔道等等都得懂一些）。然而，調查局規模小、升遷不易且愛搞內鬥，不見得是嚮往執法生涯的年輕人想去的地方。有鑑於此，警政署為了提升警察的程度，於一九九一、一九九八兩年分別舉辦「學士後警官班」，藉此吸引學有專精的大學畢業生加入警政的行業。據說，這兩屆畢業的學員裡之後成為警界菁英者不在少數。

「沒關係，」我對胡舍說，「調查重點並非他是『內鬼還是外鬼』，而是有無違反警察操守的行徑、有沒有靠山，以及他和肇事者高正旻的關係。」

透過胡舍在戶政事務所的內線，得知條子原籍樹林，三年前調往外寮派出所時搬至淡水；已婚，有一個三歲的兒子，家住水碓一帶。

之前我跟胡舍說過，一旦發現不尋常的現象務必通知一聲，只要我人在淡水必會過去支援。

行動開始的第四天晚上，我接到通報，立刻趕到老街一帶。

我、胡舍和他的幹員站在多崎作酒吧外面的木麻黃旁決定下一步。位於公明街上的多崎作是一間小型酒吧，在公寓二樓，上去之前要摁電鈴，酒保會下來幫你打開鐵門。酒保年輕友善，很樂意為你介紹台灣各式精釀啤酒。因客層年齡偏低，我只去過兩次，兩次都選擇可以抽菸的陽台雅座，往外隔著兩株終年青翠的瓜栗可以眺望對岸的觀音山，往內看著琥珀色一片的酒櫃則另有一番風情，脾胃一陣溫暖。「多崎作」源自村上春樹小說《沒有色彩的多崎作與他的巡禮之年》，意指這家酒吧是供人稍作休憩的駐足點，聊天時酒保這麼告訴我。

「他帶一個七仔上去。」幹員說。

「如果是幽會也太大膽了，離家這麼近。」胡舍說。

「裡面不大，我們三個進去會太醒目。」我說。

「廢話，小凱一個人就可以了。」

叫小凱的幹員檢查隨身備妥的監視器材後，上了二樓。胡舍和他約好，蒐證後在渡船碼頭附近的北墾丁啤酒屋會合。

「把淡水比作北墾丁是自抬身價還是自我貶低？」我說。

「有什麼好奇怪的，淡水絕大多數的銅像都是外國人。」

叫了第三杯生台啤後，小凱到了。

尖端的錄音錄影筆插在小凱的襯衫口袋，背夾頂端是攝像頭，偷拍時不會閃爍亮燈，除非對方已有防備，否則極難察覺。小凱抽出筆來，從中間扭開，取出後半段前端的記憶卡，用轉換器把它接到手機，影像頓時顯現於螢幕。我和胡舍迫不及待，各戴一只耳機、像一對情侶湊起頭來看影像時，小凱在一旁把風，以防萬一。

從條子和女子互動的情況研判，郎有情而女有意，可惜沒親密動作，還在打情罵俏的階段。條子狀極輕浮，不停地抖動著踮起的右腳，開黃腔時女子佯裝討厭卻笑得花枝亂顫。

「幹，這沒什麼用。」胡舍說。

其實，即便有肢體接觸也沒什麼用。外遇這種事屬於個人行為，拿它來威脅條子或任何人，縱使達到目的，討來的公道毫無光彩可言。會這麼想，除了基於「盜亦有道」，實則這種涉及私事的籌碼無法「一槍斃命」，若處理不當反而可能導致對方非理性反撲。

失望之餘，我對於初看影片時莫名其妙的興奮感到丟臉，實在有違專業，和胡舍商量後決定不跟艾瑪提及此事。

2.

打開老莊發來的檔案仔細研究，之於案情已有輪廓。

一九九二年九月十七日，受害者張秀英於六點零三分打卡下班，自任職的三重地政事務所騎機車返回大同南路上的平房住家，十多分鐘後抵家，將機車停在後院，從後門進入家裡不久便遭闖入的歹徒自後襲擊。張女倒地撞到茶几時手錶毀損，時間停在六點二十五分。警方研判，張女進門時扣上外面的紗門，但沒關上鐵門，凶手用刀割破紗網、打開扣鎖，走到前面客廳，行凶後折返循原路逃逸：在後院泥地上發現一組可疑的鞋印，以及兩個吸到一半便丟地踩熄的寶島牌菸屁股。

張秀英已婚，育有一兒（石田修）；丈夫為船員，三年前隨船停靠南非時在酒吧因細故遭當地人刺死。石小弟八歲，小學二年級，平時中午下課後待在校內，參加學校委託民間機構代辦的「課後照顧」。五點三十分石小弟和同學從學校走回家裡，用鑰匙打開前門、放好書包後，在前院和一名五歲女孩（何琳安）玩捉迷藏。根據石小弟的證詞，他作鬼抓到女孩時正好聽到屋內「有人跌倒的聲音」。他要女孩別動，自己走進屋裡察看，開門時發現母親昏倒在茶几旁，而且一個蒙面男子用「黑黑的手」（應該是黑手套）正在掐她的脖子。石小弟衝過去救媽媽，但是被凶手擊倒，撞上電視機後昏厥。該處人口不如市區密集，大都為稀疏的平房和茅屋，因此鄰居聽到琳安的哭聲才察覺有異，進門看見倒地的母子後報警。

因時間扣得很緊，張女返家不出幾分鐘便遇害，警察認為有兩種可能：一是凶手從地政事務所開始一路尾隨受害者；二是凶手預先躲在後院樹叢裡，等受害者回家後動手；無論哪個版本都顯示預謀凶殺的可能性極大。客廳和兩間臥室並沒翻箱倒櫃或值錢物品失竊的跡象（死者隨身包包裡的現金、身分證、信用卡都在）；另外，若凶手的目的為財物，擊倒屋主即可，大可不用勒斃。警方因此排除盜竊的動機，朝情殺或仇殺的方向偵辦。

張秀英為公務人員，人際關係單純且為人和善，與鄰居或同事相處和睦。根據幾位和她較熟的同事，張秀英沒有和任何男士交往，其中一位說，「在工作上態度非常積極，還要照顧兒子，根本沒有別的時間」；同時，鄰居們也從未看過任何陌生男子出入她家。

警方在死者的包包裡找到一張她參與「民間互助會」（標會）的名單，上面寫著所有成員的姓名、地址和聯絡電話；除了張秀英外，包括會頭及會腳共二十一人。警方一一查訪時發覺，八月三十一日，因死會（已得標）陳太太拿了錢後不知去向，陳秀英和其他五個會腳去找會頭蔡謝淑芬理論，過程裡曾和會頭的么兒蔡昆財發生口角衝突。警方進一步發現六人裡其中一名於四天前（九月十三日）在新莊平房家中遇害，凶手的手法和張秀英案如出一轍。（原來，我搜索報導資料時找到的新莊命案和此案有關。）

案情因此變得明朗，有多次暴力前科的蔡坤財成為主要犯嫌。九月二十二日有人在堤防邊的廢棄茅屋發現一具屍體，經查證後死者為蔡坤財。警方在屍體旁邊找到一瓶農藥，在死者身上找到一包寶島菸和標會名單。法醫驗屍後判定死者因服用安非他命和農藥以致身亡。

石田修——有了男孩的名字事情好辦了。

我不抱希望地掛網搜尋，果然沒「石田修」，倒是有多筆「石田修一」；臉書亦無以此名登記的帳號。我把名字丟給胡舍，不出一個鐘頭便有了結果。

自從一九九九年戶政電腦連線作業上路後，辦理戶口相關業務變得方便許多；而且只要提出正當理由，便可透過「戶政司全球資訊網」查詢要找的人。我找男孩的理由應屬正當，但不是政府認定的正當，只好透過胡舍那邊的管道獲取資料。至於什麼管道屬商業機密，胡舍沒提，我也沒問。

「石田修」這個名字特殊，胡舍說，因此找到的資料只有五筆。以年齡區分、再從遷徙的紀錄研判（剔除一直住在南部或年齡不符的人士），我確定要找的石田修，今年二十八歲，設籍在新店新和國小一帶。

傍晚時分，依址找到永安街小巷裡一棟中古四樓公寓，摁下左邊頂樓的電鈴，久久無人回應。我決定等待，在附近徘徊，然而十一點多摁第四次時依舊靜悄悄。從樓下往上看去，四樓一片漆黑，確定屋內沒人後才離去。沒想到第二天從傍晚到深夜也一樣，我開始懷疑四樓是否住人。硬著頭皮一一摁了其他樓層的電鈴，詢問左邊四樓是不是住著一位「石先生」，得到的回答不是「不知道」、「不清楚」，就是「請不要亂按」。收工前，在最近一家便利商店買了原子筆和筆記本，於其中一頁寫下我的姓名和手機號碼並註明「有事請教，請屋主不吝聯繫」，撕下後往外對摺讓有字跡的那面朝上，塞進信箱時刻意露出邊角。

3.

我跟琳安報告已查到男孩的姓名，但尚未找到本人。她在電話上喃喃說了幾次「石田修」後表示，對這個名字毫無印象。我請她詢問父母是否對「張秀英」、「石田修」有印象，之後她打來說，他們記憶模糊，不敢確定。結束通話前，琳安對我說：「如果找到了，請幫我問他可不可以見面。」

留給石田修的紙條未見回應時，跟監條子行動有重大突破。

我趕到老街廣場，在展示的蒸氣火車頭附近找到了胡舍。

「他們在壹咖啡。」

壹咖啡我很熟，對抽菸的人來說是個好去處，戶外開放抽菸的座位遠比禁菸的室內還多。它面對廣場，和捷運站只一街之隔，有其地利之便；平時可以看到死忠的煙槍坐在一塊喝茶打屁，假日期間更是熱鬧，不時有路過或等候遊覽車的觀光客買飲料外帶。我轉頭望去，看見條子跟一名三十出頭的男子坐在有遮陽傘的四方桌前。胡舍的幹員在他們後面的一張小桌找到了絕佳的蒐證位置。幹員不是上回的小凱，是我見過一兩次的阿德。

「就是他嗎？」

「姓高的肇事者。」

許是先入為主的緣故，這個高正旻怎麼看怎麼不順眼，即便距離不近，也看得出這傢伙心術不正、賊頭賊腦。每個社會都會有這種人，他們自私冷漠，只顧自己，用於自身以外若有剩餘的關懷頂多澤被直系親屬。談起權利這些人比誰都大聲，提到義務他們第一個落跑。

不管長相如何，無論高矮胖瘦、男女老少，全都一張嘴臉、一個德行：歪斜的嘴角或算計的眼神只是扭曲的靈魂之冰山一角。當然，我可能成見太深，從外表來看姓高的或許沒那麼糟糕，但這不是講公道的時候：一個明知有錯卻為了區區幾文錢而動用關係還打電話恐嚇女人的傢伙絕對不是男子漢，被我看扁活該。

胡舍今天帶來的裝備比上一回更先進，乃網路廣告宣稱之「高畫質直播跟監神器」，即便我倆和壹咖啡隔著五十公尺，傳來的影像和聲音清晰可辨。胡舍一邊盯著手上的iPod，一邊不忘留意周遭的動靜，每有人走過便用食指快速點擊螢幕，彷彿和尚敲打著木魚，鐸鐸作響。

「你在幹麼？」我問道。

「假裝在玩電遊。兩個大男人坐這麼近還鬼鬼祟祟的看東西，別人很容易起疑。」

「沒想到還有這招。」

「很好用的呢，我的幹員都學會了。」

從他們的談話得知，兩人果然熟識，為高中同窗。條子今天輪休，和姓高的約在廣場等候其他友人，待會一夥將搭乘渡輪到對岸的八里吃孔雀蛤。然而除了確定兩人有私交外，聊天的內容沒有其他可用的資訊。現實不比虛構，跟監的對象不可能像電影那樣盡說一些偵探想聽的內幕。胡舍有點焦急，而我已沉不住氣。

「漁夫帽給我。」未等胡舍回應，我已把他的帽子拿來戴在頭上，帽沿壓到不能再低。

「夾克給我。」

「你要幹麼？」胡舍脫掉夾克。

「他們需要一個推。」我迅速穿上。

「什麼推？」

「推就是push。待會我坐下三分鐘後打給我，我接了之後掛斷。」我邊說邊站起來，走向壹咖啡。

「小心穿幫啊我操。」

走到壹咖啡時我故意不往條子的方向看，但從眼角瞥見滿臉狐疑的阿德往我這邊瞧來。

在櫃檯買了一杯無糖冰紅茶，走到阿德那桌，在他對面坐下。

「抱歉久等了。」

「沒事。」靈光的阿德已意會他得陪我演一段戲。

「好久沒見，最近怎樣？」

「馬馬虎虎。」

我開始跟他打屁，音量保持正常，讓我背後的兩人聽得到聲音但聽不清內容。

手機響起。

「喂？」我拉高音量，「什麼？車禍？妳慢慢講，是誰不對？什麼，撞到別人！開車怎麼那麼不小心呢！妳在哪裡？我馬上過去。」

我掛了電話，「對不起，我老婆又出車禍了，去處理一下。」

我往星巴克的方向移動，如果條子他們看著我離去，只能看到背影。

右轉來到星巴克後繼續走，走向河邊。同時，摘掉帽子，脫掉夾克，把它們塞進隨身攜帶的背包裡。沒多久，胡舍來電。

「媽的，你這一招字詞聯想居然奏效，」胡舍興奮地說，「你走了之後，他們開始談到艾瑪的事。」

當晚，其他酒客離去之後，我們在DV8重複看著關鍵的一段對話。

『……你打算怎麼做？』

『反正我的說詞就是哪有肇事逃逸，我以為只是擦到而已，街上那麼吵我怎麼會聽得到。』

『就這麼辦。』

『那個女人居然他媽告我，操。你不是說你會處理的嗎？』

『我有處理啊。我不是叫同事去她店裡臨檢，還叫消防隊的朋友關照關照，你還抱怨。』

『我沒有啊。』

『要不是我眼尖看到你的案子把它壓下來，還在電話上嗆她。』

『我知道啦，但是現在看起來，我不會少賠啊。』

『你放心，她讓你賠多少，我會讓她損失更多。要玩遊戲就來玩，只要她開店，何況還是酒吧，抓小辮子還不容易啊。』

『我想找幾個朋友去那邊坐坐。』

『你不要亂來喔。』

『沒有啊，就去那邊喝酒嘛，我又不會出面。找四五個人，一人坐一桌看她怎麼做生意。』

『不行，不行，會出事的，你還是交給我處理。』

『你的方式太慢，雙管齊下不是更好？那個女人不是說要求你被懲處嗎？你嚥得下這口氣？』

『當然嚥不下。那女人搞不清楚，副所長是我姊夫耶還懲處個屁啊！上面真的壓下來頂多就是口頭申誡，她能有什麼皮條？』

『我就不相信開酒吧的女人會是什麼好東西，搞不好是在賣的。』

『搞不好。』

『店名媽的還用英文，叫什麼——』

『ＤＶ八。』

『什麼？低Ｇ八？』

胡舍摁下暫停鍵，兩人狂笑不已的畫面頓時僵住。

證據已足——吃案、偏袒友人、公器私用、潛在裙帶包庇——這盤棋就看兩人口中的「那個女人」如何走下一步了。

沒想到艾瑪決定由我全權處理。

「妳確定？」

「確定。」

「妳期待什麼結果？」

「他們從我的生活消失。」

「不是從世界消失？」

「罪不至死。」

「妳不怕我把事情鬧大？」

「不怕，」艾瑪稍作停頓，深情地看著我，「你會顧慮到我。」

我深情地回看她。胡舍兩手對著自己的兩頰搧風。

「冷氣是不是壞了？怎麼突然很熱。」

4.

我留下紙條的第三天——其間每天晚上都會去永安街查看——石田修打來了。

「喂？」

「吳先生嗎？」

「我是。」

「請問是你留紙條在信箱嗎？」低沉而不怎麼熱情的聲音。

「是的，請問是石田修石先生嗎？」

「我是。有什麼事嗎？」

「方便見個面嗎？在電話上不容易說清楚。」對方的沉默代表遲疑，我趕緊接著說，「我沒有要找麻煩，我要說明的事其實很單純，不是什麼麻煩事，但最好是當面說明。」

我跟石田修約好一個鐘頭後在我買紙筆的便利商店見面。還好他答應會面，否則也只能掛掉電話後馬上衝到他家去摁電鈴。

我和石田修面對面坐在狹仄的座位區。我們這桌靠著牆面，隔壁三桌都有人坐：邊吃涼麵邊看手機的業務員，一對進來吹冷氣的夫妻，帶著大包小包的中年婦人。剛開始，在此人來人往、噪音不斷的場所，我頗受干擾以致結結巴巴，然而一旦進入主題，周遭的聲影便逐一褪去，糊混成潑墨狀的背景，說故事的我彷彿琳安的化身，情緒和聲調跟著情節起伏而起伏，而聽故事的他則慢慢卸下防備，從懷疑、警戒轉為理解，眨眼時眉頭微皺，似乎在腦海搜尋關於「安安」的記憶。

「我記得她。」

「她想見你，你願意跟她見面嗎？」

石田修愣了一下，原本柔和的表情轉為嚴厲。

「為什麼？」

「不知道，大概就聊聊吧。」

「經過這麼多年了，我們能聊什麼？」

「我沒辦法幫她回答。」

「我不想見面。你跟她說，我很好，謝謝她的關心。」

石田修說完起身，頭也不回的走出便利商店，留下被噪音和形影淹沒的我。

VI 石田修

1.

不能就此放棄。

找到了石田修可說對琳安有所交代，但若無法促成兩人重逢（縱然只見一面，之後不再聯繫），使命未達。

有此堅持是因為兩人各自的遭遇與交集觸動了我；某些一直被壓抑、刪除的情緒像氣泡似的紛紛冒出於看似寧靜如水的心靈，讓我恍然察覺這些年自己面對外界所端出的淡漠原來只是一道偽裝。

我怕什麼？害怕表現情感。二十多年來，我先是不喜歡在別人面前表現溫情，後來卻發展成對於溫情一概否定，以為那是弱者的標記。有時會耍賴地說，怪我不得。

當今社會溫情氾濫，致使沒有人分得清十塊錢一打的溫情到底只是機械式反應、萬無一失的敷衍、具市場價值的姿態，抑或發自於內的憐憫和良善。當一個東西無法辨其真偽、難以區分空心或實質，我們的態度往往會從合理的懷疑轉為全然否定的犬儒，至少我便如此。

我還有另一套說詞：長年和精神疾病奮鬥的經驗、多次從絕望的深淵掙扎爬起的過程，以及這輩子無法完全擺脫精神疾病的認知，已把我鍛鍊成「強者」，對於他人哭哭啼啼嗤之以鼻，對於勵志文章更不屑一顧。我自以為「強者」，我這個「強者」自以為是。

以上，不管是對於溫情的排斥，抑或對於自己尚未倒下的自豪，都是反應過激，避開了一個極端卻掉入另一個極端。然而有此察覺並不意味明天就會變成「好人」。還是那句老話，之於胸襟的事單靠理性認知或意志決心是培養不來的。

值得慶幸的是，即便對於廉價的同情與無病呻吟感到極度不耐，我的心還沒變成石頭。對於落難之人懂得將心比心，衷心祝福他們能夠找到減輕壓力的方式，若能盡一己之力，不會遲疑。尤其遇到有同樣苦痛的人，我會一改「薄恩寡情」（一位朋友如此形容）的疏離，帶著佈道的熱忱，告訴他們省下自責，告訴他們天生的精神疾病和個人道德一點關係也沒，並力勸他們一定要就醫，必要時我願陪同。畢竟，台北幾家醫院的精神科我熟門熟路。

琳安的遭遇打動了我，使我為她的焦慮感到焦慮。依我判斷，琳安恐慌的源頭和二十年前的「創傷」有關，不是找到「哥哥」、知道他還活著便足以減輕症狀。想見他一面或許只為了謝謝他的保護，或許對於之後的「消失」感到愧疚，也或許還有更為基本或深刻的關懷，我不得而知。謎底，在兩人尚未見面之前，無法揭曉。

之於石田修的遭遇，感觸更深。無法想像要是我有同樣的遭遇——自小失去父母且都死於非命，更何況目睹母親遇害——長大之後會變成什麼模樣。那天在便利商店，從儀態舉止看來，石田修有個很不錯的模樣：衣著隨性，不修邊幅，思索時右手會慣性地摸摸鬍鬚，然後托著下巴蓋住嘴巴。聆聽說明時神情專注，很少搶話，只於關鍵細節上提問，理解後微微頷首。讓我印象最深刻的是那坦白和篤定的眼神。看著他，彷彿看到了那個一面保護安安、一面奮不顧身地去救媽媽的小男孩。「來自生命的戰鬥學堂，那無法殺死我的，讓我更加堅強」——尼采的原意不是為了激勵芸芸眾生，而是對於自己與生俱來的強韌本質頗為自豪；殊不知一旦這種自豪無限放大，自會造成某些人或某一個種族自以為優越非凡，獨受造物者的揀選和眷顧。在石田修身上，我看到了強者，但嗅不出一絲的自豪。面對著他，我感到渺小。

是否看走眼了？難不成可以從這個小伙子身上吸收一些養分？

2.

我寫了一封很長的簡訊向石田修溫情喊話，主要述及何琳安的困難：創傷之後的「失憶」以及如今精神上的折磨。我不是琳安，因此只能依自己經驗描述恐慌症來襲時狂風惡浪、天快塌下的心靈海嘯。同時，我強調琳安希望和他一晤絕對不會是出於無聊的好奇，而是源自童年玩伴純潔無瑕的情感。

簡訊發出的第二天有了回音，石田修在電話上說希望先多了解才能決定是否見面。短暫討論之後，兩人決定在他的單身公寓碰頭。

帶著一手台啤和兩包蒜味花生爬上四樓，主人為我開門。

「很好，你也喝酒。」看到啤酒時他這樣說。

「很好，你也抽菸。」看到菸灰缸時我如此回道。

石田修去廚房張羅杯盤時，我趁此看看屋內。

十多坪大小的起居室素淨整潔，沒多少布置，全白赤裸的牆面也無裝飾，不見一根釘子，予人某種禁欲的感覺。靠近面向街道的窗戶那邊，沒沙發或坐椅，只鋪著架高十公分的灰褐色耐磨木地板，上面只有一張棕色小方几和幾個深藍抱枕。緊連著廚房那邊可以是餐廳，但主人把它當工作室使用，正中擺著偌大的設計專用繪圖桌。沒有電視、音響，整體氛圍極簡質樸，讓我聯想苦行僧或臥薪嘗膽的劍客。

石田修說話簡潔扼要，就像他一口一口啜著Suntory那樣，一字一字吐出。他並不主動提到過去，只有在我詢問下才會不帶情緒地慢慢道來，即使涉及沉重的情事也聽不出聲調有明顯變化。

「事情發生之後，三叔把我帶回嘉義，算是領養我。三叔不是嚴肅的人，對自己三個小孩很搞笑，會逗他們開心，但是面對我卻不苟言笑，很少溫柔的眼神，甚至不直接跟我講話。他會跟阿嬸說：『這個囝子有吃嗎？』就是不會直接問我。沒多久我已了解，他照顧我只是義務，雖然那時還不知道義務怎麼寫。」

三叔並不富有，家裡空間有限，石田修一人被安排睡在主屋後加蓋的空中閣樓，得用木梯上下。閣樓很小，只有一盞昏黃無罩的小燈，不過這樣也好，讓梁柱上的蜘蛛網和爬來爬去的蟑螂不致太過礙眼。如此遭遇養成他往後見到蟑螂非殺不可的衝動，以及但凡想到昆蟲在身上爬行的感覺便有毛髮直立、皮膚倒翻的反應。

每天晚上，隔著天井，他可以聽到堂弟妹在他們臥室談笑的聲音以及三叔和阿嬸溫柔的斥責。「長大之後才知道我的感覺就是寄人籬下。要不是阿嬸，那幾年還不知道怎麼熬過來的。阿嬸真的關心我，對我很好，會注意到我的心情。」

石田修和堂弟妹玩耍，也和他們吵架，吵得不可開交時，倒楣的多半是他。有一次於爭辯中動手把大堂弟推倒於地，事後受到三叔體罰，石田修覺得不公平，憤而出走。

「我三不五時出走。不是因為他們虐待我，而是受不了三叔把我當作累贅。」

有一種暴力，不是肢體也不是言語，而是眼神。第三次出走時，石田修走得很遠，從民雄走到新港，在新港一帶看到一家孤兒院，不做多想便走了進去，跟院方表示他是孤兒，這裡才是他的家。從此，住在孤兒院成為他的志願。在一次激烈對峙中（叔叔說姪兒倔強而不知感恩、姪兒說叔叔偏心且嫌他多餘）石田修說了重話，「你不喜歡我就把我送走，我想住在孤兒院。」十歲那年在社工人員介入下，石家家族決定把他安置在一家育幼院。如此安排，皆大歡喜，只有阿嬸感到不捨。

「為什麼不是大叔、二叔收留我而是三叔？可能是比較有錢的大叔和二叔出錢讓三叔來照顧我，我只能如此猜想。台灣家庭的人際關係太複雜，有時候我在想，像我這種孤兒無所牽掛，反而比較單純。」

來到育幼院後，石田修知道不能搞砸，搞砸了便無處可去，因此他很配合，行有餘力時會幫忙照顧年紀比他小的弟弟妹妹。初中畢業後為了半工半讀，考上嘉義高工夜間部，主修家具木工科。三年後拜師學藝正式加入木工的行業，但因學校教的和師傅的要求有落差，剛開始吃了不少苦頭，一度想放棄。所幸幾年磨練下來，已是獨當一面的師傅。

「這行忙的時候無天無日，有時一連二十幾天都沒休息，有時卻完全沒有案子，閒得在家生雞蛋。你找我那幾天，我因為無聊跑到台東隨便走走。」

石田修去洗手間時，我起身舒展筋骨，順便看看設計桌旁的拼裝式書架，其上多半擺著室內設計的工具書和雜誌。

「我和一個設計師學室內設計。」隨手翻閱其中一本時，石田修從洗手間走出。「木工年紀越大，工作機會會越來越少。」

「為什麼？」

「一方面太貴，一方面難搞，令人討厭。除了這行我什麼都不會，如果不自己開公司遲早會被淘汰。主要是，我對室內設計有興趣。」

「你和我一個朋友很像。」

「誰？」

「最近認識的，改天介紹給你認識。」

幾杯下肚，吃掉一包花生之後，話題來到了重點。

「我讀了你的簡訊，覺得如果跟她見面能幫得上忙應該沒問題。但是我懷疑這麼多年了我和她之間有什麼可以聊的。其中的意義是什麼？或許我想太多。假如她只想知道我過得好不好，今天請你來，跟你講這麼多，你自己覺得我過得怎樣，回去跟她報告感想不就夠了？一旦真的見面，勢必會提到那天的事。關於那天，在我被打昏之前所有的畫面一直記得很清楚，不會因為時間久了而變得模糊。但是我不會沒事跟人談到那件事，也不希望別人陪我一起回憶。」

「她當時在場，不是別人。」

「我記得她，安安，印象中很可愛。我怕的是，要是她像一般人一副可憐我的表情我會受不了而發脾氣，然後本來是為了幫她卻把事情弄得更糟。」

「只要跟她見面就是幫到了。如果她的態度很矯情，你可以掉頭就走。」

「你說的！」

「我說的。」

「我再想想。」

「我可以給你她的電話。」

「我不要，一旦聯絡上會沒完沒了。」

不知不覺喝完帶來的小罐台啤，石田修要倒威士忌給我，我說不行混酒，喝了就回不去了。他要我稍候，自己下樓去為我再買一手，順便帶回一些吃的。

從四樓窗戶看著他步出公寓，走在弧形的街燈下，看著他壓在地面的修長身影，心裡一陣悸動。一半出於不安，不希望再有任何不幸加諸於他，另一半則出於感動，對於他不怨天尤人或尖酸苦澀由衷的佩服。突然有一個衝動，想為他做些什麼。然而，我能為他做什麼？

看著一盤盛滿素雞、海帶、豬頭皮、雞爪的滷味兩人食慾大增，筷子沒停，啤酒不斷。七分醉時，石田修問我關於私家偵探，我難得興致高昂地向他解釋，其間不免帶出自己的過往，聽得他半信半疑，馬上用手機上網查看「吳誠」和「六張犁連續殺人事件」。

因個人遭遇，石田修不看涉及命案的社會新聞，「只要看到凶殺兩字就會渾身不舒服。」我跟他說這很正常，我自己對於「瘋」特別敏感，冷不防看到或聽到「瘋」時會有觸電般的不快。語言有其魔力，會召喚出我們對字眼所指涉的情境之深層情感。

「拿牛排打比喻吧。牛排只是一塊紅肉，上面有多少細菌我們不知道。可是當有人說要請我吃牛排，我瞬間想到的不是還有血絲的紅肉，而是昂貴的餐廳、高雅的布置、水晶吊燈，燭光爍爍。」

「如果我說要請你吃孫東寶呢？」

「不同的符號有不同的刺激。孫東寶是廉價牛排，不會有浪漫的聯想，只會想到把整片牛肉淹沒的醬料。」

「蘑菇醬。」

「黑胡椒醬。但是每個人的經驗不同，孫東寶剛出來的時候我們年輕人為之瘋狂——糟糕我說了瘋狂，不管他——牛排端來的時候滋滋作響，你得用紙巾擋在前面，發燙的鐵盤上有肉有麵還有露出太陽的荷包蛋，豐盛而有創意，只有台灣才會想到把荷包蛋和牛排送作堆。因為這樣，孫東寶對我這年紀的人來說是另一種浪漫，那種沒錢也要打牙祭今天豁出去明天吃陽春麵的浪漫。多年之後，我在高級餐廳叫一客一千五的牛排不好吃的時候會特別懷念孫東寶。」

「我只吃孫東寶。」

「我現在只吃得起孫東寶。」

忘了那天怎麼回到家。第二天醒來，對於他最後如何決定、要不要見琳安印象模糊。帶著宿醉的聲音，我在電話上補問。

「你真的醉了。我昨晚沒有決定。」

「現在呢？」

「可以。」

「確定？」

「確定。」

「我來安排。」

3.

我安排了一場「鴻門宴」。

這場計畫多時的盛宴比我預定的日期提早舉行。兩天前，DV8 來了四名生客，進來時有說有笑，每人叫了一杯啤酒後卻各自占據一桌，之後便不再交談，其中一個甚至獨占電視機下的七人座。態勢明顯，我和胡舍一眼便看出他們是肇事逃逸的高正旻找來的混混。之後陸續進來的顧客只好被迫像小學生一樣在吧檯前排排坐，酒興盡失也因芒刺在背而無法像平常一樣盡情地交談。其他人都有家室，我不希望他們介入此事，所以和同為光棍的胡舍交換眼神後，兩人同時起身。然而，我倆才了移挪了屁股便被艾瑪從身後壓住，用眼神說，交給她。

艾瑪走到其中一位看起來應是嘍囉中的嘍囉頭，很有禮貌地對他說，因為空間有限，可否請他們四人共坐一桌。

「我喜歡自己坐。」

「你的朋友也是嗎？」

「我們都很孤僻。」

「沒問題，DV8 歡迎孤僻的人。對不起，請先付款？」

「有這個規定嗎？」

「你孤僻，我善變。這是新規定。」

「多少？」

「四瓶啤酒六百，還是你們孤僻的人喜歡各付各的，我可以一桌一桌結帳。」

嘍囉頭愣了兩秒，開始掏錢。坐在吧檯的我們全都轉頭看著以上的發展，好似訓練有素的水上芭蕾。

艾瑪收下錢之後，走到電視機前，在上面動動手腳，然後轉身對大家宣布，「謝謝各位的捧場，今天高朋滿座，我想請大家看一段影片。誰幫我關掉音響？」

我自甘嘍囉，跑第一個，關掉音響。全場鴉雀無聲，在後面撞球的酒客察覺有異，拎著球竿走出，探看究竟。

艾瑪在機器點了幾下，不出幾秒之前所錄炎耀燦和高正旻談話的畫面躍上了螢幕。

這件事只有我、艾瑪和胡舍三人知情，其他人看了全都露出不可置信的表情，至於四個混混看完之後蒼白的面色只有台語「青筍筍」足以形容。

混混們落荒而逃後，我、胡舍、艾瑪一起商量，結論是事不宜遲，輪我上場。

首先，以快遞的方式，把「資料」分別寄給兩個人，一是外寮派出所黃所長，另一是張副所長，即不肖條子炎耀燦的姊夫。資料包括：一、艾瑪機車被撞的影音紀錄 USB 檔；二、炎耀燦和高正旻談話紀錄 USB 檔及逐字稿；三、四個混混在 DV8 扮演奧客的 USB 檔；四、我的親筆信函。

信函裡，我開宗明義的說這不是一封勒索信，只希望此事能夠得到合理的解決，然後把事情的始末，包括炎耀燦對艾瑪的挑釁、艾瑪的申訴、艾瑪接到高正旻恐嚇電話等等。最後我約他們兩天後見面聊聊，並要求炎耀燦和高正旻兩人務必出席，缺一不可，還加上附記：「以上資料已委交律師保存，並已上傳至雲端，若我本人、艾瑪或DV8酒吧因此事受到任何干擾或迫害將公諸於世。」

艾瑪當然不用出席，胡舍因不便曝光亦不能在場，為了不讓自己看起來人單勢孤，找來兩位幫手。我將艾瑪的事告訴許桑和老莊，兩人聽了恨得牙癢癢。對警察偏見甚深的許桑借題發揮，頻頻說條子全都不是好東西，老莊則一再糾正地說，哪有一粒屎壞了一鍋粥的道理，但兩人想要教訓炎耀燦和高正旻的立場是一致的。

當晚，我們三個比預定時間早先抵達餐廳。兩老比我興奮，一再提醒對方該扮演的角色：老莊扮演打圓場的退休警察，許桑扮演動不動就想火拚的黑道。

地點選在觀海路上的大胖活海鮮。這家歷史悠久，頗受歡迎，但工作人員裡沒一個是胖子。餐飲區分室內和戶外，我選了戶外區，以免對方懷疑我會在空間上動手腳。

六點半，落日和烏雲交織成異色夕陽時，對方依約到達。他們一行五人，黃所長、張副所長、炎耀燦、高正旻，以及淡水分局祕書室負責公關的趙組長。

正如我方已事先演練，對方也有。趙組長擔任發言人，落坐之前，他想確定沒有錄影錄音。我跟他說，可以搜身，同時請他檢查周遭，是否有跟監器材。這時，老莊出擊了。他自我介紹並拿出名片，告訴對方他是「自己人」，不會搞鬼。他們還有疑慮時，老莊說：「難道吳誠蒐集的證據還不夠嗎？」

落坐之初，氣氛很僵，所長與副所長展現適當的禮儀並露出理虧的微笑，但還不知我的意圖之前仍擺出端的姿態，然而在趙組長搓湯圓的滑潤之下，緊繃的局面慢慢鬆弛，尤其老莊說明出席的本意——身為警界人士，不希望事情鬧大——之後，兩人才擺出低姿態輪流向我們敬酒。在此階段我省言省語，只顧盯著一直低頭、不敢正眼瞧我的炎高兩人。眼中的怒氣用不著方法演技，只要想到「居然敢惹我馬子」，情緒自然到位。

按照劇本的編排，我先不表明態度，任由許桑和老莊自由發揮。老莊唱起高調，強調身為執法警員該有的操守，許桑則表明自己拚命三郎的個性。當許桑搞即興，說我是他乾兒子、艾瑪是他乾女兒，誰敢惹他們就會放對方無煞時，我必須咬緊牙根才不致笑場。

我平常很衝，當下想講的話不會等到下一秒，但為了艾瑪，整晚沒吭幾句，為的是讓對方以為這傢伙陰沉、有點神經病，卻沒想到太過入戲而心情逐漸陷入黑暗。正當快憋不住時，所長終於說出我要聽的話語。

「老莊、莊哥，還有吳兄，整件事我不知情，如果知情不會搞到這地步。一切都是炎耀燦擅作主張惹的禍。」

「我也完全不知道。」張副補充道。

「身為他的長官我只能說慚愧而沒有其他藉口。吳兄，你決定要如何處理那個錄影帶，我只能尊重。無論如何，不管你會不會放他一馬，他都會受到該有懲處。關於這點，阿耀你有什麼話說？」

「我沒有，只希望吳大哥給我一次改進的機會。」阿耀低聲下氣地說。

「你呢，這位高先生？」

「整件事是我的錯，對不起，請原諒我們。」

說完，他和阿耀舉杯向我敬酒。我毫無反應，兩人尷尬之餘一飲而盡。

「要道歉一杯怎麼夠，」老莊起鬨著，「至少也得三杯。」

兩人一連乾掉三杯時，許桑輸人不輸陣，加碼說道，三杯夠嗎？

兩人聞言，二話不說繼續乾杯，當他們準備喝第六杯時，我上場了。

「夠了。如果只因情勢不利，你們被迫表現得像個俗辣而沒真心悔改，多乾幾杯也是枉然。你們可能因為這起事件而改變俗辣的作風嗎？我懷疑。我告訴你們，我不想趕盡殺絕，覺得應該給任何人甚至俗辣留點餘地，因此我不會把證據公諸於世。今天找兩位來，是要告訴你們，我叫吳誠，孤家寡人，了無牽掛，還有厭世傾向，因此一直等待值得我犧牲的動機。高正旻你想跟我一起犧牲嗎？」

「我沒有。」

「沒有？沒有你還敢打電話恐嚇女人？跟她說『遲早會遇到』？」

「對不起。」

「我知道你太太在中山路開髮廊，你以為哪天我找四個大光頭要給她 se-do（理髮）一下她會作何感想？還有，炎警員，我知道你父母在樹林經營一家火鍋店，要是我三不五時跟環保局密報店裡有蟑螂他們會作何感想？」

「對不起。」

「所有對不起的口水比不上一絲真心，但我不是牧師也不信教，犯不著為你們的靈魂擔心。整件事可以到此為止，高先生你騎車超速撞到別人的機車要不要認罪？」

「認。」

「這是艾瑪小姐修車的收據，要不要付？」我從口袋抽出一張紙，拿給他看。

「付。」

「拿來。」

收據是三千六，姓高的掏出四千。我正搜索零錢找他時，他說：「不用找了，應該的。」我聽了火大，「什麼叫應該？如果你是個乾脆的人今天咱們不會在這兒，我也不用跟你同桌。若真要計較，艾瑪的精神損失怎麼算？」雖然說得鏗鏘有力，可惜身上沒百元鈔，還得向許桑和老莊各借幾張，過程有點狼狽，完全破壞了節奏。

「所長與副所長，對不起浪費你們的時間，」眼看目的已達，見好即收，「今天請你們來，也請我兩位老哥來，就是希望你們擔任我和這兩位年輕人和解的見證人。謝謝你們。大家門前清吧！」

所有人舉杯，乾掉。分手前，我還耍了一招：故意在他們面前對店家吆喝，買單！果不其然，所長趕忙制止，要阿耀過去付錢。

他們走後，兩老興奮異常，覺得我的表演值得一座獎盃，我則幾近虛脫狀態，跑到廁所大吐一番。

VII 重逢

1.

機車事件圓滿解決後，我和艾瑪之間的情感明顯增溫，從以往只於 DV8 晚上開店時見面，升級為白天相約一起散步走淡水，彷彿夜間出沒的吸血鬼終於掙脫禁忌，不再依賴酒精的催化和燈火朦朧的掩護，勇敢地面對「見光死」。

白天的艾瑪原來這麼燦爛。

我和她在淡水捷運站旁的殼牌倉庫入口處碰頭，從鼻頭街順著步道一路走到香火鼎盛的關渡宮，途中經過神祕兮兮的軍事基地，在日本時期為水上機場，不對外開放，目前仍有軍隊駐守；之後來到號稱全世界面積最大的紅樹林保護區，在觀賞步道憑欄俯瞰泥地找螃蟹時，可以聽聞果實落下的噗噗聲。過了紅樹林捷運站，拐入一條小徑後步道緊鄰淡水河旁，橫跨兩岸的關渡大橋以及觀音山底下的八里一覽無遺。如此景致、如此悠哉，適合表白。

「妳知道我喜歡妳吧？」

「怎麼突然說這個？」

「趁我們都清醒的時候談不是比較好？」

她不作聲。

「妳知道我喜歡妳吧？」

「全世界都知道。你毫不掩飾。」

「我想牽妳的手。」

「你是小學生嗎？」

我牽她的手，手心頓時溫熱，傳遍全身。

「我想親妳。」

「這邊這麼多人我就不相信——」

未等她說完，我停下腳步，轉身，用手攬住她的腰，讓她和我貼近，吻她。

「不能有舌頭。」

「妳是小學生嗎？」

舌頭探路未果。

「淡水附近的賓館妳熟不熟？」

「三八！」

她把我推開，兀自往前邁開步伐。

「接下來怎麼辦？」我小跑步跟上。

「你問我？」

「不然問誰？」

「你什麼都用說的嗎？」

「懂了，妳希望我只做不說。」

「其實你比我還怕。」

「我怕什麼？」

「你怕下一步。」

「妳說妳也怕。」

「當然怕。」

眼看賓館沒指望，我把她帶到關渡宮附近的涼亭休息，自個兒跟一旁的攤販買了十塊一枝的花生冰棒。

皇后號遊輪正好停泊關渡碼頭，噸位不小，有三層甲板，應可容納一兩百人；船尾豔紅的水車外輪真如業者所言，令人聯想馬克·吐溫的小說和神祕浪漫的密西西比河。日落時分，在岸邊看著它從關渡碼頭緩緩駛向出海口，我會有和船上遊客招手的念頭。

「我曾有一個朋友。」艾瑪說。

「我認識嗎？」

「在你出現之前，三四年前。」

「後來呢？」

「交往之後沒多久就變一個樣。他每天來 DV8，來之前先在家裡灌一瓶醋，看到別人對我稍微輕佻就會不悅，看到我對別人稍微熱情更不高興，我不只要做生意還得照顧他的心情。打烊之後就開始跟我吵，說我今天說錯了哪些話，說我不該跟誰拋媚眼，後來我受不了了，當機立斷。」

「維持多久？」

「三個月。」

「三個月。」我露出「遺憾，這麼短」的表情，其實暗爽不已。

「你知道我的顧慮吧。酒吧不是沒有好人，但酒吧找不到合適的人。我們現在很好，你有空就來，我看到你來很高興，這樣不是很好？可是一旦往前踏出一步，關係變了，人也變了。」

「妳覺得我會變成他那樣？」

「應該不會，但是誰曉得。我想我了解你，但了解多少我不知道。你不掩飾心情，縱使忍著不說，表情也透露一切，像一面透明窗；可是你這個人陰晴不定，心情起伏太大，有時瞬間從雲端掉到山谷沒過多久卻又飛上天空太複雜了，像一塊黑布。」

「原來我被你看透了。」

「黑布怎麼看透？」

「難道我們就一直晾著？」

「什麼晾著？在曬衣服嗎？」

「只能是好朋友？」

「看我。」

「幹麼？」

才轉頭，她的香唇馬上湊過來，深深的親吻我。

她的舌頭略微吐出，我的立刻迎上，正想把兩人的舌頭捲成麻花狀時，她撤退了。

「剛才怎麼回事？」

「我要跟你證明我們不只是朋友，但是要慢慢來。我剛才跟你說了我的顧忌，你的呢？不要否認，你的確有，否則你不會什麼都用說的來掩飾。」

「……」

「不急，等你想清楚再告訴我。走吧，我們到關渡宮拜拜。」

2.

石田修說時間、地點由我安排，並希望我能在場。這不成問題。

地點在DV8，時間是晚上七點半，但我要石田修早一個鐘頭出現，好讓他和艾瑪認識。我不時和艾瑪分享何琳安委託的調查以及我對石田修的印象，因此艾瑪見到他時少了幾分陌生感，對應間無形中傳輸一道暖流，但絕非石田修厭惡的那種「你好可憐」的態度。得知石田修是木工師傅時，艾瑪很有興趣地問了一些裝修的問題。

「他也懂室內設計喔，」我為石田修打廣告。

「沒有，才剛學的。」

「我後面廚房的空間有點浪費，很想整修但一直沒什麼概念。」

「妳想怎麼整修？」

「來，我帶你去看。吳誠，幫我看店。」

「太好了，我一直想當酒保。」

艾瑪和石田修走到後面，我走進吧檯裡面，興奮得像個置身於遊樂場的小孩。可惜這時還早，沒其他客人，真希望現在有人坐在吧檯，由我為他倒一杯烈酒，聽他細述一生的故事，必要時說些廢話，提供幾滴「心靈雞湯」。

今天是何琳安與石田修失聯近二十年後重逢之日，溫馨中帶點惆悵，氛圍必須到位。我決定換掉 **Harry Chapin**，他很會說故事，每一首歌都述說著一段刻骨銘心的經歷，不過對今天的場合來說或許過於戲劇化。今晚需要內斂但不悲傷的音樂。

從CD套抽出爵士鋼琴家 **Keith Jarrett** 的 **Köln Concert**。一九七五年 **Jarrett** 受邀到德國演奏，到了現場發覺主辦單位準備的鋼琴不合他的標準，加上舟車勞頓、背痛、失眠等個人因素，原本打算取消獨奏會，但在年輕、才十七歲的主辦者再三拜託之下才勉為其難的上場。然而奇妙的事發生了，鋼琴家在惡劣的心情、在那架音色不準的鋼琴，即興彈出了傳世之作，成為美談。不少評論者認為，如此結局正好示範了障礙與困難在藝術創作裡扮演的正面意義；有位音樂學者甚至為這場獨奏會寫了一部專書。

琴音清澈，叮叮咚嚨咚，像是配合音樂似地，芝麻開門，優雅淡妝、一襲淺粉小碎花洋裝的何琳安走了進來。

「我是不是早到了？」

「沒有。」我趕緊走回吧檯裡。「請坐，先坐吧檯，讓我為妳服務。」

「你是 bartender？」

「代理酒保。妳要喝什麼？」

「我酒量不好。」

「交給我，我幫妳調一杯淡一點的。淡的調酒一定要喝 Gin Tonic，少一點琴酒、多一些通寧水就可以了。其實我亂講，我只會調這款。」

「我有點緊張。」

「緊張是必然的，但是妳放心，一切都會沒事；不只沒事，而且會很圓滿。喝喝看。」

「好喝。」

「糟糕，忘了檸檬片。」

「沒關係。」

在透明冰櫃找檸檬時，兩人從裡面走出，石田修在前，一直回頭和艾瑪講話，沒看到坐在吧檯的何琳安。

「木工我還算有把握，但是設計，妳還是找專業的吧。」

「沒那麼嚴重，不管了，就你幫我試試嘛。」

「可是——」

「石田修，何琳安來了。」

艾瑪為我們打理飲料時，三人在B座坐妥，我和石田修共擠一邊，琳安坐在對面。剛開始，尷尬是免不了的，還好有我扮演觸媒，說些三人都能哼哈兩句的話題。艾瑪拿酒過來，琳安讓出位置往牆邊坐，要她加入我們，艾瑪猶豫時看我一眼，我不動聲色地點頭，她馬上意會，隨後便帶著一杯威士忌加入我們。

四人舉杯互碰，發出清爽明亮的聲音，彷彿我的心情寫照。這是我最喜歡的 happy hours，在座的人手一杯，各個心存善意，夫復何求。

為了破冰，我提起艾瑪機車被撞的事，艾瑪立刻接球，兩人一搭一唱，接力說出故事精采的部分，琳安和石田修驚嘆不已，笑聲連連。

酒客陸續進來，艾瑪過去招呼。

「石先生，謝謝你願意和我見面。」

「不客氣，希望對妳有幫助。」

「應該會有幫助。我的醫生建議我要找到你，見到你以後或許能化解那個創傷帶來的後遺症。在我記起那件事以後，關於那段日子的記憶慢慢恢復了。我記得幾個玩伴裡面我是唯一的女生，年紀又最小，別的男生欺負我時石先生都會護著我。」

「我的朋友都叫我阿修。何小姐——」

「我們就叫你阿修，」我打岔道，「你也不用客氣，就叫她——」

「安安，叫我安安就可以了。」

「叫我吳誠，可別叫單名誠，或誠誠，太噁心了。」

「安安，如果妳想談談那天的事，我不介意。」阿修說。

「謝謝。」

「妳記得哪些？」

我一邊聽著，一邊琢磨有沒有必要繼續留下。

「就一些片段，一些聲音。你走進屋子後我聽到一聲巨響。」

「應該是我被打倒撞到電視的聲音。我走進去，看到一個全身黑黑的人壓在我媽媽上面，我衝過去，跳到他背上去抓他的頭，但是我太小，一點也沒用，他一轉身就把我推開，撞到電視。」

「我開始害怕。本來以為你抓到我了，換我做鬼，你先躲起來。聽到那個聲音後才感覺不對勁，開始哭，但你走之前對我做出『噓』不要出聲的手勢，我沒有發出聲音。我想站起來，去看看你怎麼了，可是太害怕……」

「還好妳沒來找我，否則不知會發生什麼事情。」

「後來我還聽到一些聲音。」

「什麼聲音？」阿修問。

「不太清楚，就窸窸窣窣的。聽到那個聲音我就開始哭，因為，不曉得，我覺得那個聲音不是你的，我覺得你出事了。我放聲大哭，可是不敢移動。我的哭聲引起鄰居的注意，一位阿姨走進院子，沒找到我，走進去屋子裡，沒多久就聽到她從裡面衝出來尖叫，叫警察！趕緊叫警察！感覺過了很久，那位阿姨才找到我。至於他們怎麼找到我爸媽、爸媽把我帶回家後發生的事全忘了，一片空白。」

「警察把我搖醒以後，我想到就是我媽媽，一直要撲在她身上，可是他們把我抓住。看我一直哭喊，他們把我抱到臥室，等我出來的時候，媽媽已經不見了。很抱歉，那段時間，我把妳忘了。」

「不能怪你。」

「他們後來把我帶到醫院，為我包紮，我哭到沒力的時候才想起妳，趕快問護士妳怎麼啦，護士不知道我在說什麼，跑去問警察『安安』是誰，最後警察過來跟我說妳沒事，回到爸媽身邊了。」

安安眼睛泛著淚水，阿修有點哽咽，我則一陣鼻酸。

「妳千萬不要因為搬家而感到愧疚，我也沒有回到菜寮。住院的第二天親戚就出現了，等我出院的時候，他們直接把我帶回嘉義。到今天我還沒有回去三重一次，怕自己會受不了。工作上要是遇到三重的案子，我都會找理由不接。若說逃避，我一直在逃避，但是我需要面對什麼？那天的事我一輩子忘不了，有沒有回三重其實沒什麼差。唯一的安慰是凶手找到了，也死了。我心裡沒有恨，不過想到我媽媽只因為跟人標會而喪命實在不值得。」

一陣很長的沉默，彷彿哀悼。

這是撤退的時機。我沒作聲，起身走進洗手間，在那兒洗把臉時看到鏡子裡的自己，覺得裡面的我少了幾分敵意。走出時看見安安和阿修已開始交談，決定不回到座位，走到吧檯的A座，跟艾瑪要一杯生啤。

「這一杯我請客，」艾瑪說，「敬你。」

兩人輕輕碰杯。

「他們有沒有在聊天？」不好意思頻頻轉頭，只好讓艾瑪當我的眼線。

「有。」

「氣氛如何？」

「看起來不錯。」

「有沒有在笑？」

「緊張什麼？你以為這是相親、你是媒婆嗎？」

「沒有啊。」

兩人有一搭沒一搭地聊著，艾瑪去招呼別人時，我則眼神茫然，思緒無法集中。

「你怎麼啦？」

「沒事。」

「好像有心事。」

「我在想一件事但一時想不起來什麼事，不管了。」

兩人漸漸忘了兩小無猜。艾瑪提到她家附近的新市鎮。

「我想看看妳家長什麼樣子。」

「只是看我家？」

「真的。」

「你慢慢想吧。」

「新市鎮那邊暫時不能去，到處都是工地，如火如荼。」我說。

「而且每個建地一蓋就是四五棟的大樓，我在想到時會有那麼多人買嗎？」

「建商的邏輯我永遠搞不懂。它是我對人生十大神祕無解的排行榜之一：房子賣不掉，為何還死命的蓋？」

「有時在那散步，想像將來房子全都蓋起來、所有人住進來，心裡會感到不安。」

「妳的不安是有根據的，不像我。感覺是個奇怪的東西，像我這種體質的人不時會覺得不安，因此我必須對自己說，這只是我的感覺，不代表事實如此。」

「感覺良好的時候怎麼辦？」

「就是啊，我不至天真的以為：這就對了，人生就這麼美好。為了怕自己太過陶醉，以免不安來襲時跌得太重，我得跟自己說良好的感覺只是暫時的，不代表人生如此。不過，這種策略會導致一個結果，那就是人生所有的事都是中性的，沒真好也沒真壞，只有我微不足道的感覺。如此一來，我如何對任何心理現象下判斷？」

「你這樣不是很累嗎？好像基因決定了一切。」

「我沒這麼說，也從沒這麼想。人的基因會導致某些傾向，當你跟那個傾向相處久了會誤以為它就是你的全部，其實它只是一個傾向，不能代表整個人。」

「如果能克服，那個傾向就無法控制你。」

「可以克服，但沒辦法消滅。妳說我過得很累，其實哪一個人不累，每個人天天都在跟自己吵架。」

「你一定聽過一首歌，Whatever Get You through the Night。」

我立刻唱給她聽：Whatever get you through the night／It's all right, it's all right.「只要熬過今晚，明天又是一條好漢。酒吧對人類的貢獻就是這吧。」

「沒想到我對人類也有貢獻。」

一名陌生男子開門入內，我和艾瑪同時轉頭。男子英挺帥氣，全身一套西裝外加領帶，剪裁合宜，什麼名牌我不懂，如果得猜他的身分而選項只有稅務員或〇〇七，我不會選前者。男子看一眼我和艾瑪，隨即望向別處，似乎在找人。

男子鎖定目標後，走向安安和阿修的座位。背對著大門的安安回頭一看，滿臉驚訝地打招呼，阿修也略微露出錯愕的表情。

男子在安安旁邊的位子坐下，坐下前左手順勢搭在安安左肩上，但隨即移開。這動作是親密關係的自然流露還是動物性「主權宣示」，我一時分不出。

「我知道他是誰了？」

「誰？」

「安安的上司斜槓男友陳榮昭。」

三人開始聊天，但大都是陳一人主講。我密切注意阿修的表情，若他面有難色，我會過去攪和。

眼看情況不妙，陳一副喧賓奪主的架勢而阿修只能勉強擠出笑容，我正要出馬時，阿修站起，欠身，走向洗手間。

阿修走出洗手間，沒看著安安他們，直接往我的方向走來。我帶著詢問的眼神看著他，他則不動聲色，往我左邊的位置坐下。

「再來一杯？」艾瑪問阿修。

「好。」

「我也來一杯威士忌。」

「吳哥，你不是說混酒會醉的嗎？」

「今天場合不同，何況艾瑪不會讓我喝醉。」

「艾姊，有沒有花生？」

阿修既然要了花生，看來是不會回到安安那桌了。三人喝酒時，我不時看著安安和陳榮昭的背影。安安上身僵硬，彷彿在對陳律師說明什麼，顯然不太高興。

「你們聊。」

我拿起酒杯，走過去。

「晚安。」未等兩人反應，我已在對面坐下。「這位是？」

「你好，我叫陳榮昭，是琳安的同事。」

「我是吳誠，私家偵探。」

「不好意思，今天不請自來。」

「沒事，在人生裡你我都是不速之客。」我不知道我在說什麼。

「我在網路讀到吳先生的事情，六張犁連續殺人事件實在是很詭異的案件，電影情節也沒那麼離奇，而你本來是大學教授後來變成私家偵探也很戲劇性。」

「唉，想不開而誤入歧途。」

「讓我過一下，」安安對陳說，「我去洗手間。」

陳起身，讓出空間給安安。這傢伙的出現使得洗手間一時成為酒吧裡最受歡迎的避難所。

「我對私家偵探這個行業感到好奇。想到你每天帶著竊聽器跟蹤別人就覺得很特別。」陳回坐後繼續說道，不過視線一直跟著走進洗手間的安安。

「私家偵探不是狗仔，如果你是那個意思。」

「當然沒有，請不要誤會。」

「你也不要誤會，私家偵探不算個行業，微不足道。其實我對你的職業也很好奇，我聽過律師是 ambulance chaser 的說法，哪裡有災難就往那裡鑽。」

「我是刑事律師，不必賺那種追逐救護車的蠅頭小利，如果你是那個意思。」

「沒有。我知道你們是大公司，都是別人自己找上門的。身為一個刑事律師，你應該會遇到千奇百怪的案例吧。」

「沒什麼，所有的案子不出金錢和感情兩個範疇。」

「同意，不過任何東西加上了人性因素，事情就變得複雜了。」

「同意。」

安安從洗手間走出，打斷兩人的針鋒相對。陳正要站起時被她制止，「不用，我過去那邊。」未等陳反應，逕自走開。陳一臉尷尬但沒發作，額頭好似冒出一條稍縱即逝的青筋，也可能是我過度詮釋。

「要不要來杯什麼？」這傢伙自從步入酒吧到現在還沒點任何飲料。

「不了，謝謝。我該走了，顯然琳安不歡迎我來。」

「會嗎？」

「其實她誤會了，我沒別的意思，只是基於關心。因為心理治療她需要見到孩時玩伴，而我對他感到好奇也算正常吧。現在看到了石先生，知道他在逆境中成長，成為一個有一技之長的木工師傅，讓人感到欣慰不是嗎？」

我沒答腔，心裡充滿憤怒。我明白了，他一副紆尊降貴的口吻顯然惹惱了阿修，也致使安安連帶感到慚愧。我猜他一定以同樣優越的態度，跟阿修表示他對「木工這個行業感到好奇」。一切都出自看似無辜的好奇，但我很想對他說，好奇會害死一隻貓。

「走了。」

「不送。」

「幸會。」

「幸會。」

兩人握完手後，陳轉身離去，走過安安時沒和她打招呼，安安也沒任何反應。

時候不早了，安安和阿修決定一起走到捷運站。看著他們走出酒吧，我和艾瑪彷彿一對關心過頭的父母，同時放鬆地嘆了一口氣。兩人的重逢，除了被陳某這隻好奇的貓短暫地破壞外，過程溫馨且兩人相偕走到車站，畫下完美的句點。

3.

今晚喝了不少，然而回到租屋處時卻無倦意，一時還不想睡，而且腦海裡鬧烘烘，一些七零八落的意念同時搶著發言。看著紊亂的屋內，想到阿修井然有序的客廳，也想到一個人的居住環境反映他內在心靈的說法，我決定整理家裡。

一邊收拾散亂的書籍和衣物，一邊想到艾瑪。萬一哪天她願意來到我這兒作客或做點別的更有意義的活動，不被眼前的豬窩嚇得倒盡胃口才怪。我應該讓它看起來體面，這樣艾瑪來的時候……今天晚上的會面對安安有幫助嗎？我希望。阿修呢？今晚的重逢會讓他留下什麼印象或造成什麼衝擊……不對，這些都言之過早……就在這時，我明白為何體內酒精超標而腦袋卻異常活躍的緣故了。

有件事困惱我，但到底是哪件事卻摸不著頭緒。我對陳榮昭律師有戒心，不只是他不請自來，更因為他那禮貌周到卻毫無掩飾的優越感。然而我在意的不是他，而是安安。她也有嗎？面對阿修時，她是否刻意隱藏而不致讓阿修察覺？台灣是個階級觀念根深柢固卻不會讓階級矛盾浮上檯面的社會，彷彿大家心照不宣，謹守「職業不分貴賤」的口號和文明姿態，雖然「門不當戶不對」的說法已很少聽聞、已被「談吐、見聞與品味不合」的時髦藉口所取代，職業階級和家庭背景的差異問題從未消失。

是不是想太多了，安安和陳榮昭好像一對、她和阿修只是單純見面，怎麼連「門不當戶不對」都跑了出來……不對，讓我不安的感覺在陳榮昭出現之前便已存在，導致我和艾瑪在吧檯喝酒時思緒無法集中，導致半夜兩點多了還在拖地。陳榮昭出現之前發生了什麼事？我看到或聽到什麼不尋常的現象……

在腦海一堆疑問中迷迷糊糊的睡著了，醒來時已經過了中午。走到浴室時頭痛欲裂，兩邊的太陽穴好似各有一班陣頭在開趴互尬，然而淋浴間受冷水刺激而打個寒顫時，靈光乍現，腦袋無比清明。

我知道問題在哪了。

VIII 窸窸窣窣

1.

打開手機裡的結案報告反覆研讀。根據警方獲致的結論，阿修的母親張秀英因捲入倒會紛爭而惹來殺身之禍。凶嫌蔡坤財因不滿數名會腳到家理論而心生怨恨，先是殺害其中一名家住新莊的會腳，爾後追殺菜寮的張秀英。兩起皆為仇殺，與其他因素無關，所有間接證據（事由、鞋印、菸蒂）指向蔡坤財，因凶嫌已亡且無其他嫌犯，此案調查告終。

當安安說阿修被擊昏之後還聽到其他聲音，「窸窸窣窣的」，我略有警覺卻讓它滑過，導致後來心裡一直有疙瘩卻不明所以。現在搞清楚了：果若凶手的動機為尋仇，把張秀英勒斃之後應無理由逗留現場，而且阿修的出現想必不在凶手預期之內，將他擊倒之後更應加速抽身，那麼安安聽到的窸窸窣窣代表什麼？

我想打電話給安安，請她回想那個聲音的細節，但隨即打消念頭。不行，不該驚動她。何況時間久遠，一個五歲小孩如何分辨各式各樣的聲音？

「窸窸窣窣」所指為何？我們對於日常使用的語言往往一知半解，說話的人認為「反正對方意會即可」，聽到的人覺得「大概不出那個意思」，雙方不會在字眼上斤斤計較；也就是說，人與人的應對大半在語意模糊狀態下完成。這就是我對「窸窸窣窣」的感覺。它是狀聲詞，至於模擬哪些聲音，涵蓋的範疇可廣了。

教育部電子辭典「窸窸窣窣」一項註明「斷續的細碎聲音」，如「風一來，堤岸蘆葦就發出窸窸窣窣的聲音。」萌典給的定義是「形容細碎而斷續的摩擦聲」，所附例句也是風中蘆葦。然而查看其他解說，發現這個擬聲詞似乎可以用來形容任何不連貫而微弱的聲響，不只是草木摩擦聲，還是絲綢布匹摩擦聲，也可為一隻狗在垃圾桶找食物的聲音，或者隨便亂造一句：「看電影時，最討厭鄰座捧著塑膠袋啃雞腿發出的窸窸窣窣聲。」

安安聽到的是什麼聲音？更重要的，凶手繼續留在現場做了什麼而發出聲響？發生在新莊的命案我只讀過新聞報導，不知細節，但我好奇：警方是否在命案現場採集到足以指涉特定人士的物證，例如在菜寮命案現場發現的鞋印和寶島牌菸蒂。

翻閱張秀英一案這部分時，第一個印象就是凶嫌也太不小心了。鞋印也許因一時情急，來不及處理，但是把沾過口水的菸蒂留在現場簡直就是愚蠢。只能如此設想：凶手於激情之下尋仇而來，同時可能藉吸毒壯膽（屍體驗出毒物反應），犯案時因此亢奮異常，沒足夠的冷靜設想湮滅證據此一層面。以上說得通，但是凶手犯案時卻記得戴面罩和手套，其中的矛盾如何解釋？人性就是矛盾，少了矛盾不是人性，這道理我懂，但是如此嚴重的分歧並不多見吧。我還可以追加一個矛盾：既然是尋仇，那天去蔡坤財家討公道的會腳共有六名，為何唯獨兩名遇害？為何才殺掉兩人便心生悔意而服農藥自殺？

懷疑好比細菌，稍加刺激便能一分裂為二、二分裂為四地指數級增生，以上一連串的問號只是我多疑個性造成的結果也說不定，必須進一步調查才能釐清，但尚未確定之前不宜透露給阿修和安安。

2.

透過老莊的關係找到了結案報告撰寫人洪浩植，五十六歲，多年前從三重分局偵查隊退休。帶我去他固定出現的場所之前，老莊勸我別抱太大希望。

「為什麼？」

「這塊就是那種被退休打敗的人。別人退休之後遊山玩水、含飴弄孫，這塊偏偏花天酒地還搞小三，最後弄到妻離子散，僅剩的積蓄還被小三騙走。我聽朋友說，三年前他中風住院的時候家人沒有一個前往醫院探視。現在他每天拿著枴杖，一瘸一瘸的走到麥當勞，一坐就是一整天。實在是丟人現眼，以前去麥當勞是為了取締援交，現在卻像個變態老頭坐在裡面看著穿著清涼的辣妹流口水，見笑啊！」

「悽慘。」我想到一九九〇年代興起的援交。那時網際網路才剛起步，大都在連鎖速食店交易。

「我常常在新聞看到美國警察退休後自殺的消息，而且一年比一年多。」

「這種事在台灣很少聽說。」

「因為槍枝沒那麼容易弄到手，不過那不是最主要的因素。台灣地方小人多，隨便走到哪都會遇到親友或仇人，人跟人之間沒什麼距離。往壞的看，就是關係複雜、恩恩怨怨數不清；但是往好的看，一個大家族或小家庭只要沒有完全崩解，它就是你的後盾，一個強而有力的支援系統，任何一人出了問題總是會有親友扶他一把。這塊今天會淪落至此不能怪他家人，是他自己良心叫狗咬走，燒光了所有的橋。稍等一下，我剛才問你為什麼要見這個人，你好像沒有回答。」

「沒什麼原因，只是好奇。」

老莊放我一馬沒再追問，只狐疑地看我一眼，幸好沒對我說，小心啊，好奇會害死一隻貓的。

3.

老莊把我帶到三和路上的麥當勞，從外面指出坐在窗邊位置的洪浩植。他有事不能陪我進去，先行離去。

我買了一杯可樂，先在中間沙發圓凳區找個座位，觀察目標。眼前的洪浩植看起來比實際年齡老很多，沒有老莊紅潤的氣色，更沒有許桑精悍的神情；眼袋浮腫，兩頰略垂，四肢消瘦卻頂著頗為壯觀的肚腩。老莊沒說錯，其他落單的顧客不是看手機就是翻報紙，唯獨洪某忘了桌上的咖啡，一直以色狼的眼光掃描來來去去的女子。

「借問是洪浩植刑警嗎？」

「做啥？」

「我是三重分局莊重光巡佐的朋友。他跟你一樣，已經退休了。」洪比老莊年輕幾歲，或許聽過老莊的名號。

「沒記了。」

「不過老莊還記得你，他說你還沒退休之前偵破了很多案子。」未待邀請，我已經在對面坐下。

「你要做啥？」左手摸向斜靠在落地窗框的枴杖，顯然想走。

「我在寫一本冊，關於咱三重有名的刑事案件，老莊叫我一定要向你請教。」

「為什麼？」

「你是說為什麼要請教你？」

「為什麼要寫這本冊？」

「你一定知道三重區公所出過一系列介紹三重的冊，有寺廟、戲院、地名、工業。我們正在計畫出一本冊，叫做三重警政史，主要是介紹這些年來對三重治安有貢獻的英雄人物。」

「我辦的案件太多了。」左手放回桌上。

「這要以後一一請教，不過我這裡有一份資料，」我從背包拿出事先備妥的張秀英檔案影本，「陳組長說這個案子是你偵破的。」

「你怎會有這個？」

「三重分局提供的。不知道你記得這個案子嗎？」趁他在翻閱多年前自己填寫的報告，我快速說明重點，希望能喚起他的記憶。

「我稍微記得，但是這個案子很單純，你應該寫較複雜的案子，比如講——」

「沒要緊，我先從單純的開始請教。」

「嗯……這個案件時間有點久了。」

「你可有記得當時有什麼疑點嗎？」

「哪有什麼疑點？報告不是寫得很清楚嗎？」

「你對新莊那邊的命案有印象嗎？」

「新莊哪個案子？」

「這裡，你寫的。」手伸過去，幫他翻到該頁。

「喔，對了，就是兩個案件靠在一起案情才變得明朗。」

「那邊負責的刑警是誰？」

「沒記了，這麼多年了……稍等，我記得那個人很信神明，不管厝內、車內還是身軀都會掛一些保庇的物件。他的左手，還是右手，戴著一串佛珠，講話的時候會用另外一隻手一直轉一直轉這樣。姓名忘了，但是他的綽號我記得，叫阿吉，吉利的吉。」

4.

老莊幫我問到，阿吉本名高崇鍾，退休時職稱為小隊長，現已搬到泰山定居。打電話給他之前，已在腦中演練數回，力求說明時言簡扼要，以免他不耐煩而掛掉電話，卻萬萬沒想到當我提到菜寮張秀英命案時，阿吉竟然回道：「我就知道，該來的總是會來。」

隔日，我依約抵達阿吉住處，他家是一排中古連棟五層建築其中的頂樓公寓，沒有電梯。

爬上五樓時，主人已開門迎客。兩人握手，對方年長我許多力道卻比我的強勁。

阿吉讓我想到布袋戲裡的「老仙覺」。茂密依舊的白髮對襯著顎下長長的白鬍鬚，上下一套寬鬆的棉麻淡紫功夫裝；話音宏亮，兩眼炯炯有神。然而，整個人最醒目的特徵是兩道深黑濃密的眉毛尾端如燕尾飛簷般昂然地翹起。

甫落坐，阿吉便嚴肅地告訴我，要我詳細交代來意，「你要老實講，若是有半點『嘐潲』（胡謅）我會馬上請你回去。」

我全部據實已告，從安安和阿修的故事到我對案情的懷疑，阿吉聽完，沉吟半晌不語，然後吐出一口長氣。

「等我一下。」

阿吉走入一個房間。門半掩著，可以聽聞細微的聲響。不久，阿吉從裡面走出，手裡捧著一個硬殼文件夾。

「你跟我來。」

他把我帶到另一個房間，原來是神祖廳。

裡面寬敞明亮，感覺主人把屋子最大最好的空間獻給了祖先和神明。

神桌上有大小香爐，右邊大的後面牆上掛著深咖啡裱框的關帝君神聯，小香爐後面則掛著同樣色框的祖先聯。

關公三教共尊——於儒教為武聖人，於佛教是伽藍菩薩，於道教為關聖帝君——在民間信仰裡人氣高居不下，僅次於觀音菩薩；不只警察拜，黑道也拜，連生意人也來分一杯羹。

有此一說，白道信奉關公取其「忠」，當忠義不能兩全時，應以律法為先，必要時可大義滅親，黑道則取其「義」，面對忠義兩難時，應以私人情義為重，不得已時可以背叛老大和組織。至於商人為何祭拜關公的說法很多，一般認為關公熟知韜略、重信用且為人正義，乃不折不扣的保護神。關公神像有很多種，站、坐、騎馬；或手握青龍偃月刀，或捧讀《春秋》。不同的姿勢與配備代表不同的意義：坐姿代表坐鎮、避邪，站姿代表勇氣、權力；刀尖向上象徵忠義之心，刀尖向下象徵進財；持刀為武神，讀書為文神。

阿吉的供桌沒有神像，只有木刻神聯，中間斗大四字「關帝聖君」，右邊「關之正氣可參天」，左邊「聖之忠賢可流傳」。神祖廳陽春素雅、一塵不染，令人感受供奉者虔敬之心。

阿吉點燃一炷香。

「我拜的時候，你站在後面，默念你剛才告訴我的事。」

拜完後，阿吉把香枝插進香爐，我雙手合十鞠躬。

「我拜拜不是為了向關老爺請示要不要給你看資料，這個我自己可以決定。一個人要自己有主張，不必什麼都問神明。我只是祈禱正義得以伸張，雖然我現在就可以跟你講，這個案子沒你想像的複雜。」

「那也無所謂。」

「我們上去談。」

跟著阿吉走出大門，再上一層樓梯，來到加蓋了鐵皮雨棚的屋頂。屋頂左側有一支掛著零星衣服的曬衣竹竿，兩端底下各有一個由竹竿子交叉搭成的三腳架；左側像一座迷你森林，放滿了各式各樣的盆栽，沿著女兒牆由高而低依次擺置成倒L字形。靠近盆栽區，有一張不規則漂流木矮桌和幾把竹編板凳。看到桌上的茶具，我知道又到了泡茶時刻，還好我有備而來，上門之前已在附近早餐店吃了兩個荷包蛋和一份原味蛋餅。撐了三顆蛋的脾胃足夠抵擋烏龍茶的刮蝕吧。

阿吉從容不迫地準備泡茶期間，我大致翻閱了文件。阿吉的報告寫得很詳盡，頁數有洪刑警的一倍。翻到後面時，一只密封的信封掉了出來，從地上撿起時感覺裡面裝著兩三頁厚的紙張。阿吉看了一眼沒說話，我想用不著急著問它是什麼，把它放回夾子裡。

「我不是所有辦過的案子都自己保留一份，稍等再跟你講為什麼特別留下這份檔案。那個菜寮的案子我有間接參與，報告我也看了。我不想批評同仁，不過老實說，洪刑警做事隨隨便便，寫報告也青青菜菜。但是他的結論沒有錯，所有的證據指向蔡坤財。」阿吉習慣沒改，邊說邊轉動著佛珠手鐲。

「新莊的命案，你的報告裡面沒有提到菸蒂。」

「因為現場沒找到菸蒂，只有鞋印。我的研判是這樣的，因為倒會而去蔡家理論的有六人，其中四位住公寓，兩個住平房。蔡昆財找新莊的黃女士和菜寮的張女士下手，是因為比較方便。公寓有鐵門，有的還有警衛，要殺人又不被撞見不容易。平房就不同了，通常都是獨門獨院，而且門禁沒那麼森嚴，比較好下手。黃女士的家和張女士的家，兩個格局和環境很像，都是前後開放，都在比較偏僻的郊區。這就是為什麼兩個案子都在屋子後院留下了清楚的鞋印。至於為什麼第一個案子沒有菸蒂而第二個有，理由很簡單：一個人哪時有菸癮哪時沒有誰講得準？我以前也抽菸的，我知道。有時連抽三根，有時一根都不想碰。」

「我覺得很奇怪，洪的報告裡面沒有提到菸蒂上的殘留口水和凶嫌蔡昆財口水的比對結果。」

「這你有所不知，那時候還沒嚴謹的ＤＮＡ鑑識技術。」

「我以為台灣在一九九〇年就成立了實驗室。」

「不對，是一九九三，這兩個命案發生的隔年。再兩年後，到了一九九五才設置ＤＮＡ自動化系統運作。不管是實驗室或自動化系統運作都只是草創時期，還不能廣泛運用在實務上。」

「也就是說，菸蒂的作用只能顯示在凶嫌身上找到的香菸同樣是寶島牌。」

「對了。」

「鞋印也是？」

「也是，不過比較有力，我的報告有寫。雖然鞋印顯示凶手穿的是那種底面平滑、沒有花紋的皮鞋，但是找到凶嫌的屍體時，腳上所穿皮鞋的尺寸經過比對之後，完全吻合在兩起命案現場找到的印記。」

「第一個命案沒有人證，第二個有。」我說。

「張女士的兒子。」

「石田修。」

「他那時才八歲，醒來之後只說一個壞人在掐他媽媽，壞人戴著面罩，他看不到五官。找到凶嫌的屍體後，孩子這麼小我們不可能讓他辨識屍體。」

「還有一個人證。」

「何小姐，你的委託人。」阿吉說。

「安安。」

「她更小，才五歲，而且躲在前院邊角的竹編畚箕後面，什麼也看不到。」

「但是她聽得到聲音。」

「她聽到的聲音就是讓你來找我的原因。講實話，我無法確知，但是可以揣測。首先，她的記憶不一定正確。你說她有很長一段時期忘了那個事件，是因為最近在心理醫師半催眠的誘導下才恢復一些記憶，這麼一來，很難說她後來想到的關於二十年前的事情沒有跟她這幾年的狀況混在一起，你懂我的意思吧。在法庭上，一個成年人的記憶經過交叉詢問後不一定站得住腳，何況是一個五歲小孩多年之後的回想。再來，假設她記憶無誤，我有一個想法，不能說是答案，只是解釋。」

「請講。」

「如同兩個報告所說，凶手的動機是洩憤，一連殺害兩個人，但是犯下第二個命案時出了意外，就是從外面跑進來的石小弟。就在他把石小弟擊昏的當下，整個人清醒了，或者說嚇醒了。他沒想到會傷害一個小孩，石小弟撞到電視昏倒時，凶手說不定以為小朋友死了。」

「所以那個窸窸窣窣的聲音？」

「可能是他在察看石小弟死了沒所發出的聲音。」

「也許。」

「綜合你剛才告訴我的幾個疑點就是兩個字，矛盾。為什麼殺了人還滯留現場？為什麼凶手一方面懂得隱藏身分、另一方面又留下明顯的破綻？為什麼才殺害兩人就良心發現而服毒自殺？如果你考量以下的因素，你會發覺這些矛盾其實很一致：第一，凶嫌的屍體驗出毒物反應，應該有嗑藥的習慣；冤仇加上毒品，我想，不會讓一個人理智。第二，凶嫌雖然有暴力前科，但殺人還是第一回，行凶之後對自己內心所造成的衝擊不是他能夠預期或應付的。當所有不合邏輯的現象呈現一致性時，一切都合乎邏輯了。」

「有道理。」我拿起茶杯，啜飲一口。經他一番提點，疑竇的雲霧逐漸散去。「你還沒有告訴我為什麼留下這份報告。」

「咱來換茶葉。」阿吉眼神閃現一道光芒，語帶玄機地說道：「若是你心內還有懷疑，等你聽完我接下來講出的內幕就會放心了。」

「什麼內幕？」

「報告裡寫著，九月十三日新莊黃女士在家遇害；四天後，九月十七日，菜寮張女士在家遇害；五天後，九月二十二日，有人在堤防邊發現凶嫌的屍體。你提出的疑點之一是為何殺了兩人後凶手突然良心發現而畏罪自殺。其實，在九月十七日第二起命案和九月二十二日自殺之間，凶手還企圖殺一個人。」

「什麼?!」

「我剛才說了，六人裡面黃女士和張女士被凶手相中，可能和她們的居住環境有關。可是九月二十日那天晚上，其他住公寓的四人裡面的一位女士，從延平北路走回家的時候，在小巷被一名蒙面男子襲擊，手法也是從後面拿鈍器搥擊受害者的頭部，等目標倒地後用雙手勒住她的脖子，所幸剛好有人路過，目擊到狀況後尖叫一聲，才把凶嫌嚇跑。」

「怎麼沒有在報告裡面？」

「被壓下來了。」

「啊？」

「受害者姓廖，是民間自助會的成員裡面年紀最長的一位，之前跑去會頭家理論的六人就是由她帶頭的。同時，她的大兒子是警察。不是普通的警察，而是平步青雲、節節高昇的警官。事情發生的時候，他是內政部警政署刑事警察局督察，即將被擢升為新竹市警察局長。」

「他怕——」

「沒錯，他怕發生在他母親身上的事會影響他的升遷。雖然廖女士是受害者，但是警官的母親因為跟人標會而惹上凶殺案也不是什麼光彩的事情，所以兒子決定隱瞞此事。九月二十日，廖女士遇襲隔一天，我正好順著那張標會成員的名單查訪到廖女士家時，才知道她逃過一劫這件事。廖督察對於我的出現非常驚訝，在我向他報告之後，他也覺得倒會事件應是他母親成為目標的原因。第二天早上，二十一日，我的所長把我叫到辦公室，要我陪他去一趟三重分局。我們到了分局，直接被請到局長室，走進去時發覺裡面除了局長還有其他人：廖督察、督察的助理、菜寮派出所所長，以及洪刑警。討論的結果，大家一致認為蔡昆財涉嫌重大，得盡速緝拿審問。除此之外，廖督察要求我們，案情還沒水落石出之前不准跟媒體透露任何風聲。我還記得那時候，洪刑警邀功似地說，請督察放心，菜寮那一起他根本懶得跟媒體通風報信。」

「這可以解釋為什麼張秀英的命案沒有任何報導。」

「沒錯，反而按部就班、照著規矩來的我變成是錯的。新莊黃女士遇害的消息第二天就見報了，秉持的就是警民合作的理念，同時還可以及早讓和事件相關的人士有所警惕並主動跟警方聯絡。但是當時廖督察看我的眼神，彷彿我變成沒事跟媒體放消息的抓耙仔。就在我們發布通緝的第二天，九月二十二日，蔡昆財的屍體被找到了。」

「得來全不費功夫。」

「事後，廖督察硬是把他母親遇襲的事件壓了下來，導致明明有三起凶殺的案件變成只有兩起。我們寫報告、留紀錄的目的之一就是作為將來偵查工作和犯罪防制的參考，如果報告不完整或掩飾什麼就失去了意義。」

「在電話上你說『我就知道』指的是什麼？」

「我知道隱瞞案情是不對的，雖然裡面沒有重大冤情或弊端，但是還是不對。我跟我所長吵，堅持不應該這樣，可是所長要我算了，叫我不要惹麻煩、也不要給他惹麻煩，我心有不甘也只能吞下，只好自己保存一份報告。」阿吉從文件夾取出那個信封，將它拆開，抽出裡面的紙張。「關於延平北路的案件，我也保留了當時寫下的筆記。」

「你是怕——」

「我沒在怕。整件事我沒錯，不至於會怕哪天事情裂孔。我保留檔案是因為我相信任何不合義理的事不可能永遠掩藏，說不定哪天有人會問我『那件事到底怎麼回事』，到時我希望我可以拿出文件和信封裡面的筆記，一五一十的跟對方說明。不要看科技這麼發達，對於人世間的所有的事都有科學解答，但是對於宇宙的神祕，我們還沒了解萬分之一。只要我們願意拋開私心、放掉自我，冥冥之中自有一股力量引導我們，讓我們做出正確的選擇。我當初保留資料也沒想到誰會對這個案件有興趣，但是二十年之後，你出現了。」

「冥冥之中。」

「如果你有興趣，檔案可以帶回去。跟你解釋了後，我已經放下負擔，算是完成任務。我房間裡面還剩兩個檔案，一個是我花了好幾年都沒偵破的懸案，另一個案子是因為我的誤判而差點害了一個無辜的年輕人。一個提醒我工作還沒完成，另一個警惕我對任何事要小心謹慎，不能妄下結論。」

何其榮幸，遇到如此正直、堅持到底的執法人員。雖然得到的答案和我所預期的相反，走出公寓時心情卻很開朗，心中有一種感動。如果真要編撰一部台灣警政英雄誌，阿吉毫無疑問是我的首選。

IX 天堂有麻煩

1.

艾瑪每天睡到自然醒，醒來後料理一份早午餐，過了午後便出門辦事、採買，並每週三次到淡水活動中心參加有氧體操班。她好奇我白天怎麼打發時間——「不會一直窩在家裡吧？」——我於是把她帶到 You & Me 咖啡店。

它位於學府路過了一〇〇巷之後的斜坡上，店面不大，布置簡單，特色是進來消費的人大半不是為了聊天，而是看自己的東西、做自己的事。店裡規定不可吵到鄰座，也不准帶寵物，因此得罪不少年紀較長或喳喳呼呼的顧客，以及貓爸爸和狗媽媽，但也因此受到K書學子和 SOHO 族的喜愛，固定客群裡有不少和淡江大學有關的外籍人士。

這些都和我無關，我只坐在店面前的座位。雖然冬天冷得要命、夏天熱得要死，這一區多半就我一人且開放抽菸。前陣子聽說新北市政府即將下一道命令，騎樓嚴禁抽菸，違反規定的個人與店家都會受罰。過沒多久，女店主便在外面圓桌貼上「依規定禁止抽菸」的公告，我只好轉移陣地，選擇去捷運旁的壹咖啡，那裡完全不受影響。

「你們這裡為什麼還可以抽菸？」

我問養了兩隻狗的老闆。其中一隻頗有靈性，分辨得出好人壞人，每次看到我便吠叫個不停。

「騎樓不准抽菸只是傳言，公告來了再說吧，何況你抬頭看看。」

我抬頭看。

「看到什麼？」

「屋簷。」

「屋簷是不是騎樓？」

「不是。」

「這不就結了。」

我回到 You & Me 跟店主說，「妳這裡是屋簷，不算騎樓，照理說抽菸並不違法。」她回道，「很多人跟我這麼反映，我也覺得應該可以抽吧。」之後，她再度拿出盛著咖啡渣的紙杯給客人當菸灰缸。

咖啡店對面，隔著學府路，是鄧公國小西側圍牆，上面釘滿了由五、六年級生在木板作畫、以「我」為題材的成果。每一幅都細窄狹長，但整排掛起來頗有氣勢；無論畫作裡的「我」長什麼模樣、穿什麼顏色的衣服，個個天真無邪，讓人心生疼惜。每當圍牆內的芭蕉葉在陽光下隨風搖曳時，畫中的小朋友似乎也跟著動了起來。

艾瑪叫了一杯熱拿鐵，我喝我的無糖超淡冰紅茶。

「我每天帶著資料來這裡寫文章，寫足五百字就停筆，剩下的時間不是發呆就是看著來往的車輛和行人。」
「看到了什麼？」
「淡水的日常生活，不過偶有奇觀。比如說鄧公國小中午放學的時候，你會看到三四輛大型遊覽車在路邊等候。」
「幹麼？」
「剛開始我以為，真好，放學後還可以去郊遊，後來店主告訴我那是補習班派來的接駁車。」
「生意這麼好。」
「還有，淡水這裡的送喪儀式遵循古禮，每當家裡過世的長輩出殯時，總有十多輛載著花圈的發財車列隊出發，聲勢浩大；車陣一旁還有六七個上身穿著制服、由厝邊隔壁組成的義工隊，騎著摩托車來回巡視，一方面護駕一方面指揮交通。如此陣仗在台北幾乎看不到了。」
「你可有想過人死了會怎樣？」
「我沒信仰，不知該怎麼想。」
「我也沒有信仰，但是我先生過世後，我開始想到這個問題。我不相信一般說的那套，說什麼他雖然離開但精神仍在、一直在天上看顧著我這種話。我沒那種感覺，那是生者思念故人安慰自己的想法吧。沒有人知道死了以後會發生什麼事，因此我只能希望。」
「妳希望什麼？」
「我希望，或者想像，人死了以後，他的靈魂會化成一縷煙，消失在空氣中，化為天地間巨大靈魂的一部分。」

「這麼想很美，不過先要確定真的有靈魂這個東西。」我想到住處書架上那本《令人著迷的生與死》，呶呶不休的作者採用邏輯辯證的方式告訴讀者靈魂存在的說法站不住腳。

「我相信它存在。」

「當某人說『我相信』表示他宣稱存在的東西無法證實。比如說『我信神』，如果神確實存在，哪有信或不信的問題？何必強調我相信？」我拾人牙慧，說出不知在哪讀到的觀點。

「無法被證實的東西並不代表一定不存在。」

「說不定靈魂只是個形容詞，是人的意識想像出來的東西。」

「說不定意識是靈魂生出來的東西，為什麼不這麼想呢？人生這麼多說不定，我們能做的就是選擇相信或不相信。我覺得真正困擾你的，不是無法證實的事情存在或不存在，而是『選擇』。你表面上不想選擇，其實你早就選擇了，只是嘴硬不願承認罷了，就像你熱血心腸卻偽裝成冰冷是一樣的。」

「妳確定？」

「我確定。如果你是那種只會對著世人指指點點的冷眼旁觀者，我不會喜歡你的。」

「妳喜歡我？」

「廢話。」

「再說一次。」

「不要改變話題。」

下一站，我原本打算帶她從忠愛街穿過淡金公路，走一趟遠離喧囂、鮮有人跡的虎頭山步道，但艾瑪說既然來到學府路，想回母校走走。

從學府路往上爬，左彎右拐地來到淡大水源街側門。淡大的校園我已走透，從鳥瞰的角度神似一輛騷包的跑車，靠近淡金路那端為車頭，靠近英專路那端為略微翹起的車尾。從水源街這一側步入，彷彿從副駕駛座上車。艾瑪決定走小徑，直通校園最美的覺軒花園一帶，

「好久沒走了，我們畢業前那邊還沒完全蓋好。」

我們經過歐式花圃，看到兩個大小相疊的愛心，小愛心由赭紅石楠構成，其外被低矮的女貞環繞，形成大愛心。

「我們」是西班牙系的艾瑪和歷史系的先生，兩人在一次社團活動相識而成為情侶。

「我台中人，他南投人，畢業後兩人都不想離開淡水，也不想朝九晚五成為上班族，討論了好久決定開一家pub。那時淡水酒吧不多，我們覺得或可一試。他當兵那兩年，我開始籌畫，找老師學調酒，還回到學校旁聽商學院的課，成本控制、經營管理、財務會計這些有聽沒有懂。他在部隊也沒閒著，有空就鑽研食譜，擬定未來的菜單。其實他還沒過世前，有一半的客人是為了他的滷味和豆腐乳蒸吳郭魚而上門的。他走了之後，我一個人忙不過來，也沒時間到漁港採購，後來乾脆只提供冷凍食品，一個微波爐搞定。」

暑假期間，校園特別冷清。來到宮燈教室，碧瓦紅牆，庭園裡的書香，之後轉入羊腸小徑，盡是花草樹叢。我突然想起真理大學校園裡那隻大笨鳥。會不會在這兒遇見牠？

「有沒有想過請個幫手？」

「以前有，但是大半做不久，有的還跟有家室的顧客談戀愛，把糾紛搞到店裡來煩死人了，後來乾脆一個人。其實你剛出現在DV8那陣子，我正好在考慮要不要把它收掉。」

「為什麼？生意不是不錯嗎？」

「應該是累了吧。」一向活力四射的艾瑪難得顯露倦頓的神情。「你應該去過淡水其他酒吧，他們大都是幾個年輕人合力打拚，而我單槍匹馬能撐多久？不過你放心，只要大衛哥、胡舍、老江、四百這些老顧客不放棄 DV8，我不會放棄他們。」

「還有我。」

「你資歷太淺，觀察中。而且破壞力最大。」

「什麼破壞力？」

「你自己知道。」

2.

從阿吉家帶回的檔案一直擺在書桌上，我早已從頭到尾看過一遍，但仍會不時打開來翻翻。既然阿吉把它交給我，我覺得有仔細研究的責任，倒不是因為心中仍有重大疑點，只不過兩起案件「偵破」的關鍵皆來自間接證據，沒有可靠的目擊證人或凶手自白，我想進一步確定其中沒有疏漏。

第一起命案死者黃幸媛住在歷史悠久的新莊頭前國小一帶的平房；已婚，為家庭主婦，丈夫王明義為水泥工。一九九二年九月十三日下午六點多，蘇先生下工返家，從前門入內時發覺後門敞開著，於是到後院察看，發現其妻的屍體躺在兩排掛滿衣服和床單的曬衣架之間的泥地上。警方抵達後研判，黃女士在後院曬衣物時，凶嫌以鈍物襲擊，待她倒地後將她勒斃。在警方提醒下，蘇先生檢查屋內，並未發覺任何財務失竊的跡象。根據法醫，死者後腦左邊有嚴重裂傷，且影像檢查顯示輕微的外傷性顱內出血，但腦部衝擊傷並非致死的原因。張女士死於勒殺窒息，其眼結膜出現瘀斑，同時頸部有明顯指狀瘀傷。因主要瘀傷在氣管兩側，而非頸部側面，法醫判定凶嫌從正面勒殺受害者。同時，從死者後腦左部裂傷的軌跡研判，傷痕的走勢自左而右，凶嫌為左撇子的機率極高。在死者頸部沒採集到指紋，因此研判凶手戴著手套行凶；同時，在死者的指甲裡並未發現可疑的微物跡證，應是受害者處於昏迷狀態、無力掙扎所致。最明顯的物證是鞋印：警方發現兩組鞋印，經比對後，一組屬於死者所有，另一組來源不明，應為凶嫌所有。現場及其四周並未尋獲凶器，不過根據死者後腦受傷部位找到些許砂礫研判，凶嫌就地取材以石塊攻擊受害者，犯案後於他處丟棄或扔進淡水河。

附記部分指出，阿吉獲知九月十七日於菜寮一帶發生類似凶殺案件，在與該案負責調查的刑警討論後，察覺兩案應和標會糾紛有關。八月三十一日，因有人標得會錢後逃逸無蹤，有六名成員（黃幸媛、張秀英、廖林美娟、曹淑華、程麗美、趙怡婷）去會頭蔡謝淑芬家裡質問，過程裡曾和蔡謝女士么兒蔡昆財發生衝突。九月二十二日，於堤防處發現蔡昆財的屍體。根據法醫，蔡昆財生前吸食大量安非他命，但致死的因素為極毒性農藥巴拉刈，口腔潰爛，食道嚴重灼傷。

相較之下，第二起命案（即老莊從檔案室找到）的報告草率且有不少遺漏，不過仍舊可以從兩份報告得出以下結論：

兩案相似處：

——兩名受害者都住在地段偏僻的平房。

——兩名受害者同為民間互助會成員。

——凶手以鈍物從後面襲擊她們後加以勒殺。

——兩名受害者同死於窒息。

——兩名受害者同死於正面勒殺。（如此模式符合仇殺慣例。尋仇洩憤的凶手通常採取正面殺害的方式，以便從受害者死前的掙扎和眼神的恐懼得到快感。）

——兩個命案現場都沒尋獲凶器，但微物跡證顯示，凶器應為民房附近的石塊。

——第二起命案因有人證，確定凶嫌犯案時頭戴黑面罩、手戴黑手套。第一起查無人證，無法確定凶嫌是否戴著面罩，但因死者頸部及其他部位沒留下指紋，因此凶嫌戴著手套犯案的機率甚高。

——兩個現場各留下一組可疑的鞋印；經比對後，兩組鞋印來自同一雙鞋。而且，就尺寸與類型而言，兩組鞋印和凶嫌自殺時所穿的皮鞋吻合。（雖為重要物證，但嚴格來說，並不能百分之百確定蔡昆財就是兩案的凶手。首先，鞋印來自一款沒有特色的「大眾鞋」，鞋底沒任何花紋設計，極為普遍。再來，當時的鑑識科學沒今日發達，無法確定皮鞋在泥土留下的印記深度是否符合蔡昆財的體重；同時，兩份報告都沒從印記的細節研判鞋底磨損的情況，因此無法推論凶嫌走路的習慣：重心在左腳或右腳？重心在腳的外緣還是後跟？走路習慣內八或外八？甚至沒有指出步伐的大小是否符合凶嫌的身高等等。）

兩案相異處：

——第一份報告針對後腦傷勢提出凶嫌可能是左撇子的假設，但第二份沒有。（關於這點，阿吉從親友那邊得到的資訊是蔡昆財的慣用手為左手。）

——凶嫌只在第二起命案現場留下寶島牌菸蒂。

——第一份報告沒有提到標會會員的名單，但第二份報告指出，在死者皮包裡找到該份名單。（阿吉的報告指出，當他發現那份名單上同時出現菜寮張女士和新莊黃女士的名字時，兩起命案的關係便出現了。這份名單把兩起命案綁在一起，讓案情變得明朗，也因此讓凶嫌犯案的動機浮上檯面。）

——第一份報告指出，可能因時日相隔太久，在蔡昆財腳下皮鞋的鞋底，並未採集到任何足以佐證他曾涉足新莊黃女士住處的微物證據。關於此點，第二份報告隻字未提。

結論：

——雖然細節上有些許差異，但兩案的行凶模式相當一致，應是同一人所為，且所有證據皆指向蔡昆財其人。至於兩案之間不一致處，警方有兩個解釋，第一、凶嫌為「新手」，尚無固定MO（犯罪模式）可言；第二、行凶時可能嗑藥且出於洩憤，缺乏計阿吉的手稿筆記寫道：九月二十一日晚上九點，廖林美娟女士於延平北路二段買了布料後徒步返家，轉進小巷後遇襲。廖女士倒地後，凶嫌企圖將她勒斃，但為路過的詹先生撞見。詹先生大叫一聲，嚇退凶嫌。因無路燈且時間過短，證人只能憑印象指出凶嫌為男性，中等身材，似乎戴著蓋耳帽以致沒看到臉部，但他不敢確定。隔日，阿吉根據標會名單至廖府訪查時才得知此事。廖林美娟女士的長男為廖金聲，時任內政部警政署刑事警察局督察，因恐此事有礙仕途而決定吃案。廖督察透過關係向延平、新莊、三重等分局施壓，致使本案的第三起攻擊事件沒出現於任何報告裡。

整體看來，應無疏漏，大致言之成理，但我心裡的疙瘩並未完全化開。說穿了就是，安安記憶裡的窸窸窣窣已成了我直覺裡的窸窸窣窣，其中成分多少屬於合理懷疑、多少屬於夜郎自大的虛榮心作祟，一時無從分辨。

3.

阿修工作不忙時會來 DV8 和艾瑪討論廚房翻修的作法，來之前都會先跟我約好在那兒碰面。他和艾瑪看著吧檯上的設計圖交換意見時，我從不參與，只默默的喝酒，聽著音樂。

「把這裡打掉，」阿修用原子筆在設計圖上標示，「空間就大了，而且動線也打開了。」

「不會破壞結構吧？」

「不會，它的作用不是為了支撐結構，比較像隔板的概念。例如那個洗手間，它左邊的實牆本來就有，作用就是支撐結構，但是右邊這一道半透明玻璃屏風，為的只是美化空間，讓洗手間和吧檯有所區隔。」

「懂了。」

「妳確定要拆掉烤箱和櫥櫃？」

「確定，我真正需要的只是瓦斯爐、微波爐和冰櫃。」

他們接著討論細節，我的心思則跟著音樂飄到了別處。

DV8人多的時候，我和阿修會坐在B座，艾瑪得閒時才加入我們。

「你和安安有繼續聯絡吧？」忍了很久，終於問了。

「有，我們有交換電話。」

「她的狀況有沒有改善？」

「她說好像有一點但不確定。她問醫生，醫生告訴她這種事要慢慢來。」

「沒錯，不可能立竿見影。就我自己的經驗來說，假設我因為壓力大而恐慌症病發，事後找到壓力的來源或者壓力莫名其妙的消失了，我仍舊會因為對於恐慌症的恐懼而感到不安，因為你不知道它哪時會捲土重來。英文有個說法，『你除了恐懼以外沒什麼好恐懼的。』這句話很對，我們對於恐懼本身的恐懼最難克服。」

「你有什麼作法？」

「沒有作法，就且戰且走，每天晚上睡前感謝上蒼今天沒有復發，如果忘了感謝，表示狀況特別好。當然有些是平常可以注意的，有沒有食慾、有沒有運動、有沒有睡覺、有沒有工作、有沒有戀愛，這些都很重要，到頭來生理的往往可以防範心理的。」

「談戀愛也算？」

「當然，你一心想要跟一個人在一起，想要讓那個人快樂，它會讓你每天至少有一半的時間不會想著自己的問題。你呢？應該談過戀愛吧？」

「有過幾次。」阿修有點猶豫。

「沒關係，不想講就不用講。」

「講什麼？」艾瑪過來，往我這邊坐下。

我偷偷握她的手。

「沒什麼。」我回道。

短暫的沉默。

「有一次到了論及婚嫁的程度。對方父母本來就對我不甚滿意，說我才高職夜間部還是個木工，當他們知道我父母的事就更反對了，突然之間我好像瘟神似的被他們厭惡。女朋友不理他們，堅持要跟我在一起，但是它已經成為兩人之間的陰影，常常拿出來吵架。而且我也變得比較偏激，看到不公平的事特別憤怒，有時還遷怒於她，沒多久就分手了。」

「你不會因此就不談戀愛了吧？」艾瑪關心地問道。

「不會，但我大概不會再主動追求任何人。」

我內心充滿激憤和憐惜，但這時候說什麼都不對，只能拿起酒杯默默的喝一口。

「沒什麼，不要為我擔心。目前對我最重要的是努力工作、認真進修，就像吳哥你剛才說的。」

「他說什麼？」

「他說任何讓我們忘掉自己的活動都是好事。」

「我有這樣說嗎？」

「不是那個意思嗎？」

「來，乾一杯，祝我們忘掉自己。」艾瑪舉杯。

安安下班後偶有出現，每回都是阿修在的時候。我猜兩人之間保持聯繫，阿修在的時候她才會來。遇到這個情形，我都會陪坐片刻後藉故離開，讓他們獨處。

有一個晚上，安安出現了，但阿修不在。

「阿修沒來，妳有跟他約好嗎？」

「沒有，我想跟你和艾姊聊聊。」

艾瑪正忙，安安點了一杯飲料後和我在一旁先聊。我問她工作情形，她說還好，事務所體諒她的狀況暫時不給她太多壓力，不過她反而認為應該忙一點，才不至於老是想著自己的問題。完全同意，我說，然後跟她分享前幾天對阿修所說注重睡眠、飲食、運動等等以生理來幫助心理那一席話，不過沒提到戀愛這環。

安安欲言又止，低頭看著酒杯。

「我覺得對阿修很不好意思。」

「為什麼？」

「他有沒有跟你提到榮昭？」

「妳說陳律師？沒有。怎麼啦？」

「你應該看得出來我第一次和阿修見面那晚，榮昭後來出現我很不高興。」

「我知道。」

「我來見阿修之前已經跟他討論過了。榮昭也想來，想要看看阿修，可是我認為他和這件事無關，只是因為關心我或出於好奇而想認識阿修，所以不要他來。可是他居然出現、講話還擺出律師的架勢，讓我非常生氣。我知道那天阿修有點不高興，事後想跟他道歉，可是又覺得很丟臉——」

「沒事的。」

「我知道你也不太高興。」

「我是不高興，不過事情都過了。」

「榮昭個性內斂、行事冷靜，不了解他為人的人說不定會以為這個人沒情感。記得趙玉明的事吧？他被警方懷疑殺害妻子的時候，榮昭付出很多心血，幫他度過難關，為此我深受感動，但是他那個晚上的表現卻又讓我感覺不認識這個人。」

「你們事後有談嗎？」

「有。」

「他怎麼解釋？」

「他向我道歉，覺得自己應該是沖昏了頭才會那麼做。」

「被什麼沖昏了頭？」

「他說很多因素。因為他擔心我的病情，因為他對阿修的遭遇以及後來他成為什麼樣的人感到好奇……因為他有點吃醋……」

「吃醋？他平常是愛吃醋的人嗎？」

「一點也不，我還曾為了這個取笑他。我覺得榮昭對愛情的需求不大，我也是，兩人都不需要電光石火，因此完全不了解我和阿修見面他在吃什麼醋。而且我跟他之間最近才開始私底下交往，只是下班後一起吃飯的程度，男女朋友還談不上。總之後來我原諒他了，不想再提那件事，倒是他覺得一定要當面向阿修道歉，執意要我幫他約一下，不然給他電話他自己約。我覺得莫名其妙，堅決不給，結果關係鬧得更僵。」

Uh-oh, trouble in paradise. 戀愛天堂有麻煩，我心中冒出這個OS，純屬幸災樂禍。

「這樣不太好吧。」我說。

「我也知道。」

艾瑪加入我倆後，話題於不覺中從「琳安和榮昭」轉為一般戀愛法則。艾瑪說，她和她先生就是電光石火，第一次見面就覺得「是他了」；安安說她是細火慢燉型；我說我遇到的是不平等待遇，我愛上別人都是電光石火，對方對我的情感卻需要細火慢燉，通常燉了老半天對方才告訴我，對不起，你這鍋餿了。

閒扯間，我心裡一直想著陳榮昭這個人。直覺告訴我，他沒跟安安說實話。他說其中一個因素是吃醋，我覺得不太可能。感覺不出他是個占有欲特強的男人，因此應該不是吃醋。難道是嫉妒？他嫉妒什麼？

「談戀愛時，看對方如何待妳一點都不準，」微醺的艾瑪以過來人的口吻對安安說道，「妳得看他如何對待其他人。有人說要看對方是不是孝順，不對，黑手黨殺人不眨眼，可是超級孝順。那是他父母，所以他孝順，這不算美德吧。會說這種話的大半是男人，因為他需要妳去服侍他爸媽。所以重點是不僅要看他如何對待其他人，尤其要看他如何對待陌生人。」

胡舍剛好走過。

「胡舍，」我說，「我以後會對你好一點。」

「啊？」

「別聽他胡說八道。」

艾瑪揮手示意，要胡舍別理會我。安安笑得很開心。

「有些過來人不敢再談戀愛，有些人卻越談越順手。」艾瑪接著說道。「這當然和個性有關，但同時和每個人對愛情的期待有關。我們年輕的時候以為和某人交往是一輩子的事。戀愛等於一輩子似乎是天經地義的事，少了這個期待，戀愛應該不會深刻吧。但是很少人談一次戀愛就決定了一輩子，因此通常會覺得只要沒修成正果就是失敗。這種失敗感會讓以前的經驗變成了絆腳石，因此越談越猶豫不決。如果有人可以克服失敗感，也就是說，不把它當作是失敗，而是寶貴的經驗或成長的過程，她自然熟能生巧，再接再厲，我的媽呀，我一定是醉了，在胡說八道什麼。」

「妳說得很有道理啊。」安安說道，「不過愈戰愈勇的人每再談一次戀愛還是得以一輩子為前提。」

「沒錯，至少要帶著一輩子的幻覺。」艾瑪回道。

「否則就是個大爛人。」

安安說完，兩人大笑。

「殺人也一樣。」我脫口而出。

啊?!兩人驚呼一聲，沒想到我會從戀愛扯到謀殺。

「沒事，我突然想到一件事。」

「又有新案子了嗎？」艾瑪問道。

「嗯，沒有。」我起身，順手抓了掛在椅背的背包。「妳們聊，我得到旁邊記一個東西。」

「好神祕喔。」艾瑪說。

我來到A座，拿出背包裡的紙筆，寫下幾個關鍵字，藉此整理腦中乍地冒出的靈感。不知過了多久，我想通了，沒錯，謀殺跟談戀愛是一樣的。

但是，我還需要多了解一件事。

「安安，」回去加入她們時我說，「可不可以介紹妳的心理醫師給我？」

「嗯，可以吧。」

「為什麼？」艾瑪瞇著眼看我。

「說不定她會對我有幫助。」

「需要我幫你約嗎？」

「麻煩妳。」

不能讓安安知道原委，只得撒謊，但撒謊的代價是讓艾瑪憂心地看著我，以為我狀況有異。這可不成，我決定等安安離開後跟她解釋。

4.

安安告訴我，馮玉甄醫師不打廣告，不設臉書，只接受經人引介的新病患。她很低調，安安說，診療室連個招牌也沒。低調，還是大牌？我開玩笑地問。

我準時抵達安安給我的地址，台北東區敦化南路上一棟豪華公寓的二樓。走上樓梯，在門口揿電鈴後，馮醫師為我開門。

馮玉甄成熟冷豔，年齡介於艾瑪和安安之間。一絲不亂的頭髮往後梳，於後腦杓盤結成膨鬆的髮髻，讓動人的五官更加明媚；聲音低沉帶磁，舉止典雅而沒半點做作，說話時直視著我。上身全白的T恤外面罩著一襲淡米色暗花長袖薄紗，下身則是同為米色系的合身長褲，褲腳於腳脛上方戛然而止。湛藍低跟皮鞋襯托之下，裸露的小腿白皙如玉。

診療室予人家居的舒適感。兩面牆有窗，陽光穿過百葉窗簾，溫柔地灑在底下鋪著青綠細毛地毯的原木茶几上。其他兩個牆面，一面掛著一幅寫意風景水彩畫，旁邊地上擺一盆曼妙的琴葉榕，另一面則安排了仿古西式原木色邊櫃，其上正中有一點著的玻璃香氛蠟燭台，右側則是一小盆簡單的萬年青。

診療室有兩扇門，其一通往玄關，另一通往其他空間，看來是住辦合一的格局。

馮醫師請我在長沙發坐下，自己則坐在一旁的單人沙發。當她上身前傾，兩手肘輕輕擱在併攏的雙腿上，以柔和的眼光看著我時，我登時被她俘虜，恨不得掏心剖肺，一嘟嚕地向她傾訴一生的故事。

有任務在身，得控制控制。

「馮醫師，謝謝妳願意見我。」

「我也要謝謝你為琳安做的事，她大致跟我說了。吳先生，要不要先告訴我一些你的事？」

「我今天第一次來，希望能先了解妳的，怎麼說，診療方式，然後我再告訴妳我的問題，看看妳是否可以幫助我。」

「沒問題。」

「我想先請教一個問題。」

「請講。」

「我想知道馮醫師妳的專業是心理師還是精神科醫師。」

據我所知，台灣沒有一般人口中的「心理醫師」。公共心理衛生領域裡，這方面的從業人員分三種，首先是諮商心理師，提供關於個人情緒或人際關係的心理諮商；再來是臨床心理師，較重視「心理病理」並受過心理衡鑑訓練；最後是三類裡唯一可以開立處方的精神科醫師。

「我是精神科醫師。同時，我相信談話療法，有這方面的訓練。雖然醫學發達，有各種藥物可以舒緩、抑制不同的症狀，但是有一派精神醫學，也就是我屬於的一派，認為精神障礙不完全是體內化學失衡所致，有些和個人遭遇和成長背景有關。換句話說，身體化學失衡可能為果，心理障礙才是因。無論如何，我們相信身體和心理互為因果這一點。因此除了對症下藥，我們還會跟病患談話，從他們對自己的描述來找到可能的根源。另一個層面是，精神障礙不但可能源自過去的創傷，對病患來說就它本身就是創傷。簡單解釋，就是對於復發的恐懼。因此，對於一個經過藥物治療而獲改善的病患而言，事後的心理建設也很重要。」

「我想我需要的就是心理建設。還有一個問題，我之前遇到的醫師從來不提潛意識的問題，妳呢？」

「我會。我除了有精神科醫師學位，還有精神分析師的證照。以談話治療來說吧，心理治療醫師秉持的信念是，既然病患來找我們，就是希望自己變好，而醫師能為他們提供的，是幫助他們變好的看待事情、處理心情的方式。我說『變好』是指 get better，不是變成好人。」

「我懂。」

「打一個業界常用的比方，假設一個人掉進海裡，為了保命，他必須克服溺斃的恐懼並學會泅水。心理治療醫師可以指引他如何克服恐懼，同時建議泅水的各種技巧。但是人的心理很複雜，人的欲望很多面。常見的情況卻是病患一方面希望變好，另一方面卻不想改變。這好比丟一個救生圈給快要滅頂的人，他卻選擇不用，或者要把他拉上岸來，他卻想要留在水裡。精神分析就是要處理這棘手的現象。基本來說，心理師處理的是自我的問題，改善病患和他人與社會的關係，精神分析師則處理潛意識，改善病患和自己潛意識的關係。」

剩下的時間我大致述說我的病史和目前狀況，聽完後，她沒說出感想或發表意見，只保守地說：「心理建設應該對你有幫助吧，但這要由你自己判斷。」

一小時晤談快結束時，我才以「突然想到」的口氣跟馮醫師提到安安的事——今天來此的真正目的。

「窸窸窣窣的聲音？你該知道琳安在這裡說的任何事我都得保密吧？」

「我知道，我只是想多了解她聽到的是什麼聲音。」
「你應該去問她。」
「我不便問她。」
「我了解了，」馮醫師眼睛閃現頓悟的光芒，「你覺得那件致使琳安受到創傷的命案有問題，但是還沒確定前不想——」
「沒錯。」
「原來如此。」轉念之間，柔和的神情霎時轉為嚴厲，讓我心頭震了一下，「你應該直說，不該浪費你的錢，浪費我的時間。」
「沒有，我真的有心找妳幫忙，幫助我釐清一些思緒。」
「無所謂。關於那個聲音你想知道什麼？」
「琳安回憶時只說『窸窸窣窣』，我想知道有沒有更細節的描述。」
「我不可能放錄音帶給你聽，只能就印象稍微透露一些。」
「謝謝。」
「她感覺那個聲音很急促。」
「急促？」
「像是找東西時發出的聲音。」
「嗯……最後一個問題，」我突然想到阿吉提出的觀點，「有沒有可能，琳安在半催眠狀態下對於過往所恢復的記憶，其實有些成分是對於目前狀態的反應？」
馮醫師一怔，眼眸微閃，才說：「有可能。」

「你為什麼這麼問？」她追問道。

「既然有可能，她記憶裡聽到的聲音不一定發生在二十多年前，可能和現在有關。」

「沒錯，但是我們無法確定。」

那個聲音果若和往事無關，我對於命案的執迷無非是沒事找事、自尋煩惱罷了。

X 誤打誤撞

1.

「原來你花五千塊談話費去找安安的醫生是為了確定那個聲音代表什麼？」艾瑪露出心疼那五千元的表情。

「沒錯。」

「值得嗎？」

「值得，醫生美極了。」

「你說什麼？」

「有收穫。」

「哪方面的收穫？」

「我得從一個誤打誤撞開始講起。前幾天我在寫專欄，討論俄國理論家巴赫汀對語言的看法，寫著寫著突然先前研究的一個語言學家，也是俄國人，名字叫維果茨基，於是把他的書拿出來翻翻，沒想到他的理論竟然讓我聯想阿修母親被殺的案子。維果茨基是心理語言學的開拓者，他認為以前研究思考和語言兩者之間關係的方法是錯的……沒睡著吧？」

「聽到打呼搖我一下。」

「沒關係，妳儘管睡。我需要講一遍，邊講邊檢查思路。」

「繼續吧，催眠效果快退了。」

「在維果茨基看來，以前的方法都走了冤枉路。較早的學派認為語言就是思考。既然如此，他說，語言和思考的關係有什麼好研究的，它們被視為同一個現象，兩者之間能有什麼關係？」

「思考等於語言，語言等於思考。」

「沒錯，這個看法完全忽略了從思考變成語言的複雜過程，也沒掌握到語言的特性。後來出現了一個比較可取的流派，不過維果茨基認為卻走向另一個極端。這一派探索兩者關係的時候，把思考和語言分開來研究，思考的歸思考、語言的歸語言，因此得到的結論是兩者之間只有機械式的關係。」

「機械式？」

「就是外在關係：我有想法，我用語言表達想法，就這麼簡單。它完全忽略了內在關係，例如，我在尋找適當的字眼來表達對妳愛意時，這中間發生了什麼內在變化？」

「怎麼扯到這邊？」

「好吧，換個例子：妳在尋找適當的字眼來表達對我愛意時，這中間發生了什麼內在變化？這涉及妳的感覺、意圖和當下情境。妳甚至可能因為腦海裡冒出的某些字眼而修正內心的感覺。比如說妳覺得妳愛我，可是表達時卻說『我喜歡你』而不是『我愛你』，因為內在的審查機制告訴妳『愛』所代表的意義太沉重，怕把我嚇跑。」

「你還可以再臭美一點嗎？」

「這樣的轉變，從心裡的愛到嘴巴上的喜歡，發生在剎那之間，但足以顯示語言和思考之間的交通是雙向的，而不是先有思考、後有語言的單行道。認為思考和語言只有機械式關係的結論，就是把它看成了單行道。維果茨基舉了一個例子來批評這種研究方法，例如水這個東西，如果我們把水的元素分開來分析，會發覺氫氣是高度易燃的物質，而氧氣是助燃的氣體，因此所得到結論無法解釋水為什麼可以滅火。為什麼會這樣？因為氫氣或氧氣都只是水的一部分，不是它的全部，我們不能用局部來解釋全部。因此，當我們把一個現象的各個元素隔開來分析時，會導致所得到的個別特色無法解釋整體的現象。在水的例子裡，局部和整體分開來看甚至相違背。」

「他自己的方法呢？」

「他認為不能把一個現象的元素拆解來研究。人與人互動同時涉及思考和語言，不能將這個兩元素分開，反而應該在兩者之間找到一個連接點，就是字義。」

「什麼？」

「我們說話所傳達的意義。字義是連接思考和語言最基本的單元。」

「以上和你的推論有什麼關係？」

「其實沒關係，所以說天外飛來、誤打誤撞。複習他的理論時，突然想到這件案子裡動機和凶殺的關係有點像思考和語言的關係。」

「慢一點。」

「動機是促使一個人行動的思考，凶殺是表達動機的行動，好像語言。警方在推理兩個命案的時候，就是用動機來解釋凶殺、用凶殺來解釋動機。然而碰到兩相矛盾的狀況時，警方必須把其他因素帶進來參酌，比如說凶嫌的年紀、個性、歷練等等。為什麼第一件命案有A證據而第二件沒有？因為凶嫌經驗不足。為什麼凶嫌在某些方面表現得很小心？因為他想掩藏形跡。為何在其他方面表現得很不小心？因為他是菜鳥。為何衝動殺人？因為嗑藥。為何畏罪自殺？因為受良心譴責。」

「等一下，所以警方推理的方式，就是維果茨基的方式？」

「沒錯，把其他因素納入考量。」

「很正確啊。」

「很正確，但是它必須建立在一個前提底下才能成立。當我們研究思考和語言的關係時，我們必須確定從事思考的人和用言語表達的人是同一個人。」

「這不是廢話嗎？」

「聽我說，警方推理時，在潛意識裡先認定蔡昆財就是凶手，別無他人。這不能怪他們，因為證據都指向他，但問題出在『別無他人』這個先入為主的假設。萬一，我說萬一，警方推理中擁有動機的人和實際行凶的人不是同一個，那麼警方對於所有矛盾的解釋不都全錯了？」

「天啊，你認為凶手另有其人？」

「可能性不是沒有。維果茨基所強調的『字義』，換到這個案子就是『意義』。照目前的推理，我看到的是毫無意義。蔡昆財只因為有人到他家討債而殺了兩人，要是延平北路那一椿也成功了，就是三人，這麼嚴重是為了什麼？口角？而前面兩個人遭到殺害，為了什麼？幾萬塊的會錢？這一切毫無意義可言。」

「人生很多悲劇是沒什麼意義的，而且別忘了，蔡昆財是個血氣方剛、有暴力前科的年輕人。」

「沒錯，非理性解釋了一切：非理性動機、非理性表達，非理性結果。每次想到這裡我就撞牆，直到那天妳說到戀愛。」

「別提了，那天我醉了。」

「妳說談戀愛有兩種情形，有人越談越尷尬，有人越談越老練，這讓我想到謀殺。」

「這才叫天外飛來吧。」

「妳聽聽看，假設蔡昆財就是兇手，他是哪個類型？」

「越殺越尷尬。」

「沒錯，第二次殺人留下的足跡比第一次多，而且第三次沒有成功。同時，尷尬的程度甚至導致自殺。」

「這又回到他良心發現的解釋，我們在繞圈子嘛。」

「沒錯，只要運用那個思考模式，幾乎，我強調幾乎，所有的矛盾都可解釋。但是有一個矛盾，一直被我忽略的矛盾，無法解釋。」

「什麼？」

「嗑藥又自殺。」

「嗯？」

「根據報告，法醫在蔡昆財的屍體驗出安非他命和巴拉刈。」

「農藥？」

「劇毒的農藥，不用幾ＣＣ便足以殺死一頭牛。」

「有問題嗎？」

「一個嗑藥的人會有自殺的念頭嗎？」

「當然有，吸毒嗑藥的自殺率不低吧。」

「我知道，但那是想要戒毒或藥癮犯了卻沒來源所導致的抑鬱症，也就是藥物戒斷症。嚴重的抑鬱症會讓患者有自殺的念頭，但是，妳想想，一個正嗨的人會喝下農藥自盡？」

「對喔！」

「記得齊總編吧？他是編輯老鳥，人脈很廣，我請他介紹相關醫師給我。我透過電話請教那位醫師，當我告訴他法醫在屍體驗出安非他命的濃度，然後問他有可能自殺嗎，他不是說『不可能』。」

「他說什麼？」

「絕對不可能。他說，以這個濃度來看，這位仁兄已經嗨到九重天，哪來尋死的念頭！」

「天啊，吳誠，如果你的推論是對的，你知道這對阿修來說代表什麼吧。」

「殺害他母親的真凶一直逍遙法外。」

2.

如果凶手另有其人，此人越殺越順手。

每次犯案留下的線索都經過冷靜思考。第一起命案只有鞋印，第二起命案多出了菸蒂。這不是凶手的疏失，而是刻意安排。

如果凶手的目的是陷害蔡昆財，那麼沒有奪走第三位受害者的性命，不能算是失敗。問題是，他這次在現場留下什麼線索？因為案情被壓下，沒有報告可以參考。和阿吉見面那天，我曾問起這一層面，但阿吉說廖督察只要求他和洪刑警提供資訊，對於他母親遇襲的細節則保密到家。

當馮醫師猜測「窸窸窣窣」可能是「找東西」的聲音，我馬上想到那天在阿吉家，他進房拿檔案時所發出的聲響就是「窸窸窣窣」。

果真如此，凶手在找什麼？

真凶是誰？為何陷害蔡昆財？

一二三，我在筆記本寫下調查步驟。

3.

「夭壽喔，驚死人！」

「差一點給伊殺去。」

我跟兩個阿嬤級婦人同坐一桌，在一家連鎖咖啡店共用早餐。兩位女士體態福相，都有高血壓，其中一個還有高血糖，另一個高血脂，皆為三高俱樂部準會員。見面地點是她們指定的，然而甫落坐便一直嚷嚷著說「咖啡會睡不著」、「果汁太甜會肥」，待我表示今天小弟請客後，兩人頓時拋開禁忌，點了咖啡、果汁、貝果和義式摩卡脆皮泡芙，搞得小圓桌都快擺不下了。

年過六十的程女士和曹女士，是二十多年前因倒會事件到會頭蔡謝淑芬家中討債六名成員的其中兩位。

在我擬定的步驟裡，首要之務是進一步了解延平北路二段的襲擊案。然而調查之後得知，受害者廖林美娟已去世多年，而吃案的廖金聲則於五年前因癌症過世（順帶一提，廖金聲退休前的職位為某縣轄市警察局長，三線二星），這條線就此斷了。不過，我想，即使廖金聲健在，他願意對我吐實的機率小之又小。

我於是把希望寄託在標會的成員裡。包括會頭，成員共二十一位，其中六位跑到會頭家理論：黃幸媛、張秀英、廖林美娟、曹淑華、趙怡婷、程麗美。六位裡面，帶頭的廖林美娟已年邁過世，新莊黃幸媛和菜寮張秀英則被殺害。名單上有電話和地址，我一一打給剩下的三位，結果發現曹淑華的電話已停止使用、趙怡婷的電話已換人使用，幸好程麗華的電話沒變，一打即通。

剛開始，仍舊住在三重的程女士聽了就怕，不想回憶那段驚心動魄的往事，我只好拿出騙人的本事，謊稱我是民間文化工作者，正在撰寫一本以社會事件為主題的書，取名《三重重案組》。

「什麼？」

「重大刑事案件。」

「我們這件算嗎？」

「當然嘛算。其實凶手殺的不只兩個人，他還想殺住在延平區、靠近台北橋的廖林美娟，但是——」

「我知啦，被她做警察的囝子暗槓起來。」

「妳知道？」

「是啊，後來美娟姊都有跟我們說了。」

「可惜被暗槓，否則這是一件連續殺人案件。妳可能不知道，台灣很少這款的案件，若是公布出來一定會轟動社會。」

「這樣喔。」

「拜託妳，給我訪問一下。妳放心，我不會公布妳的名字。」

「不寫名字喔……」

「可以寫出來當然最好，讓大家知道妳對案件的看法。」

相約見面時，程女士建議把搬到台北的曹淑華也找來。問她可否請趙怡婷一起過來，她說阿婷已於多年前移民至澳洲。

程曹兩人宛如一對心靈姊妹，一邊享受食飲一邊自責饞嘴，一邊嫌棄不夠精緻一邊抱怨分量太少。她們大概以同樣的矛盾情結來面對人生吧。

「都是那個陳太太害死人。」程說道。

「當初大家都寫本名，只有她只寫陳太太我就知道有問題，但是淑芬姊替她擔保，我們也沒法度。」曹附和著。

「恁是在講……」

「就是那個錢提了就浪槓的沒見笑查某。」程回道。

「後來我們才知道她是有預謀的，她跟她尪四界騙錢，從台灣頭騙到台灣尾。那時我們起會也沒多久，我記得四月那一次給她標到了，阿美，妳記得她標多少嗎？」

「應該是一萬七千。」

「會錢多少？」我隨口問道。

「兩萬。」

兩萬、一萬七千，我在心裡計算：利息不小，假設會期還剩十五個月，加起來是四萬五塊。我很晚才搞懂標會是怎麼回事，不誇張的說，在我終於搞懂性愛是什麼回事時，還不知道從小耳濡目染的標會是幹麼的。因為關於它的故事總和糾紛有關，年輕時一直把標會當作落伍的象徵，後來才了解標會是民眾之間借貸和存錢的方式，如果過程裡沒有任何人賴皮（也就是說，去掉人性這個最大變數），倒不失為不涉及銀行或地下錢莊的互助互惠。

「你們去會頭家時發生了什麼事？」

「我們要淑芬姊給一個交代，」曹搶著回答，「若是她阿沙力講一句，以後陳太太那一份由她負責，這樣不是沒代誌？」

「但是她一直挨推，說她也是給人害去的。」

「我說什麼給人害去，是妳替她擔保的呢！」

「這時她兒子剛好在外頭跟朋友『噗薰』（抽菸）吃檳榔，聽到我們的聲音就進來和我們冤家。」

「那個囝子這壞的，講話不客氣還想要動手，他用搡的想把我趕出去。」

「我們沒在驚他，就跟他對罵，」程忿忿說道，「結果他就開始咒，三字經五字經這難聽的。他看到桌上的名單就拿起來，在手上這樣搧這樣搧，恐嚇我們小心一點，上面可是有我們的住址。」

「現在想起來也是驚驚，當時講話最大聲的就是我們兩個。」

「對啊。」

「阿媛和秀英都沒啥講話。」

「秀英反而勸我們，教大家有話好好的講。」

「結果那個膨肚短命卻找她們倆算帳。」

「秀英沒做伙冤落去？」我問。

「沒，秀英這個人跟她的名一樣，這幼秀的，講話細聲細氣，不是跟人冤家的材料。」程說。「陳太太不見了後，大姊頭美娟跟我們說，不行，一定要到會頭家問個清楚。所以她把大家找來開會，希望選派幾個代表去理論，像我們這款比較會跟人『話啪啦 Ken』（討價還價）的。」

「等一下，哪幾個做代表是大家選出來的？」

「對啊。」

「張秀英為什麼被選上？」

「美娟姊的意思是秀英在區公所上班，比較知道法律的問題，所以才推派她。」

「不是，是地政事務所。」曹糾正她。

「敢是？」

「就是，我記性比妳較好。有一次為了一片土地的問題，我有去那兒向她請教。」

「妳在電話中說妳知道大姊頭美娟也被攻擊的事。」我問程。

「那是找到凶手之後，美娟才告訴我們的。」程回憶著。「秀英的代誌發生後，警察用那張名單一個一個打電話，打到阮家來的時候我嚇一跳，後來還到我家問東問西，害我那幾天不敢出門。」

「我也是，那幾日都睏不去，吃安眠藥也沒效。」

「美娟姊也接到電話。警察有叫她小心一點，暫時不要出門，還說第二天會派人過去問話，但是美娟姊沒有給他信到。」

「她這個人就是這樣，沒有在驚什麼的。」曹接著說。「還有啊，她在外頭標會沒有給她兒子知道，她兒子在警察局做官做很大，不希望她媽媽跟人有糾紛。所以警察打電話來，她也沒跟兒子說。」

「那天她只是想出去買個物件，買完就回來，哪曉得——」

「好在有人看見，不然喔，差一點就買命去了。」

「佛祖保庇啊。」

兩人還說了其他，包括警方結案後互助會的後續發展。會頭蔡謝淑芬的兒子殺人而自己也死了，幾個成員決定不想再跟她計較。其實，她們不敢再跟那個家庭有任何瓜葛。她們本想找律師控告捲款逃逸的陳太太，但一方面對方不知去向，同時請律師還得花錢，大家決定算了，認賠了事。

談話快結束時，我拿出影印的標會名單，請兩位為我一一指認；有些她們還有印象，有些則記不得了。

「其實，說也奇怪，」吃完最後一口泡芙的程突然想到一件事，「美娟姊跟我說，她事後在皮包找東西的時候，竟然找到一張紙。」

「什麼紙？」我問道。

「我怎麼不知道？」曹警覺地挺直上身。

「那是因為妳們兩個當時不歡喜，才會沒——」

「哪有不歡喜？她這個人就是這樣，我稍微講她幾句——」

「拜託，美娟姊找到什麼東西？」我打岔道。

「就是那個名單。」程說。

「這有什麼好奇怪的，不是所有會腳每人一張嗎？」我問。

「是這樣沒錯，會頭把每個人的名字、電話、地址寫下來，一人發一份。但是美娟姊記性很好，電話打幾次就全部記起來了。」

「這是真的，她的電話都是用記的，從來不用寫下來。」曹補充道。

「所以呢？」我還是不懂。

「所以，」程說，「她不會把名單放在皮包裡面，每天捧著走。她說原來那個名單早就不知放到哪裡了。她跟兒子說到這件事，兒子拿走那個名單，說他會處理。過沒幾天凶手就死了，她也沒再問兒子到底怎麼回事。」

「她後來有沒有找到原來那份名單？」

「我沒問，她也沒提。」

「會不會她記錯了？」

「不會，」程神情篤定，語氣堅決，「她是我遇到頭腦最清楚的人，絕不會記不對事情。」

「哪知道食老了卻得了失智症，我們有一次去看她的時候，她一直用日文和我們講話。」

曹的神態看起來似乎仍為之前不知道名單的插曲而耿耿於懷。

和她們在街口道別後，我知道回去找阿吉的時候到了。

4.

阿吉動也不動，神情凜然，許久不說話，彷彿一尊神像。

我看不出他目前的心情。向他說明推論的過程中，他不發一語，皺眉凝神，只偶爾發出短短的嘆息，也不知是為我的鑽牛角尖感到不耐，還是對於自己當初的疏忽感到懊惱。

「照你這麼說來，那份名單可能是凶手故意留下的線索來誤導偵查的方向。」

沒錯，警方在張秀英皮包裡面找到的名單，可能是凶手犯案後塞進皮包的。也就是說，安安聽到的不是「找東西」的聲音，而是「放東西」。同時，在第三起案件裡，凶手將廖林美娟擊倒後，第一時間就是把名單塞進她的皮包。

「不過，名單也可能是蔡昆財放的。」阿吉慢慢的說出他的推論，「因為他想讓大家知道這些人為什麼該死。」

「可能性不是沒有。」這點我想過了。

「這個行為，也就是留下對自己不利的線索和他後來自殺，兩個是一致的，表示他從頭到尾就是想要被抓。」

「但是，如果我們確定他在那種狀態不可能自殺時，你的推論就出了漏洞。如果他一開始就想被抓，為什麼第一起命案沒留下名單？」

「因為他不希望馬上被警方盯上。」

「沒錯。但是為何第二起、第三起就開始放了？總共有六個人，他在急什麼？」

「不是急，是因為殺人帶來的震撼程度大到無法承受。」

「無法承受的同時他繼續殺，邊殺邊留下線索？這說不通。」

阿吉似乎察覺自己又再繞圈子，一時陷入沉默，許久之後才說，「關於安非他命濃度的問題，我會進一步查證。當年負責驗屍的法醫已經過世了，但是我可以請教別人。」

「是。」

「我接下來要講的不是藉口，主要是給你知道那時的狀況。二十多年前，差不多一九九〇年起，台灣的毒品問題開始變得嚴重。之前我們做警察會遇到的頂多是吸食強力膠，海洛因或古柯鹼的案例很少。但是到了一九八〇年代後期，毒品的花樣變多了，安非他命、K他命、搖頭丸、大麻等等，其中最氾濫的就是甲基安非他命。你應該記得政府『向毒品宣戰』

的宣示吧。」

「記得。」

「那時一九九三年，命案發生的隔年。如果不是越來越嚴重，政府也不會在一九九六年成立了『毒品危害防制中心』。毒品帶來的社會問題，對我們執法人員來說是新的挑戰，我相信對法醫來說也一樣。所以關於這件案子，當時的法醫沒有從劑量看出嗑藥和自殺的牴觸，我可以理解。」

「明白。」

「我不能確定你的分析百分之百正確，但是所提出的疑點值得進一步調查。問題是，如何著手？」

「我需要和蔡昆財的家人談談。」

阿吉面有難色。

「我應該幫忙，更應該主動調查，不能讓你一個人來，但是蔡昆財的家人不會想看到我。我做警察的時候，雖然在新莊上班但是住在三重，住的地方離蔡家很近，雙方多少有點認識，就是我知道他們開一家柑仔店、他們知道我在做警察那種認識。其實蔡昆財的屍體被發現後，他媽媽蔡謝淑芬有來找我。她堅持她的阿財不可能殺人，也不可能自殺，但是那時候我聽不進去，認為那是做母親本來就會有的反應。所有證據都指向蔡昆財，而且法醫也判定他死於農藥，我……」

「這不能怪你。」

「不然要怪誰？怪法醫嗎？法醫根據科學判定死因為農藥，他沒有錯吧。但是，蔡昆財死於自殺或他殺，這是偵探的責任不是嗎？當然我也可以怪那個廖督察，如果他沒隱瞞案情，說不定名單的出現就變得突兀了。但是，我沒半點責任嗎？一個母親在我面前哭訴還跟我跪下來，我卻只能跟她說，對不起我愛莫能助。這叫什麼正義？原來我拜關公是拜假的。」

阿吉眼眶濕濡，我卻不知如何安慰。很想說，說不定我的分析有問題，說不定蔡昆財就是真凶，但這是自相矛盾、前後不一。要是沒八成把握，我不會來找阿吉的。

「後來，蔡謝淑芬每次在街仔路看到我就對我一直瞪，眼神好像刀在射，好像阿財是給我害死的。阿財死了第二年，蔡家就把柑仔店收了。事情發生之後，厝邊隔壁都沒有人願意上門買物件，只好鐵門拉下，不再做生意。很多年了，幾次經過他們家，每次看到鐵門都是關得密密密，只留一點出入的空隙。幾年前，我聽說蔡謝淑芬過世了，她幾個兒女後來怎麼樣，我並不清楚。」

「可以幫我打聽一下嗎？」

「當然，這是我最起碼做得到的。」

5.

蔡謝淑芬和較為年長的丈夫兩人共有五名子女。很早以前丈夫因病過世後，淑芬便獨自撐起家中經濟，把孩子們拉拔長大。蔡家位於中央北路，距離熱鬧的三和夜市只有幾百公尺。淑芬用自家經營一間柑仔店，並於騎樓販賣南北雜貨。因她為人熱心、個性斬截，頗受街坊鄰居的信賴。柑仔店生意興隆，前來買東西兼串門子的人客源源不斷，比里長家還熱鬧。然而么兒阿財被捲入命案後，蔡家一夕之間變成社區不受歡迎戶。

長男蔡昆楠結婚後仍住家裡，為魚販，原來在大同南路市場有個攤位，因受眾人排擠、不堪其辱，只好跨過淡水河到板橋另起爐灶。蔡月娥排行老二，結婚後和丈夫住在台北。老三蔡昆豪開一家水電行，結婚後在五股定居，老四蔡月卿則遠嫁至高雄。

阿吉為我提供他們每人的電話和地址。和艾瑪商量之後，覺得不宜打電話。電話上不好說明，很可能還沒講完就被當作詐騙集團臭罵一頓；而且，透過電話帶來的衝擊過於突兀，有點殘忍。

考慮再三之後，我寫了一封長信，同時寄給四位。

信裡阿修的事我略過不表，先自我介紹。提到六張犁連續殺人案時，我強調自己曾經是警方偵查中的主要嫌犯，以及後來的發展。我附上可供查詢的網址，希望藉此讓他們相信吳誠真有此人，絕非詐騙集團。

接著，進入主題：近日於查訪一樁「失蹤案」的過程裡，得知蔡昆財所涉及的案件；仔細閱讀相關檔案之後，我察覺此案有諸多疑點。我一一列出疑點，尤其是「安非他命與自殺」之間的牴觸。最後，我提出蔡昆財被陷害的可能性，認為應重新調查但需要他的家人協助。

為不讓重點失焦，我選擇不提幾件事（失蹤案原委、如何弄到檔案、阿吉扮演的角色、延平北路襲擊案），留待見面時說明。

以掛號寄出信件、走出郵局時，我立即覺得不安，好比以前學生時期考試時甫交卷便反悔的心情。這封信想必會給蔡家成員帶來衝擊、刺激舊傷，而我吳誠何德何能卻想重啟調查，找到真凶？為蔡家平反？想太多了吧。雖然信上不至如此大言不慚，重新調查不正意味如此？總不能一事無成之後對他們說，不好意思，只是一時好奇罷了。

6.

兩天過去，對方尚無回應，我一方面納悶，一方面慶幸；既希望他們把我當真，又希望他們當我是瘋子，不予理會。

心裡的忐忑讓啤酒多一份苦澀，越喝越不是滋味。

因為廚房整修，DV8 近日不供應餐點。設計圖經過艾瑪同意後，阿修便帶著一批人馬白天在廚房趕工，晚上則到工廠加班，好久不見人影。這樣也好，一旦和他碰面，我心裡勢必會想到那個案子，神態恐怕會變得不自然。

接到阿吉的電話，告訴我兩件事。

第一件關於安非他命濃度。阿吉分別請教了兩位法醫，他們都認為蔡昆財體內的藥物濃度已屬重度過量，若沒致死，也會導致心律失常、高熱、抽搐，甚至昏迷。若是昏迷狀態，阿吉揣測，有人要灌他農藥應該不難。

第二件是法律追訴期。

「我們的案子發生在一九九二年九月中旬，現在是二〇一二年七月底。」阿吉說道。

「怎樣？」聽起來不妙。

「追訴期快到了。」

「糟糕，我沒想到這個問題。」

「涉及死刑或無期徒刑的重大犯罪，追訴期是二十年。」

「我以為早就改了。」

「是改了沒錯，二〇〇六年開始實施最重本刑為死刑、無期徒刑、十年以上有期徒刑且致人於死者，追訴期是三十年。」

「對啊。」

「但是新法不溯及既往，也就是說，發生在二〇〇六年以前的案子要根據舊法，還是二十年。」

「幹。」

「我問了認識的檢察官，他說這個案子因主嫌已死，依刑事訴訟法二五二條第六款規定，就是『不起訴處分』，但這個是針對蔡昆財這個嫌犯。他說只要在追訴期還沒結束前重啟調查，找到足以翻案的新證據時就可以起訴。」

「意思是，我們只剩兩個月不到的時間找凶手。」

「還要說服檢察官，而且蒐集到的證據要符合一定門檻，他們才能提起公訴。」

最後，阿吉問我有沒有蔡家的消息，我說沒有。阿吉有點急了，表示必要時他會硬著頭皮，自己去找他們，哪怕是在他們面前跪下請罪，也不惜拉下這個老臉。

我跟他說，再等幾天吧。

信件寄出後第四天，我收到一則簡訊，上面寫著「吳先生你好，希望明天早上十點能到三重家裡一談。蔡月娥」。

7.

果如阿吉所說，中央北路上的蔡家鐵門深掩，只有右側一簾半開著，彷彿沒有人住，和其他一樓門戶大開、大聲說話的鄰居成強烈對比。

屋裡則讓人有受困的感覺。昏暗燈光下，老舊的家具顯得沉重，而每一張臉龐似乎都蒙上一抹陰影。

凝滯的空氣瀰漫著哀傷。

這個家庭很團結。蔡家四人全員到齊，連住在高雄的蔡月卿也上來了。除外，兩個兄弟的妻子也在場，連我總共七人，或坐或站，個個臉色凝重，彷彿在辦喪事。

「我們阿財最小漢，」老大昆楠說，「我媽媽很寵他，幾個哥哥姊姊也很照顧他，所以比較任性，做事情不會想，但是他真的不是歹囝仔。他個性衝動，不會控制情緒，有時會跟人相打。」

「但是，」老三昆豪接著說，「警察說他有暴力前科根本就太誇張。」

「他只是有一兩次跟人相打，不小心把人打傷而已。」老二月娥補充道。

「相打在三重算啥？我少年時也跟人相打過。」老大說。

「我也是。」老三說。

「好了啦，講那些做啥？」大嫂制止他們。「重點是，阿財這個孩子再怎麼衝動也不會去殺人。」

「那天和會腳冤家的時候，」么妹月卿說，「阿財只是脾氣控制未著，講一些五四三的話，是給自己壯膽而已，怎麼會去殺人？」

「最可笑的就是警察說阿財吸毒。」老大說。

「絕對不可能的事情。」老三說。「他才剛退伍回來沒幾個月，哪有機會跟人吸毒？」

關於阿財是否接觸毒品已不可考，何況吸毒的人多半是暗著來的，因此家人的印象不一定可信。

我決定換個話題：「警察是哪一天來你們家問話的？」

「日期忘了，記得是菜寮那個查某被人殺死了後一兩天警察才查到我們家。」老大說。

「他們就聽那些會腳黑白講，說冤家那天阿財有恐嚇他們。」月娥說。

「冤家那天我們都不在，在外頭沒閒，但是再怎麼講，阿財不可能會當著別人恐嚇說要殺他。」老三說。

「媽媽就說沒有啊，」月卿說，「媽媽說阿財根本沒有說殺人什麼的。」

「根據報告，」我問道，「警察來查的時候，阿財已經失蹤了。」

「對，」老三說，「算一算，菜寮命案發生的前一天，阿財已經沒看到人了。」

「所以警察懷疑他覕起來。」月娥說。

「等一下，」我說，「阿財會常常沒看到人嗎？」

「有時候會。他那時剛當兵回來，閒閒沒代誌，有時候會騎車和朋友出去𨑨迌或是到海邊露營有的沒有的，所以一兩天不在我們已經很慣習了。」老大說。

「但是他要是晚上不回來，都會先跟家裡說。」么妹說，「所以等警察問起時，我們也感覺奇怪。」

「他那一次事前都沒說。」老三說。「警察問起時，我們才警覺到。」

「警察有問到新莊那個命案吧？」我問。

「他們有問新莊命案發生那個下午阿財人在哪裡。但是我們家開柑仔店，人出出入入，我媽媽沒辦法記得阿財那天在家還是不在家。」老大說。

「講到這我就一肚子火。」老三說。「後來我媽認真想了，記得她在下午幾點的時候有『影到』（瞥見）阿財，但是警察就是不信，還警告她偽證是犯法的。」

「實在是食人夠夠。」月娥怒道。

「有證人說，阿財跟會腳冤家的時候，有拿起桌上的標會名單大聲小聲。」我說。

「是這樣沒錯，我媽後來就一直罵他。」月娥說。

「阿財應該不認識來討債的會腳對吧？」我說。

「不可能，阿財那麼少年，沒在睬那些。」老三說。

「所以他不可能知道誰是誰吧？」我說。

「冤家那天吃晚餐的時候，」月娥說，「我媽有提到她們的名字，但是我不覺得阿財有在聽。」

「標會的事情我較清楚，那些會腳我大概認識，但是連我也不知道每個人誰是誰。」老大說。

兩人的說法無法證明阿財事後有沒有記住六名會腳的姓名，但我忍著沒說。

「阿財是左撇子嗎？」

「是啊。」老三回道。

「警察懷疑凶手是倒手拐仔。這算什麼？」老大說。

「我也是倒手拐仔。」老三說。

「警察找到阿財時，在他的身上找到那個名單。」我說。

「我們不知道怎麼解釋。」月娥說。「我媽媽說她絕對沒有給阿財名單。她是會頭，名單由她負責收集，每個會腳發一張，三不五時有人弄丟了再跟她拿，所以她通常會多印幾張。警察問到這時，她沒有辦法確定抽屜裡剩下的有沒有少一張。」

「你在信上說，那個名單可能是凶手放的。」月卿問我。

「沒錯，這是我的猜測。」我說。「有一件事你們不曉得。」

我向他們透露延平北路襲擊一事，以及它被受害者的警官兒子壓下來的始末，還有那一張可疑的名單。個個聽了之後，原本哀傷的表情轉為憤怒。月娥和月卿眼眶泛著淚水，講話時聲音和臉頰一同顫抖著。

「警察就是這麼黑！沒見笑，還說是人民的保母。難怪我阿爸在世時，若講到警察就講他們是『四隻腳』。」月娥說。

「四隻腳」就是「豬」，乃日本時期台灣民眾對日本警察的蔑稱。

「照你的意思，」月卿問道，「如果他們沒有隱瞞那個案子，名單就會變得很可疑了，對不對？」

「對。但是，也不一定。前提是警方必須要相信廖林美娟沒有記錯，也就是她絕對沒有把名單放在皮包裡。這很難證實，因為前幾天她才帶人到你們家理論，把名單放在皮包裡是合理的事，可能自己忘了。再聰明的人也有糊塗的時候。」

「總講一句就是警察心內只有我們阿財，不管是什麼證據，都對阿財不利就對啦。」老三忿忿地說。

「事情看起來是這樣的。」

「你是怎麼知道延平北路那一件的？」許久不作聲的老大問道。

「你們記得一個叫阿吉的警察嗎？」

「怎麼不記得，就是那個我媽請他看在鄰居的面上、千萬要查清楚的警察，但是他都聽不進去。」月娥說。

「另外一個姓洪的警察也不是好東西，幹！」老三說

「阿吉為什麼要告訴你這個？」老大又問。

「因為他認為暗槓這件事情是不對的。他有抗議，但他的長官叫他不准寫在報告裡。不行，我這樣講不對。關於第三個案子裡有名單這件事，阿吉當時也不知道，因為那個警官兒子什麼都沒透露。我是從訪問兩個那天到你家理論的會腳才知道的。阿吉若是知道，應該會——」

「會怎樣？你不用替他講話。」老三說。

「我沒必要替他講話，只是要讓你們知道，這個案件我會查到這裡，若是沒有阿吉的幫忙，是不可能的事。這麼多年過去了，阿吉家裡還留著一份當時自己寫的報告，就是因為他不贊同暗槓的事情。」

「不是因為他認為阿財是被冤枉的？」大嫂偏著頭說。

「不是，他真的以為阿財就是凶手。如果第三個案件的細節讓他知道，說不定——」

「你還在替他講話。」月娥打岔道。

「好吧，我是替他講話。事實是，我有這些疑點時，第一個時間就是去找阿吉商量。阿吉聽了以後也覺得凶手是別人的可能性不是沒有。」

「他這時才來假仙。」月卿說。

「我在信上提到，依照法醫在阿財體內驗出安非他命的劑量，自殺的可能性極低。這是我問認識的醫生得到的答案。阿吉為了進一步證實，自己去問了兩個法醫，得到的結論也是一樣。他如果假仙，敷衍我就好了，根本不必這麼做。他是真的愧疚，想做一點事。我跟你們講，不管你們對阿吉有多麼不滿，這件事要查清楚，沒有他的幫忙，我一個人絕對辦不到。他前幾天打電話給我，跟我說他問了一個檢察官，關於讓這個案子重啟調查的條件。」

我向他們說明幾個條件，同時也提到追訴期的問題，聽到只剩一個月半的時間，紛紛露出焦慮的神情。

「雖然沒多少時間，但是我會盡力。」

「你的判斷是什麼？」老大問。

「假設有一個人，不管什麼理由，他想陷害阿財，他必須要知道那天阿財跟會腳冤家的事。第二，他應該是和阿財很熟的人。」

「沒錯。」月娥附和著。

「所以我們得查清楚那件事情，除了家人以外，還有誰知道？我聽會腳說，吵架那天阿財和幾個朋友在外面抽菸。」

一夥人面面相覷，試著回想。

「根據筆錄，警方訪問了兩個證人。一個叫莊啟明，另一個叫簡聖文。」

「對啦，啟明和阿文。」老三想起來了。

「知道怎麼聯絡他們嗎？」

「很久沒見了，不知他們在哪了。」老三說。

「盡快幫我問一下，我需要跟他們談。」

「這個交給我們。」老大說。「吳先生，謝謝你願意為我們查出真相。你剛才講了阿吉的態度，我聽了也沒那麼怨恨他了。老實說，我們幾個兄弟姊妹後來提到這件事，只要有人說可能是阿財做的，大家就會起冤家。意思就是講，在你還沒出現之前，我們自己有時也沒把握。應該是說，大家尤其是警察都被真凶騙了。拜託你盡全力去查，若需要費用我們還出得起。」

「不需要。」

「這不行客氣的。」

「真的不需要。我其實也在幫一個人查。」

「誰？」

我簡略地說了阿修的事，但沒提到阿修其實還被蒙在鼓裡。

「希望你能查出真相，更希望你能找到殺死阿財的凶手。我們家為了這件事這幾年一直抬不起頭來。我們的鐵門不拉上，不是因為歡喜住在暗索索的厝內，只是無法忍受走過的人看進來的眼光。哪一天真相大白，證明阿財是無辜的，我們也可以拿掉鐵門，讓日光照進來，這樣我媽媽在天之靈也會感到安慰吧。」

步出他們的家門，背負著他們的期望，我感到非常沉重，快要喘不過氣來。

XI 祕密檔案

1.

查案查到ＫＴＶ。

蔡家動作很快，隔天我便和啟明、阿文兩人見到面。案發當時才二十出頭的年輕小伙子如今已是成家立業的中年人。啟明開一家公司，專賣德國進口不沾鍋，不設門市，只在電視購物台販售。生意嚇嚇叫，他自己這麼說。阿文則是一家連鎖ＫＴＶ永和分店經理，因為他跑不開，所以約在店裡的包廂訪談。

一九九〇年代台灣很瘋ＫＴＶ，連我這種不愛團體活動的人也去過不少回。

ＫＴＶ的顧客大致分兩種，一種是真正愛唱歌的人，大半是清醒的走進去，微醺的走出來；另一種清醒時不會想到ＫＴＶ，唱歌乃酒足飯飽後的餘興節目，往往是三分醉晃蕩而入、七分醉踉蹌而出，而且動不動就想跟人幹架。我屬於後者，總是在第二天宿醉下備感昨夜的虛妄而發誓以後再也不去ＫＴＶ，也總是沒過幾天三杯下肚後，一經慫恿便把持不住，跟著大家作一場歌星夢。

包廂裡有菸有酒，沒有歌唱。

「誰沒少年過？」阿文邊說邊把一粒檳榔丟進嘴裡。

他把盒子交給啟明，啟明說不用了，每天在電視台亮相，得保持牙齒潔白如雪。我也推辭。

「誰不年少輕狂？」阿文換個語言再說一遍。「阿財脾氣比較火爆沒錯，但是講他殺人又殺自己打死我也不信。」

關於阿財那天和會腳起衝突的事，兩人的說法和筆錄的內容出入不大，唯一不同的是，兩人這時才坦承阿財有一兩次吸食安非他命的經驗。

「我們只是好玩試試看，」啟明說，「但絕不會到有癮頭的地步。」

「安非他命怎麼搞到的？」我問。

「阿偉帶來的。」阿文說。「每次都是他帶來的。」

「阿偉？」

「他跟我們不算是換帖的，但是有時會和我們混在一起。」啟明說。

「現在人呢？」

「早就翹去了。」啟明說。

「車禍過身的。」阿文補充著。

「阿財有沒有冤仇人？」

「冤仇人？」阿文皺起眉頭，不懂我為何這麼問。

「沒啦，」啟明說，「他有跟一些人不歡喜，但那是少年家意氣用事，不能算是冤仇。

昨天阿財他大哥在電話上跟我說，阿財應該是被陷害的，但我們幾個那時的年紀跟誰會有什麼血海深仇，有的只是為了把七仔心內不爽而已。要說有人痛恨阿財，要殺他之前還殺兩個人，而且還是查某！根本不可能。」

「阿財沒那麼狠。」阿文附和著。

我不得不承認，啟明說到了重點。阿財涉世未深且剛退伍不久，會和誰結下如此嚴重的梁子？莫非在部隊時期發生了什麼事？不對，扯太遠了，軍中的弟兄退伍後便四分五散，不可能耳聞標會的事。念頭瞬間轉了幾遍後，我再度確定關鍵在於阿財身邊的人。

「阿財跟會腳的事情當時你們兩個都在，後來呢？還有誰知道？」

「第二天我們幾個換帖的做伙喝酒，阿財有提到。」阿文說。

「他那時的心情怎樣？」

「還是很氣憤，一直說他母仔也是被害人。」阿文說。

「但他絕對沒有說要報仇殺人這款話。」啟明咕噥著。

「他有拿會腳的名單給你們看嗎？」

「沒有。」

「沒有。」

「你們換帖的有幾個？」

「八個，」阿文說，「但是那天不是每個都在。有我、啟明，還有……」

「阿龍、粉鳥、小柯。」啟明說。

「跟他們還有聯絡嗎？」

「有。阿龍和粉鳥搬到南部了，但是小柯——」啟明說。
「小柯在坐枷。」阿文說。
「哪裡？」
「台北監獄。」
啟明和阿文看來和此案無關。兩人的應對直來直往，不閃爍其詞。
走出KTV後，我馬上打電話給阿吉，告訴他訪談的印象，以及阿龍、粉鳥、小柯的全名。監獄我不熟，問阿吉小柯該如何接觸，阿吉說交給他。阿龍和粉鳥則由我聯繫。
第二天一大早我便搭乘高鐵南下，先去南投找阿龍，和他談完後立即坐計程車到高雄找粉鳥。兩人的反應都很「正常」，看不出任何涉案的跡象。
當天晚上坐高鐵回台北，正為下一步該怎麼做發愁時，阿吉來電。
「有了。」聲音高亢，不掩興奮。
「是小柯嗎？」
「不是。小柯身材矮小，不是證人所說的中等身材，而且個性猶豫不決，不是殺人的料。他被關是因為偽造文書詐欺罪。」
「喔。」
「但是他說啟明和阿文記錯了。阿財跟朋友提到衝突的那一天，還有一個人在。」
「是誰？」
「是粉鳥帶去的朋友，叫什麼名字他不記得了。」
「他有什麼特別嗎？」

「小柯記得他，覺得那個人怪怪的。」

「怎麼怪法？」

「不太講話，有一點陰森，小柯這樣形容。」

「你等我一下，我打電話問粉鳥。」

我立刻撥給粉鳥，跟他講了很久後，馬上回撥給阿吉。

「沒錯，有這個人，叫阿彬。」換我聲音高亢，不掩興奮。「他是粉鳥從小學就認識的朋友。個性孤僻，朋友不多，粉鳥看在老交情的份上會帶他和換帖的兄弟玩在一起。因為他平常不太講話，像牆上的壁虎，所以粉鳥一時忘了那天他也在場。還有一件事……」

「什麼？」

「粉鳥說阿彬的慣用手是左手。」

「確定？」

「他記得以前打棒球的時候，阿彬需要右手的手套才有辦法玩丟接。」

「有意思。」

「但是最重要的是——」

「還有啊！」

「粉鳥說阿彬的媽媽也是標會的成員。」

「中獎了！」

「沒錯。」

「他們還有聯絡嗎？」

「沒有。粉鳥說阿彬家經營一家建設公司，算是小開，粉鳥會接近他也是因為他手頭有錢。可是後來他家的生意越做越大，阿彬變得有點冷淡，粉鳥說很久不聯絡了。」
「阿彬的全名是什麼？」阿吉問。
「徐彥彬。」
「他是不是蘆洲人？」
「你怎麼知道？」
「他爸爸叫徐騰鮫。」
「是嗎？」
「徐家在蘆洲一帶是『旺族』。」
「這年頭還有望族？」
「很旺的旺。」

2.

時間緊迫，距離追訴期截止日只剩三十幾天。我們亟需幫手。
經阿吉同意，我把老莊和許桑一起找來。聽完我的說明之後，兩人震驚之餘表示願意助一臂之力。老莊和阿吉同為警察，之前因工作關係已有數面之緣，而許桑海派的個性和誰都合得來，和阿吉見面好比烏狗兄遇到了老仙覺，豈有不合的道理。
四人在阿吉家集合，上屋頂開會前先拜拜。四人拿香，由阿吉帶頭，低沉說出「關聖帝君在上，弟子阿吉仔吾等在此請安。一九九二年九月發生兩個命案，今日吾等弟子發現案情並不單純，決心要調查清楚，在此誠心向帝君祈求，願帝君保庇調查順利、真相大白。」

阿吉和老莊都愛茶道，邊喝邊交換心得。許桑知道茶會讓我反胃，特地拎來台啤一手。阿吉和老莊喝茶，我喝啤酒，許桑兩者俱來。

案情由我和阿吉主講，相互補遺，許桑和老莊則不時提問，以免有聽不清楚的地方。我們一邊討論一邊研擬偵查方向。

徐彥彬的母親為標會成員之一乃重大線索。阿財事後和朋友提到衝突事件的那晚，他也在現場。根據啟明和阿文，阿財當天並沒秀出會腳名單，但阿彬如果需要，大可從母親那邊取得。

再來，是我的大膽假設。

「因為事不宜遲，得快馬加鞭，所以我現在的推理是三級跳，其中漏掉很多環節。和阿財換帖的幾個兄弟談過後，阿吉兄和我都覺得他們沒有涉案，雖然查得不夠仔細——有些甚至還沒見到面——但也只能依賴我們的直覺。因為阿彬這個人出現，我回去找啟明和阿文。」

「他們對他有印象沒？」許桑問。

「淡薄有印象。他們一直把他當作粉鳥後面的跟屁蟲，會讓他加入是因為吃喝玩樂的開銷大半由他買單。我還跟他們證實一件事，就是標會名單裡面有沒有他們聽過的人，比如說誰的媽媽或誰的阿姨，結果都說沒有。也就是說，阿財經常來往的朋友裡面，只有徐彥彬這個人的媽媽和標會有關。如果必須賭一把，我會押寶押在阿彬身上。」

三人表示同意。

「假設是阿彬，」阿吉皺著眉頭說，「我想不出來他要殺害阿財的理由。他媽媽也是標會成員讓他有機會拿到名單，但是也只是機會，我們還沒提到動機。」

「或許阿財和阿彬私底下有往來，但是其他人不知道。」老莊說。

「沒錯，這點需要進一步查證。」阿吉說。

「你們說這些少年人吸毒，也許這其中有黑道涉入。」許桑說。

「這是後來才知道的。我當初跟啟明和阿文作筆錄時，他們沒老實說，應該是怕被抓去關。幾個少年家和黑道可能有關的是阿偉，但是阿偉已經過身了。」

「這條線斷了，了解。」許桑說。

「或許——」我故意停頓，藉此吸引他們的注意力，「或許關鍵不在阿財和誰有什麼冤仇，而是——」

「我知道了，」阿吉說，「關鍵在於受害者。」

「沒錯，」我說，「關鍵在於受害者。我們之前一直專注在阿財身上，而忽略了受害者。太多疑問需要解答：三個受害者的社會關係、受害者之間有什麼交集、她們和徐彥彬這個人或他家有什麼交集，這些都要查清楚。」

最後，我們決定兵分四路。阿吉除了打算回到監獄見小柯，看看能否問出關於阿彬的更多細節外，還計畫找到其他兩名尚未接觸的換帖兄弟；同時，阿吉將針對人際關係，再度訪問新莊黃女士的丈夫。老莊覺得當初找到張秀英命案的偵結報告或有遺漏，決定再走一趟三重分局檔案室查個清楚。許桑對蘆洲很熟、「親像阮家灶跤」那樣熟，而且對於阿彬父親徐騰鮫發跡的歷史早有耳聞，因此由他負責探查徐家的背景和現況。我則負責查出張秀英的社會背景。

分派任務後，我們繼續討論，深怕有任何疏漏。期間，許桑提到為什麼沒有人要去調查延平區廖林美娟的身家背景，我對他說暫時不要。

「為什麼？」

「這和我的假設有關，」我說，「假設阿財不是重點，三個受害者的背景變得很重要。但是廖林美娟還沒死，真兇就把阿財殺了，可見廖林美娟只是個煙霧，一個把偵查方向誤導到阿財的煙霧。」

「煙霧？」許桑揣想著。

「你是說阿財不是重點，兇手想殺的人其實是新莊黃女士或者是菜寮張女士？」老莊問。

「沒錯。」

「老弟啊，你會不會想像力太豐富了？」老莊笑著說。

「也許吧。」我說。

「但是，」阿吉說，「除了這個方向，想不到其他可能性。」

「煙霧？」許桑還在琢磨。

3.

接下來幾天，四人馬不停蹄，各忙各的，並以簡訊互通有無。每個人透過關係以及關係的關係，將六度分隔的說法發揮到極致，該找的人只要還在人世皆能一一尋獲。

根據洪刑警所寫的偵查報告，張秀英遇害後，他訪談了三位同事：三重地政事務所登記課課員潘秋紅、登記課助理員翟曉翠、登記課課長曾龍泉。其中潘秋紅、曾龍泉已離職，翟曉翠仍在三重地政事務所任職，現為地價課課長。

退休的兩人都住在台北，我決定先和他們接觸。用電話聯絡時，兩人的反應很相似——「為什麼有我的電話」、「事情都過去這麼久了幹麼再提」、「太久了，不記得」、「該講的都跟警察說了」等等——我只好曉以大義，話講得很重，誇張的程度直逼八點檔：「我受張秀英的兒子委託，重新調查這個案子，要是它真有隱情，而身為過去的同事卻不願幫忙，連和我見個面都嫌麻煩，我該怎麼跟她一片孝心的兒子交代，而張秀英要是天上有知會作何感想？」

結果，潘秋紅勉強答應和我見面，曾龍泉則切斷連線前送我一句「神經病」。

「我跟秀英其實不熟，警察會找我談只是因為我們都在登記課，座位就在隔壁。」潘秋紅住在龍山寺附近。我和她在捷運站第二出口碰面，之後在一家早餐店談話。我跟她說，要吃什麼我請客，她瞪我一眼不回答，逕自掏錢買了三明治和米漿。

潘秋紅看起來世故、城府深，說話帶點刻薄，和我從筆錄得到的印象差不多。

「你想知道什麼？」

「我想知道張秀英在工作上和同事有沒有過摩擦。」

「沒有，就像我跟警察講的，張秀英為人和善，做事按部就班，沒有人會對她不滿。」

「但不一定喜歡她。」

「我可沒這麼說。」

「那時候張秀英經手什麼案子你還記得嗎？」

「我那時不知道，現在也不知道。我們登記課的業務很雜，每個人手上同時有四五個案子，哪有時間去管別人的事。」

「張秀英和你們課長曾龍泉的關係如何？」

「還好吧，我不曉得你在影射什麼。」

「沒有影射，我想知道兩人的工作關係。」

「不就是課長和課員的關係。我老實告訴你，人跟人之間就是靠緣分，我和張秀英雖然在同一課還坐隔壁，但是我們除了公事上的往來，私底下幾乎沒話說。張秀英個性溫和但嘴巴不甜。她辦事能力很強，但有時不知變通，為了一點小事會和課長爭執，所以課長不是很喜歡她。」

「是嗎？」

「但我沒說課長討厭她。」

「曾課長為人如何？」

「你自己不會去問他？」

「他不願跟我見面。」

「早知如此，我幹麼跟你見面？我這個人就是心太軟。該結束了吧？你該找的人不是我和課長，而是和張秀英形同姊妹的翟曉翠，人家現在可是課長呢。」

看著她離去的背影，心中冒出一個感想：心太軟絕對不是此人的特色。

我決定「突襲」，直接前往位於新北大道的三重地政事務所找翟曉翠，不事先打電話。

在捷運上，手機響起，光看號碼不知對方是誰，接聽後才知是蔡月娥。

「吳先生，我才打來是想請問調查的情況，不知有沒有進展？」

「有……」我一時不察差點說已鎖定目標，還好話才到嘴邊又即時嚥了回去。「有一點方向。」

「什麼方向？」

「目前不敢確定。我們有四個人在查，除了我和阿吉，我還找了兩個朋友幫忙，如果有什麼——」說到這我猛然煞車，差點給了不該給的承諾。

「謝謝，有什麼消息請你一定要告訴我們。」

通話結束後，心中亮起紅燈。愚蠢至極！我只顧一頭栽進調查卻沒事先逆料這個棘手的問題。我有向蔡家通報進度的義務嗎？如果隱瞞不說，最後因時效原因而不了了之，該如何面對他們？要是說了，他們會耐心等待司法解決嗎？若已過時效、司法無力解決，他們會甘心接受這殘酷的事實嗎？

想到這，我開始埋怨自己多管閒事、自以為高明。比絕望更痛苦的痛苦，不外是心死的人再度燃起希望的火苗卻只能眼睜睜地看它被現實狠狠地踏熄。這就是不能事先讓阿修知道的原因。可是，我自問，若要重啟調查，可能繞過蔡家而獲致目前的突破嗎？

無解的兩難。

在地政事務所櫃檯前，我先後和三名員工糾纏了老半天才讓他們願意為我通報一聲，整個折磨過程讓我聯想卡夫卡筆下的K君。

我跟第一位說想找翟課長，她問我什麼事，我說公事，她說什麼公事，問她就好，我改口說其實有點私事，此話一出她頓時變成刺蝟，更加提防，重複剛才的詰問，我也重複回答。兩人無聊反覆的Q&A引起隔壁員工的注意，「到底是公事還是私事，」她走過來問道，我只好實說，我要請教翟課長關於張秀英的事，她們以前是同事，結果兩人在「張秀英是誰」、「沒聽過有個同事叫張秀英」的議題上糾結許久。我跟她們說，我是張秀英兒子的委託人，有件事——沒想到說出「委託人」的效果更糟，她們速即聯想「糾紛」，這傢伙分明是找碴來著，繼續跟我一盧再盧，這時突然跳出另一個程咬金，他只不過聽了片段，便覺得我這個人可疑，插嘴問道什麼糾紛，我說沒糾紛，他又問道你是誰？哪個單位的？……彷彿一年過去了，其中一位才百般不願地扭著慵懶的屁股去通知翟課長。

翟課長走過來，對著我說，阿修還好嗎？

翟課長把我帶到稍微安靜的角落。公家單位不比私人企業，沒有獨立的會議室，除了機構主管擁有自己的辦公室外，其他員工，包括課長，辦公桌之間只由組合式隔板區分。

翟課長見過孩童時期的阿修，因此對他的近況頗為關切，得知他一切都好時，露出欣慰的表情。

短暫寒暄之後，我告訴她來意，因為心急而略過細節，只提重點，其間有幾次屬下進來打岔，需要她在文件上簽字。因為不是密閉空間，我音量盡量壓低以免干擾隔壁，但即便如此，每當有人走過時翟課長便以手示意，要我暫停。聽我述說的過程裡，她的表情千變萬化，我不明就裡不敢胡亂解讀，然而當我說到重點時，她突然制止我。

「有什麼話等一下再說。正義北路上有一家華南銀行，下午一點我們在門口碰面。」

聽說三重豬腳很有名，我趁著空檔彳亍來到光興街上的光興腿庫用午餐，點了一份腿庫飯，好吃極了。期間，四人群組裡收到兩封簡訊，來自阿吉和老莊。阿吉說找到黃女士的丈夫王明義，王先生確定他太太和張秀英或廖林美娟一點關係也沒；接下來他會去訪問八名換帖兄弟裡的最後兩名。老莊則略有斬獲；他在三重分局檔案室找到張秀英命案的法醫報告。看起來很完整，他附帶地說。我這邊因不知翟課長葫蘆裡賣什麼藥，對於為何約在銀行門口更覺納悶，因此暫且不向伙伴們透露。

翟課長準時抵達華南銀行。她用手指著對街的一家咖啡館，要我先去那兒找個位置坐下，她進去銀行辦點事馬上就來。真講求效率，我心想，既可和我談話，又可辦點私事。

十多分鐘後，從窗口看到翟課長走出銀行，穿過馬路，往咖啡館走來。

「吳先生，麻煩你再講一遍。」

「從頭到尾？」

「對不起，剛才在辦公室一直受干擾，而我一邊聽著一邊忍不住的回憶，所以——」

「沒問題。」

咖啡館只有我們這組客人，除了音響傳來的吉他獨奏外，非常安靜。這一回我放鬆心情，娓娓道來，不只重點，也提到細節，沒想到聽完之後，翟課長的眼淚流了下來。

「沒想到會有這天。」她說。

「什麼意思？」

翟曉翠告訴我，一九九一年她剛到三重地政事務所登記課工作時，頗受張秀英的關照。那時她還沒結婚，常常和張秀英相約逛街看電影，也到過張秀英家，見過石田修。她的記憶裡，阿修聰明大方，長得「真俊」。說到這，她眼淚又掉下來，「不知阿修還記不記得我這個翟阿姨？」

「我接下來要講的，有些是我知道的，有些是我的猜測。秀英姊去世的前三個禮拜，她和我們那時的課長曾——」

「曾龍泉。」

「對，曾課長。兩人之間的關係有點緊張，我指的是工作關係。秀英姊常常被課長叫到他辦公的角落，我可以看到兩人好像在爭執什麼，秀英姊回到座位時每次都一臉鐵青。我問她發生了什麼事，她卻不太願意說。等到秀英姊遇害後，我們辦公室陷入一片哀傷，我也把這件事給忘了。直到有一天，一個男的來到我們辦公室，說他是張秀英先生的哥哥。」

「應該是阿修的三叔。」

「他說他在整理秀英姊的遺物時，在臥室找到一份文件，看起來和她的工作有關，所以他把它帶來交還給我們。當時只有我在，我就把它收了下來，同時覺得有點奇怪。」

「為什麼？」

「單位有規定，公文不能帶回家，除了公辦所需以外，公文一律要鎖在檔案櫃裡，秀英姊家裡會有一份文件有點奇怪。秀英姊做事按部就班，不可能做這種事才對。想著想著，我決定趁別人都不在時把它放回檔案櫃裡，哪曉得我要歸檔的時候，卻發現裡面已經有同樣的檔案了。我仔細一瞧才發現，剛才一時心急沒看出秀英姊的那一份是影本，不是原稿。情急之下，我把它放進皮包，等回家後再研究到底怎麼回事。沒有人知道我收著那份公文，直到今天。」

翟課長從皮包拿出一只牛皮信封，裡面鼓鼓的，應是她所提及的公文。我下意識地伸手過去，但她仍小心翼翼的把它捧在懷裡，沒有交給我的意思。我把手縮回。

「實在很巧，那天阿修三叔來的時候剛好只有我在，要是換成別人不知到會有什麼結果……好像冥冥之中秀英姊要把它交給我，但是我卻什麼都沒做……」

「那是什麼公文？」

「這是一份，」翟課長邊說邊抽出信封的內容，「和地目變更有關的檔案。」

「有什麼問題嗎？」

「乍看之下沒問題，該有的證明都有，該走的程序也一一做到，該簽名的人都簽名了，但是你要是仔細看會發現上面有一個字被塗改過。」

她翻到第二頁給我看，用手指指出地方。

「這裡，上面寫土地五筆看到沒？」

「有。」

「那個正寫『五』字仔細看有被塗改的跡象。」

「有點痕跡，不是很清楚。」

「還有這裡，總面積也是。」

「對喔。這代表什麼？」

「我不確定，但是我當時太膽小也不敢查明。我只敢做一件事。」

「什麼？」

「我找機會偷看公文的原件。」

「結果呢？」

「原件裡面塗改的痕跡更明顯。照理說，這種公文一個字都不能改，不是寫錯了在上面塗改蓋個章就可以的。」

「和銀行的匯款單一樣，錯一個字就得整張重寫。」

「沒錯。但是有沒有稍微寫錯，稍微改正一下的情形？有的。有時是承辦人員偷懶，但只能發生在出錯的地方不屬於關鍵資訊，而且塗改的痕跡不能太明顯。」

「申請書上有幾筆土地應該是關鍵資訊吧。」

「絕對是。」

「妳覺得原來是幾筆？」

「看不出來。」

「妳覺得張秀英怎麼知道這件事的？」

「很難說，我猜是秀英姊無意中發現的。我們登記課對自己處理過的案件都很熟，可能是有一天秀英姊在自己負責的檔案櫃裡，發現一個她從來沒印象的文件。她覺得可疑，所以去問課長，但這都是我的猜想，秀英姊沒跟我提起這件事。」

「這些土地在哪裡？」

「蘆洲。」

「蘆洲！」

「你剛才說你懷疑某人涉案，他家就在蘆洲。」

「沒錯，而且他爸爸開一家建設公司。」

「徐騰鮫很有名，住在三重、蘆洲一帶的人大半聽過他，是個喊水會結凍的大人物。」

「可是三重地政事務所怎麼管到蘆洲去了？」

「蘆洲現在是新北市的蘆洲區，但之前是蘆洲市，再之前，也就是一九九〇年代，它是蘆洲鄉，在我們的業務之內。」

「這個文件可以給我嗎？我需要研究下一步該怎麼辦。」

「可以。」

「妳有什麼建議？」

「你可以試著跟——」她把文件翻到某頁，「唐欣銘這個人聯絡。他隸屬新莊農田水利會。」

「蘆洲的地由新莊來管？」

「農田水利會不是按照縣市來劃分的，它是根據灌溉區域而來的。新莊農田水利會不只負責三重、蘆洲、五股，還包括桃園、中壢一帶。」

「了解。」

「唐欣銘是負責實地勘查的人員。這是他的簽名。」

「要是他也涉嫌舞弊大概不會想跟我談吧。」

「不太可能。這裡面他是關鍵人物，如果要地目變更，現場勘查人員說不通過就不能通過。要是他也涉嫌舞弊，他會這麼懶惰、不重寫一次，還留下把柄嗎？我猜八成是別人在他不知情的情況下塗改的。」

「其他人呢？」

「可能都有參與舞弊，但不確定，得一個一個查。」

「今天收穫很大，非常感謝。」

「我才要謝謝你。我很慚愧，當初拿到這份公文後越想越覺得不對，這其中可能有弊端，所以衝動之下試著跟唐欣銘聯絡，結果好巧不巧他剛好休假，沒找到人。等我冷靜下來之後，我開始猶豫，越想越害怕。要是秀英姊的死亡和這件事有關，我是不是也有危險？可是警察後來說找到凶手了，秀英姊的死和標會有關，我就沒再往那邊想了。當然，我還是可以調查一下，可是我又想，要是得到的結果是秀英姊也參與弊案怎麼辦？雖然我相信她不會，但是萬一……」

「妳千萬不要覺得慚愧。妳一直保留文件到今天，這就夠了。」

4.

兩人交換手機號碼後，翟課長先行離去，臨走前跟我表示，希望我調查順利，有什麼她幫得上忙的事儘管說。

我繼續留在咖啡館研究文件。這是一樁從稻田變更為旱地的申請案，其過程複雜，必須通過層層關卡，除了申請人外，涉及不少公家單位和專業人士。一一數來，在上面簽名蓋章的人員與單位恐怕有一打以上。難不成公務員裡，除了唐欣銘專員，其他沒一個「好人」？比例太低了吧！

如此重大突破，讓我心情亢奮，一時不想停下來，決定今天之內一定要找到唐欣銘。我打給胡舍，拜託他動用戶政事務所的內線，以最快的速度找到「唐欣銘」。我給的提示是北北基地區、公務員、年過四十、曾任職於新莊水利會。彷彿過了很久，其實只是二十分鐘之後，胡舍來電說北北基一帶沒有我要找的人，但是桃園有一個符合我給的描述：「唐欣銘，五十六歲，男性，已婚，公務員，家住桃園南崁，戶籍遷於此前住在新莊，退休前任職於新莊農田水利會。」我說就是他沒錯，請他把聯絡方式傳給我。

拿到資料後，我一時舉棋不定，不知該用手機聯絡唐先生，還是直接殺到南崁。然而當我下了決定、起身準備搭計程車到南崁時，突然閃神，視線移位，那情況好比影片跳格，前後畫面剎那間重疊。

趕緊坐下。

不行，根據經驗，這是憂鬱症發作的前兆，若不小心，讓它不斷累積能量，只怕最終會導致恐慌爆發。一邊思忖著，一邊從背包拿出隨身必帶的安柏寧，連吞兩粒。我一定是太累，加上給自己太多壓力才會有這現象，得加倍提防。太過興奮或過於投入對我都不是好事，往往一旦情境過後，極度興奮會帶來沮喪，而等在極度投入後頭的則是意識解離，一時無法融回現實。

心情稍微穩定後，我決定打道回府，而且決定犒賞自己，搭計程車回淡水。

計程車上，我想到一個接觸唐欣銘較為穩妥的方式。我發一封簡訊到他的手機，裡面寫著：「唐先生，您好。因受人委託調查某案件，其事涉及一九九二年一件蘆洲地目變更申請案，由唐先生負責現場勘查。我和三重地政事務所地價課翟曉翠課長討論時，發覺該申請書疑似在您不知情下遭到塗改。關於此事，可否撥冗，當面請教？敬候回覆，謝謝。吳誠上」。信發出去後，我馬上傳給他相關頁面的影像。

之後，我才寫簡訊給翟課長，讓她知道我和唐先生聯絡時會提到她的名字，希望她不介意。雖然先斬後奏，禮數算是到了。

我閉目養神，等待回音。

手機「噹」的一聲把我驚醒。剛才睡著了。車子正穿過關渡大橋，左右兩側視野開闊，天邊的雲彩緩緩移動。

簡訊來自翟課長，她說沒問題。

回到住處沖完澡後，唐先生仍舊沒有回應。無論他清白與否，我的訊息都會帶來震撼吧，我想。

與其癡心苦等，不如關掉手機，躺在床上看書。如果我有什麼學問，大半是床上得來的。年輕時為了減輕失眠的痛苦、轉移焦慮，我早已養成睡前看書的慣例，不意後來卻養成不躺下無法專心讀書的惡習。別人看書是為了求知，我看書是為了睡著，似可說明為什麼我的學問只有一半。

最近在研究一本討論語言和世界觀的專書。正如學術界對語言和思想的關係爭論不休一樣，專家們對於這個議題也莫衷一是。有一派認為語言會影響人們的世界觀。也就是說，你使用的語言會影響你看待世界的方式。有位學者曾戲稱，要是亞理斯多德使用的是中文而不是古希臘文，他思想體系勢必大大的不同。換言之，要是讓孔子用外國話思考，《倫語》不會是今天的模樣。另一派則認為以上純屬無稽之談，真正讓世界觀不同的是文化，不是語言。這一派認為，儘管世界有六千多種語言，人們的思考邏輯大致雷同，語言對於心智活動影響的程度微不足道矣。

每次讀到來自各種不同領域（語言學、心理學、人類學、社會學、行為學、生物學、醫學）專家們之間的爭論，我都有人類對於自己、對於宇宙能夠完全搞定的事物實在極其有限的感嘆……

……待我悠然轉醒，已過了晚上九點。

手機多了三則訊息。我先看艾瑪的留言。她問我「還好嗎？」我回她「睡著了，待會過去。」再來是許桑，他說徐家底細大致查明，見面報告。阿吉來訊說見過小柯了，關於阿彬的為人他沒什麼可補充的，只說此人不笨，話雖不多，但眼珠子從沒閒著，總是在察言觀色。

沒有唐欣銘的消息。

我走出家門，前往 DV8。

5.

「喝太快了吧。」

「剛才不小心睡著了，現在不喝醉，今晚不用睡了。」

我想把自己灌醉，想要忘掉稍早前的閃神，但不想告訴艾瑪，以免她擔心。

「我陪你聊天。」

今晚 DV8 較平常冷清，只剩零星客人，正好可以獨占艾瑪。

我告訴艾瑪今天的突破，從天上掉下來的祕密檔案。

「破案有望。」艾瑪雀躍著。

「但還有一段距離。那時阿彬才二十出頭，怎麼想得出只有推理小說才有的步數？」

「什麼意思？」

「連續對三個人下手，還陷害另一個人，其實真正的意圖只是為了殺害第二個人。」

「也許他就是模仿推理小說。」

「也許吧。不過，台灣流行推理小說是二十世紀末才起步的事。」

「這種犯案的方式算稀奇嗎？」

「對推理小說界來說算老哏中的老哏，有點尊嚴的作家不敢這樣布局，會被笑掉大牙。」

「現實世界裡呢？」

「很少發生，至少台灣沒聽說。」

「沒聽說並不表示沒發生。而且什麼都有第一次不是嗎？」

「也對。我今天走路過來，想到一個可能性。或許凶手不是徐彥彬。」

「不然是誰？」

「他父親徐騰鮫。或者是徐騰鮫雇用的殺手幹的。」

「嗯，有可能。」

「所以我說和破案還有一段距離，只可惜時間一天一天逼近。」

「不要給自己太大壓力，你盡力了。」

我跟她說，今天蔡月娥打來的詢問進度使我壓力倍增。她聽了也只能嘆息不語。

「好久沒見到阿修了。廚房完工了嗎？」

「快好了。阿修太忙，好久沒來了。倒是安安來過一次。」

「我不在？」

「你剛好不在。」

「那她來幹麼？」

「你以為她來不是找阿修就是找你？」

「她來找妳？」

「是的。」

「有什麼事嗎？」

「不就聊聊吧。」艾瑪欲言又止，最後還是說了：「她和那個陳榮昭之間有點問題。」

「太好了。」

「不要講這種話。」

「那傢伙我第一次見面就看不順眼，不適合安安。」

「神經啊，你是她爸嗎？」

「好啦，趕快說。」

「安安顯然和阿修聊得來，有時會找他一起吃個飯。」

「Wonderful！真正王豆腐！」

「喂，我在講故事你不要打岔好不好？」

「對不起。」

「她約阿修的時候，只要有空阿修都會答應。但是，她都沒跟陳榮昭說，因為她認為陳榮昭對於阿修的態度有點奇怪——不要講話，等我說完——怎麼奇怪法她說不上來，反正就覺得自從阿修出現之後，他整個人就變得怪怪的。同時呢，她也搞不懂阿修，她不懂為什麼每次見面都是她主動邀約，而沒有一次是阿修發起的。我跟她說，可能是因為她已經有男朋友，阿修總得顧忌些吧。聽到這她反應超大，說，什麼啊！不過就是兩個好朋友見見面有啥好顧忌的？我就說，如果那回陳榮昭來的時候氣氛沒那麼怪，阿修應該不會顧忌吧，說不定現在是三個人一起吃飯不是嗎？其實，我已經看出來了，安安對阿修有好感，阿修應該對她也有好感，但是這些都輪不到我來點明。所以我拐個彎，告訴她阿修上次說的故事……你怎麼不問我什麼故事？」

「妳不是不准我插嘴嗎？」

「阿修上次說到以前的女友還有後來發生的事，當他說這輩子大概不會再主動追求任何人，我聽了很難過。我把阿修這段故事告訴安安，包括那句話。我不確定安安是不是真的喜歡阿修，也不確定他們倆有沒有可能，告訴她這個故事是為了讓她有心理準備，要想清楚她對阿修的感覺，也算是婉轉的告訴她，自己沒想清楚前不要輕易改變什麼，以免傷害到阿修。」

當晚真的喝醉了。艾瑪得打烊時，我賴著不走，還想跟她在一起。

艾瑪不理我，開始收拾東西，走來走去。她從廚房那邊走到撞球間時，被我輕輕偷襲。我後從面摟住她，把她身子轉過來，親吻她。她也把我抱住，回吻我。

不知不覺，兩人已經躺在撞球桌間的沙發上，凶猛地互吻。一會兒我壓在她身上，一會兒她壓在我身上。然而，就在我在尋找她胸前的鈕釦時，艾瑪突然煞車。

「親愛的，不是這樣。」

「不是怎樣？」

「不要在喝醉的時候發生。」

「為什麼？」我還要想解開鈕釦，但她坐起身來，整理一頭亂髮。

「第一次不能這樣，相信我。」

我不情願地坐起。

「咱們可以約個時間，你我都不要碰酒。」

「這種事可以這麼約的嗎？」

唉，男人永遠搞不懂女人所謂的順其自然、水到渠成。

坐在艾瑪為我叫的計程車上，欲求不滿的我渾身不舒暢，但想到她溫柔的叫我「親愛的」，心裡還是甜滋滋。

XII 案中案

1.

半夜回到家後，我猜是醉倒，不是睡著。下午一點多，被一通電話吵醒。翟課長打來的。

「唐欣銘跟我聯絡了。」她劈頭便說。

「怎樣？」我從床上坐起，體內的酒精頓時揮發了一半。

「你跟他提到我是對的。他不知道你的來路，不敢貿然和你聯絡。所以今天早上他直接打到辦公室來確定有我這個人。」

「然後？」

「然後，我跟他說了我的懷疑，關於那個申請書。」

「他怎麼說？」

「他也說有問題，因為其中有三筆土地根本不是他負責的地區。」

「果然沒錯。他願意跟我們見面嗎？」

「他說先不用。他會自己去調查。」

「他需要我手上這份公文吧。」

「不需要，水利會那邊也有一份。」

「他有沒有說哪時會跟妳聯絡？」

「他叫我們給他幾天時間。」

「有說幾天嗎？」

「沒有。不過你放心，他知道追訴時效的問題。」

「妳是說那個命案？」

「不是，我沒跟他提到命案。他說的是公務員犯罪的追訴期。」

「我不懂。」

「我沒跟他說土地的案子可能和命案有關，他還不知道秀英姊的事。他說的是公務員違背職務的追訴期。」

「多少年？」

「也是二十年。」

這是個好消息，由熟知其中眉角的唐欣銘出面調查，其效率想必比我這個門外漢瞎子摸象好得多了。但奇怪的是，我好像沒因此特別高興，居然覺得鬱悶不樂，起初我以為是宿醉的關係，後來才想到真正原因：昨夜功敗垂成、求歡未遂。

2.

四人再次在阿吉家屋頂會合。

首先由我丟下炸彈。「祕密檔案」果然威力十足，引爆瞬間其他人一陣驚呼，東倒西歪。許桑笑著說：「小老弟，你還真能賣關子，到現在才講。」我趕緊笑著回道：「絕不是賣關子，是要等到唐欣銘的回覆，心裡才感覺踏實。」有此突破，大家心情放鬆許多，多少陶醉在破案在即的氛圍裡。還好，阿吉把我們拉回現實。他說，土地舞弊案雖然進一步證明推理的方向無誤，而且讓行凶的動機浮上檯面，但是發現這宗案中案和找出凶手之間仍有很長的距離。

下一個議題：老莊在檔案室找到的法醫報告。

「雖然洪刑警的偵查報告很潦草，但是我必須說，負責驗屍的法醫真仔細。」阿吉說。我們各自盯著手上張秀英驗屍報告影本。老莊說，他能找到報告一半是運氣，一半是不信邪：「它沒放在該放的地方。我不知道是因為歸檔的時候不小心擺錯，還是有人故意亂放。」

報告內容包括一般外部檢查、特殊外部檢查、一般內部檢查、特殊內部檢查四大項。特殊外部檢查方面，法醫聚焦於死者後腦左部的鈍器傷，以及頸部瘀傷和撕裂傷。特殊內部檢查方面，法醫聚焦於顱內有無出血，以及頸部器官和呼吸道受損程度。檢查的結果顯示受害者因手絞勒窒息而死。

除了文字，還有檢體送驗單，後面還附上相驗彩色照片。

我們把焦點放在洪刑警報告裡遺漏的細節：關於凶嫌可能是左撇子的臆測。根據法醫，死者左後腦的傷勢由左而右，因此凶嫌慣用左手的可能性極高。同時，死者後腦殘留的砂礫微型證物顯示，凶器應為就地取材，研判為犯罪現場附近的粗礫石塊。以上兩點和新莊命案裡法醫根據傷痕與微型證據所做的研判吻合。

但是，較之第一起命案的法醫報告，這份報告還多出兩個觀察：首先，頸部的血瘀程度顯示，受害者的右頸部比左頸部嚴重——進一步提示凶手的慣用手可能是左手。再來，法醫根據頸部瘀傷的分布，以模擬圖案示意，估量凶手左右手掌的大小。我們一個接一個，輪流把手掌壓在圖案上面——那畫面有說不上來的滑稽，好似四個加起來超過兩百歲的老男人搶著玩遊戲——結果發覺每個人都可以是凶手：一個中等大小的手掌，沒多大參考價值。

「有一點我搞不懂。」許桑說。「兩個命案的凶器都是就地取材，也就是隨手提起來的，我不懂為什麼凶手要把它丟棄讓警方找不到？」

「我知道你的意思，」我說，「兩次的凶器都不是特別的東西，而且凶手還戴著手套，不會留下指紋，何必多此一舉？」

「就是這個意思。」許桑說。

「當時我有跟鑑識課討論過這個問題。他們的研判是這樣的：凶手兩次在現場找到的都是粗礫石塊，這種石塊若狠狠敲打，砂礫會因撞擊力道而脫落。不但有砂礫沾黏在撞擊處，也就是攻擊目標的傷口上，同時傷口流出來的血液也會沾黏在石塊上。還有一個更重要的因素，粗礫石的表面不像河裡的鵝卵石那麼平滑，它有稜有角，比較尖、比較刺，很容易對目標造成半侵入的傷勢外，同時也會反向對拿石頭的手造成破皮流血的現象。即使凶手戴著手套，他也會怕有什麼屬於他的東西沾在石頭上，因此必須把凶器帶走，不能留在現場。」

「如果凶手是徐彥彬，從這一點可以看出他的冷靜和設想的周延。」老莊添上註解。

接著是許桑的獨腳戲，跟小組報告蘆洲地方「旺族」徐家的情況。

板模工出身的徐騰鮫，於一九七〇年代出道創業，趕上了台灣建築業開始起飛的年代。雖然資金不比同行，騰鮫建設公司穩紮穩打，逐漸茁壯。一九八四年政府為了執行二重疏洪道工程，規畫蘆洲南港子重劃區，拆掉附近一大片鐵皮屋，在該地興建公共設施，包括道路、遊樂場、公園、學校、停車場等等，讓整個區域完全改觀。從此跡象，徐騰鮫看準蘆洲未來的房市大有可為，於是和地主聯手，於一九九六年在文華里一帶推出「展望花園」住宅社區。結果他挖到了金礦，「展望花園」大賣，之後還陸續推出「展望花園II」、「展望花園III」。騰鮫建設因此三級跳成長，經營觸角從營造業、土木工程，延伸至百貨流通、遊憩休閒業，演變成現今的「騰鮫企業團」，旗下有數個子公司，其中騰鮫建設於幾年前上市。不僅如此，集團正積極籌畫，有意將觸角伸進人壽保險業。

「這個地目變更申請書，」我翻到公文第二頁，指給他們看，「上面申請的地段，五筆裡面有三筆就在文華里。『展望花園』系列應該就是蓋在那兒。」

「許桑，」老莊問道，「你知道騰鮫建設分到多少嗎？」

「如果按照一般三七分帳，建設公司可以拿三分之二。『展望花園』第一期就蓋了五棟，騰鮫建設可以分到三棟。」

「哇，卯死矣。」

「還不只呢，」阿吉說，「這只是第一期，還沒算後面的兩期。」

「誰是地主？」老莊問。

「我不清楚。」許桑回道。

「申請書上寫土地持有人是胡恩全。」我說。

「應該只是掛名的。蘆洲一帶的田僑仔我大部分熟識。」許桑說。

徐騰鮫和妻子楊雪鳳只有一個小孩，就是徐彥彬。楊雪鳳因身體因素無法再生，徐騰鮫以此為由娶了細姨，跟她生了四個小孩。幾年前，徐家搬到展望花園三期，大房住在A棟頂層左右兩間公寓，二房則包辦了C棟最高兩層左右四間公寓。徐騰鮫目前七十出頭，還沒退休，頭銜為總裁，而二房生的兩個兒子在集團擔任要職，為他的得力助手。有趣的是，長子徐彥彬在公司沒任何職位。不過，據聞他和生母楊雪鳳加起來在集團持有股份的比例不容小覷。

「大房和二房之間的感情呢？」阿吉問。

「沒聽說什麼糾紛。據我所知，公司草創時期，元配楊雪鳳負責財務，但後來就不管公司的事務。她篤信佛教，持齋茹素，是蘆洲福安宮誦經團的成員，每月初一十五在廟裡為眾生祈求平安，而且積極參與廟裡佛學書院的課程規畫。有人說，她是因為對先生娶細姨感到失望，所以才轉向宗教；但也有人說沒那回事，她和先生的感情還是很好。徐騰鮫大部分時間和她一起住在A棟頂層的左邊，徐彥彬則住在右邊。」許桑說。

「關於徐彥彬還聽說什麼？」我問。

「不多。我跟警衛和鄰居打聽，他們知道的有限，而且對他的印象似乎不太好。」

「怎麼說？」

「他很少出門；難得出現時，也不跟人打招呼。有個鄰居說他這個人很驕傲，一副目中無人的架勢；可是另一個鄰居說，那不是驕傲的架勢，而是活在自己的世界裡，有點自閉。有一次，一個剛搬進的住戶對社區很有意見，看到在中庭散步的阿彬，就過去跟他抱怨，結果阿彬毫無反應，只是用死魚的眼睛看著他，然後一句話也沒說就走開了。不過，以上都只是傳聞。」

「他沒結婚？」老莊問。

「沒有。」

「很難想像一個四十出頭的男人沒結婚、沒工作，也很少出門。他整天在幹什麼呢？種花養草嗎？」阿吉說。

四人下意識地看向屋頂的小森林。

3.

翟課長接到唐欣銘電話之後的第四天，我終於和他見到面。

他特地從南崁開車過來，帶著裝滿資料的公事包，在正義北路華南銀行對面的咖啡館和我們會合。

「已經有輪廓了。」

唐先生開門見山，短暫寒暄之後便傳達好消息。他人長得精瘦，黝黑的膚色使得鼻翼兩邊的法令紋更顯嚴峻；說起話來則一針見血，和他的身體零脂肪一樣，少有贅字。

「沒想到有這種事。公務員貪污不是新鮮事，但如此膽大包天實屬罕見。說白一點，竄改申請書而能夠一路過關斬將，這中間需要太多人的配合。裡面涉案的人分兩種，一種是違背職務受賄罪，也就是拿了錢、做了不該做的事，另一種是失職，沒拿錢但沒做到職位上該做的事。前面的刑責很重。」

「五年以上有期徒刑，嚴重的無期徒刑。」翟補充道。

「所以追訴期是二十年。後面那種沒拿錢的刑責就輕很多，追訴期早過了。因此照理說，調查這個案子得從已經沒事的人下手，他們比較願意說實話。」

「你如何分辨誰是哪一種？」我問。

「很難。而且我怕打草驚蛇，讓涉案的人有所防備。所以我找水利會現任的會長幫忙。我和他很熟；他的個性和我一樣，說得自誇點，就是看重操守。我們把公文調出來，果然發現申請書上也有塗改的痕跡。」

「等一下，你們的那份也是原件？」

「當然，非都市土地變更申請書要寫一式五份。」

「非都市？」

「不在都市計畫範圍內的土地。」翟解釋著。

「申請完了之後，不管有過沒過，」唐繼續說，「除了一份由申請人自己保留，其他四份由相關單位存檔備查。而且，地目變更的資料屬永久保留，沒有時效的問題。」

「這麼一來如果要塗改，五份都得動手腳。」我說。

「沒錯，所以我說這幫人膽大包天。」唐說。「總之，會長看了很生氣，覺得一定要查明，當天就透過關係聯絡新北地檢署，結果那邊派給他一個年輕的檢察官。這個林姓檢察官剛升上來不久，很想表現。他說公文上塗改的痕跡雖然不明顯，但是以現在的鑑識科技，要查出紙張表皮因塗改而造成的破壞非常容易。如果每份公文都是這樣，那就罪證確鑿，加上我這個人證，調查案一定成立。」

「目前查到哪裡？」

「一般的作法是從下游找到上游、從小蝦米查到大鯨魚，但是林檢察官認為有時效的壓力，這麼做緩不濟急。他乾脆打草驚蛇，第一個就找當時的水利會張會長談話。」

「結果呢？」我問。

「張會長應該是清白的，如果有罪也只是失職。會長懷疑應是他的祕書有問題，檢察官於是去找耿祕書問話。果不其然，耿祕書得知東窗事發後，嚇得屁滾尿流，但還是支支吾吾、不願交代實情。檢察官一邊恐嚇、一邊安撫，最後以免除刑責的污點證人為條件，耿祕書才把整個案子從頭到尾說了一遍。」

4.

位於文華里的博美社公司經營教育用品、音樂教材和樂器進口。除了辦公大樓和廠房外，公司名下還擁有五塊地皮，其中兩塊（地號A與地號B，位於正義里，面積二·八〇三四公頃）在政府限建前，經公司規劃為博美社區，向當時的台北縣政府取得建築執照，興建員工宿舍及公共設施。但因公司長年營運不佳且內部傾軋，社區內只蓋了零星設施後便遲遲再無後續。

多年之後，徐騰鮫登場。

他看到潛力，主動接觸博美社公司代表許德昌和職工福利委員會劉開匀主任，跟兩人說他有門路，可以讓那五塊地皮變更為建地。兩人眼見有利可圖，不需多大的慫恿便決定合作。徐騰鮫於是找三重地政事務所當時的地籍課課長顏恭賀商量。顏課長拍胸脯掛保證說，這件事交給他。

一方面，顏課長找同居人的女兒（算是他繼女）江莉真代書負責地目變更申請案。徐騰鮫所給的條件是，如果辦成，將來該土地的房屋買賣由江莉真包辦代書業務，所獲之利益則由她和繼父均分。另一方面，嚴課長向新莊農田水利會財產課耿岳霖課長打點關係。兩人為舊日同窗，且嚴課長保證事成之後必有好處，因此一拍即合。耿課長於是找水利會管理組代理組長鍾曜宏研商，後者答應全力配合。

第一步，江代書以土地持有人胡恩全名義，向新莊農田水利會提出申請書，申請就地號A與地號B兩筆土地發給無法種植農作證明。水利會收到接受申請後，由鍾代理組長指派三重工作站的唐欣銘技士前往現場勘查。唐技士勘查之後，確認該兩筆土地於農地限建前即興建博美社區，所餘土地地勢高亢，並因公共設施之規劃水源斷絕，已無法種植稻作，因此通過此案的申請。（在此階段，一切合法。）

第二步，水利會耿岳霖親自前往三重工作站，透過他和該站主任彭輝英的關係，取回由唐欣銘製作的勘查報告表。取回之後，耿課長和鍾代理組長商議變造該報告表的內容，經鍾代理組長同意後，耿課長在報告表土地落坐欄加入位於文華里、地號C、D、E的三筆土地，且將總面積從原先的二・五〇三四公頃變造為六・一八五七公頃，如此移花接木之下多出了三・六八二三公頃。同時，將備註欄內該「兩」筆土地之「兩」字，變造為「五」字。變造之後，由主辦鍾代理組長核發「水源斷絕、無法種植」之證明。

第三步，耿課長以順便探訪姪女耿祕書為由，親赴水利會將申請文件及核發的證明交給當時的張會長。據耿祕書供稱，當時張會長並未仔細檢查文件，只問祕書「有沒有問題」，祕書說「沒問題，一切齊備」。會長不疑有他便在其上簽名蓋章。

第四步，耿課長拿到證明書後，將它交給江代書。江代書於是把資料交給繼父顏課長，正式向三重地政事務所提出五筆土地的地目變更申請。顏課長指派屬下鄭學斌至現場實地勘查土地使用情形，並告以該項土地代書業務由其繼女江莉真辦理，須幫忙盡快予以變更地目。鄭學斌明知五筆土地裡，其中三筆並未規劃為博美社區，且實地低窪、水源良好，絕無變更可能，竟在報告表寫下「實地已規劃為博美社區，地勢高亢，並有公共社區」之不實登載。

第五步，申請書由耿課長核准之後，轉送台北縣政府覆查。勘查當日，在鄭學斌陪同下，來自建設局、稅捐處、地政科、糧食局管理處各單位代表前往實地。幾位勘查人員不知是接受好處，抑或馬虎其事（並未一一勘查每一筆土地），竟一致決議「實地如地政所簽見，且水利會證明，係在農業限建前已變更使用，恢復稻作困難，應准予變更，以符實際。」

如此這般，瞞天過海，三筆稻田完成旱地之變更登記，肥了博美社公司，更肥了騰鮫建設。

「有一點我不懂，」我說，「為什麼申請書會跑到登記課讓張秀英看到？」

「所有申請案，」翟解釋道，「最後都要送到登記課檢查一遍，看看資料有什麼遺漏，確認無誤後存檔。我認為顏課長一定和曾龍泉串通好，要他睜一隻眼閉一隻眼。曾課長拿到後偷偷放進檔案櫃裡，但是被秀英姊無意中發現，覺得可疑才影印一份帶回家。」

「誰是張秀英？」唐問。

翟課長看我若有所思、一時沒回答，只好由她回答，告訴唐欣銘我在調查的命案。

翟課長一句「覺得可疑才影印一份帶回家」，讓我想起翟課長跟我說過，阿修的三叔把公文交給她時表示，公文是在臥房裡找到的。看來有個細節需要修正。

凶手勒殺張秀英時，阿修闖進屋內要救媽媽，凶手將他擊昏時發出一聲巨響。這時躲在屋外、聽到聲音的安安哭出聲來，其哭聲導致鄰居前來察看，但等她進屋時，凶手已逃逸無蹤。也就是說，安安的哭聲使得凶手不得不匆忙離開現場。他達到行凶的目的嗎？如果他的目的包括取走那份公文呢？警方說，客廳看不出行竊的跡象，兩間臥室也沒有翻箱倒櫃的情形。在這份公文尚未出現之前，我的推理先是受到馮醫師的影響，以為凶手可能是在「找東西」，之後可疑的會腳名單成為關鍵時，我的研判改為凶手是在「放東西」，「窸窸窣窣」意味凶手把標會名單放進張秀英的皮包裡。如今又冒出這份公文，或許凶手不單是在「放東西」，也同時在「找東西」。要是安安沒哭出聲，而皮包裡面找不到文件時，他應該會到張秀英的臥室搜尋吧。

XIII 我知道那年夏天你幹的好事

1.

事後回想，這件事占據我所有心思，其他都只是輪廓模糊的背景。我甚至沒有心情到DV8。有一次阿修打來，說他和安安都在DV8，問我要不要過去，我佯稱人不在淡水趕不回去。艾瑪為我擔心卻無能為力，只能無奈地看著我愈陷愈深。那幾天的時光彷彿以跳躍的方式行進，和本案有關的進展才留下記憶，其餘都只不過是沒有意義的停頓。我不再每天散步，大部分時間待在家裡苦思，苦思讓凶手現形的計謀，苦思未果便耽於幻想，幻想在各種不同的情節下當眾揭穿徐彥彬的惡行，幻想之後卻呼吸急促、精疲力盡，整個人癱在床上。

「時間站在凶手那邊。」我和阿吉透過唐欣銘的引介，來到土城新北地檢署，拜訪正埋頭偵辦蘆洲地目變更舞弊案的林檢察官。他聽了陳述之後，馬上說出重點。

「你們已經排除徐騰鮫是凶手的可能性，對吧？」林問。

「沒錯，」阿吉答道，「我們從網路找到他的照片，徐騰鮫年輕的時候噸位不小，案發時他五十多歲，身材更胖了。而根據延平北路攻擊案目擊者的證詞，凶手中等體型、身材消瘦，手腳俐落。」

「他的兒子徐彥彬呢？」

「他很少公開露面，也不參與家族企業，因此公關照片裡面找不到他的身影。但是以前認識他的朋友都說他那時是中等身材而且很瘦。高中畢業紀念冊上的照片也證實了這點。」我說。

「有一個可能性你們應該想到了：或許徐騰鮫花錢買凶。」

「想過。」阿吉說。

「如果是這樣，」穿著淺藍條紋襯衫的林檢察官邊說邊扶正鼻梁上的銀邊眼鏡，「事情更難辦了。過了這麼久的時間，若要高裡反早就反了，不會等到此時。」

「但是我覺得花錢買凶的可能性很低。」我說。

「怎麼說？」林問。

「事情發生得很快。根據翟課長記得的時間表，張秀英遇害的前三個禮拜正在為那份公文和她的直屬上司曾課長鬧得很僵。也就在那個時候，標會爭吵的事件發生了。我們的推理是這樣的：曾課長懷疑張秀英私自影印一份公文，於是跟同夥通報。徐家輾轉得知張秀英的事，也同時發現標會爭吵的事，他們能夠反應的時間很少。他們在短時間內，把兩件事聯想一塊，覺得有機可乘，然後找門路買凶，還得要求凶手嫁禍給蔡昆財，難度很高。所以我覺得，這種事只有自己動手較有可能不出錯。而且關鍵在於如何讓阿財失蹤那麼久，並且在適當時機殺掉他，凶手如果不認識阿財不容易完成。」

「假設凶手是徐彥彬，你覺得他怎麼辦到的？」

「毒品。我猜徐彥彬用毒品引誘阿財，把他藏在一個地方，讓他茫到一定的程度，無法行動。他家是搞建築的，找一個只有他能進出的場所應該不難。」

「或許吧。」林調整坐姿。「聽我說，你們的推論言之成理，徐彥彬是凶手的機率很大，但是不管是動機或機會，目前有的只是間接證據，法官不可能接受。好，縱使法官同意，我拿到了搜索票，你們想，我能在徐家抄到什麼證據？我把徐彥彬找來問話，他會跟我說實話嗎？所以我說時間站在凶手那邊，只要再等個一兩個月，他就沒事了。」

「一個月又五天。」我說。

阿吉騎機車載我到捷運站時，兩人沒什麼交談。對於檢察官的反應，我倆早已預期，但真正碰壁時心情不免受到影響。

阿吉離去後，我站在捷運站入口處發呆許久。山窮水盡，到此為止？我們漏掉了什麼？難不成就此放棄？眼睜睜地看著時效一天一天走完？不行，我猛然甩頭，抖掉於事無補的情緒，走進捷運站，正通過驗票閘門時，從眼角餘光瞥見一名戴著鴨舌帽男子的身影。剛才失神、駐足不動時，感覺他跟我同時抵達，之後便一直站在右側的角落，等我開始移動，他才跟著移動。大熱天誰會戴著毛料鴨舌帽上街？

我回頭找他，不見人影。

有人跟蹤我？誰會跟蹤我？莫非已打草驚蛇？還是我疑神疑鬼？

在捷運上，我做出一個必須瞞著阿吉的決定。

數日後，位於蘆洲的騰鮫企業團總公司十二樓會客室裡，坐著兩個西裝筆挺、打著領帶的中年男子。

一個是我，另一個是胡舍。

胡舍看起來有模有樣，全身上下是他於調查局時期正式場合必備的行頭，除了因身材發福而略嫌緊繃外，當年的英姿尚在，起碼保留了八分。我的舊式格紋西裝則是臨時從他的員工那兒借來套上的，看起來老氣橫秋，而且因為過大，身軀彷彿縮水了半吋。

「待會兒他們進來的時候，你要先打太極呢，還是開門見山？」胡舍問。

「先哈拉幾句吧，沒有前戲就露出傢伙太沒人情味了。」

「哈拉多久？」

「你說你的，講不下去時我就亮出底牌。」

我想出的這一步既齷齪又不合法，因此沒敢讓阿吉知道。

沒錯，時間站在兇手那邊，法律看來拿徐彥彬沒轍，但我可不想讓他風平浪靜地度過剩下的三十幾天。我想當面跟他說出我的懷疑，我想看看他的反應，我想確定他是不是兇手。然而這傢伙深居簡出，如何引蛇出洞？因此我先從他父親下手。

徐騰鮫堂堂集團總裁，哪有可能願意見我？

唯有恐嚇一途。

我記得許桑說騰鮫企業有意朝人壽業發展，也在媒體找到相關報導，於是找胡舍商量如何從這點切入。胡舍鬼靈精怪，旁門左道的找他就對了。最後我們決定冒充一家規模頗大的美國人壽保險公司的亞洲業務代表，正在物色區域合作夥伴。我上網查了一下，結果選上「林肯人壽」，它在美國業界排名前十，而且和台灣毫無瓜葛。

騰鮫企業組織龐大，不但有多個部門、中心，還有ＡＢＣ等事業群，得找個合適的單位接觸，最後我們相中了產品開發群裡的產品企業部。該部門最高主管是副總經理，應該不會輕易上當，因此鎖定的目標是他底下的韓經理。

胡舍負責聯繫。當然也可以由我來，不過提到胡扯、打屁、拉交情的功力，我遠遠不及於他。胡舍打電話到公司，跟總機表示要找產品企業部韓經理，結果被轉給韓經理的助理，正中他的下懷。胡舍表明身分後說明來意，期間中英夾雜還落了幾句商業術語，最後助理表示會跟韓經理轉達後再跟他聯繫。兩天後，助理來電說，韓經理希望盡快和胡舍見面討論。

隔天下午三點整，我和胡舍已經在十二樓會客室等著好戲開鑼。

韓經理和那位助理一來，免不了互相自我介紹一番，他們遞出名片卻發覺我們沒禮尚往來時，臉上露出不解的表情，胡舍趕忙解釋，此回亞洲考察之行「一路從加州到雅加達、新加坡、香港、台灣，名片一時用光了」，然後轉頭瞪我一眼，說：「Henry，你不是說總公司會以 FedEx 國際快遞送到麗晶的嗎？」「對不起，Victor，我的疏失。」我唯唯諾諾，奴氣十足。其實胡舍瞪我的真正意思是「我就說嘛！」當初討論時，胡舍認為既然要搞冒充，名片不可少，我則說能省則省，為了一次「詐騙」而印了幾盒名片太虧了：「我們要的只是門票，只要進得了大門，面具就可以掀了。」

但現在不急著掀，由胡舍暖場。「韓經理，謝謝你抽空和我會面。我們 Lincoln National 在美國……」胡舍以「林肯人壽」的偉大歷史開場，然後概述目前的規模，最後來到未來的展望。除了近期計畫在亞洲開闢疆土純屬瞎掰以外，其他都是從網路得到的資料。韓經理和助理顯然也已事先上網查閱，對於胡舍所言頻頻點頭稱是，偶爾還會補充胡舍漏掉的細節。雙方好不融洽，導致胡舍入戲過頭，沉浸在未來兩家公司策略性結盟的美景，一時忘了今天的目的。我乾咳幾次提醒皆未奏效，直到我在桌子底下狠狠踢他一腳，他痛得慘叫一聲轉頭瞪我，看到我回瞪他的眼珠比牛眼還大，才終於回過神來。

「韓經理，有件事你可能不知道，我們 Lincoln National 創辦人他的父親就是蓋房子起家的。」

「真的嗎！」韓說。

「據我了解，貴公司徐總裁也是同樣的背景。」

「沒錯，就是騰鮫建設。」

「創立於一九七四年，但是真正讓公司飛黃騰達的是一九九〇年之後推出的建案。韓經理，我可是有做 research 的喔。」

「您果然有做 research，敝公司的展望公園系列，曾經得過台灣住宅建築獎，到今天仍然是蘆洲社區營造的標竿。」

「不過，韓經理，我有點擔心。」

「擔心什麼？」

「我聽說，不，不是聽說，據可靠消息，展望公園系列建地取得的過程有瑕疵。」

「怎麼會？」

觀其反應，韓經理應該還不知道情況。其實，我也不確定徐總裁是否知悉最新發展。就我當下的目的，這無關緊要。

「千真萬切。依你的層級可能沒被通知，不過，我確定新北市地檢署已經針對展望公園所涉及的舞弊案展開調查。」

「不可能的事。」

「不但可能而且現在進行式。」輪我上場。

「你們是誰？」韓經理變臉了。

「我們不是我們所說的人。這件事跟他無關，」我指著胡舍，「他只是我請來的演員。這是我的名片。」

我拿出「私家偵探」那張，不是徵信社。

「這裡有一封信，裡面說明了我的用意，請你務必轉交徐總裁。對於今天用這種方式見你們，實在是對不起。」

這封以「徐騰鮫總裁大鑑」為上款的信件是我的「哀的美敦書」。裡面提到展望公園系列建地申請過程裡所涉及的舞弊，經我揭發之後，已由新北地檢署積極偵辦中。我一一寫出舞弊的細節，包括地段與地號、變造申請書的過程、主要涉案人員的名單等等。接著寫道，此案雖發生於十九年前，但檢方已掌握關鍵人證、物證，應能於追訴期之內起訴嚴重涉案的公務員。最後，「徐總裁並非公務員，應可全身而退，但此事一旦提前公開並任人加油添醋，甚至影射他案，對集團商譽勢必有損，更別提騰鮫建設的股市行情。基於防患於未然的本意，在下希望跟徐總裁當面討論。在下不介意律師在場，但沒有徐總裁的場合絕不與會。敬候卓裁順致夏安　吳誠上。」

沒錯，我故意把它寫成一封疑似勒索信。「疑似」是重點，萬一對方真的報警，信中並未言及任何索求，警方其奈我何？其實，他們如果心中沒鬼，大可不予理會，把我當作狗吠火車；既然檢方已著手調查土地舞弊案，紙包不住火，此事遲早公諸於世，沒有必要理會我的威脅。然而，我訴諸敵人的好奇和恐懼。「任人加油添醋，甚至影射他案」應該會讓徐總裁想到張秀英、蔡昆財這些人吧？以上只是如意算盤，毫無把握，假使徐家和凶殺案毫無瓜葛，這封信無異於打不死人的空包彈。

三天後，我再度來到十二樓會客室；這次陪同的伙伴不是胡舍，換成了阿吉。在我們對面、隔著會議桌是徐總裁，左右兩旁分別坐著戴律師和總裁特助。

騰鮫企業團的戴律師和我聯絡、約好會面時間後，我立即告訴阿吉這個當面詰問徐騰鮫的機會。他問我如何怎麼搞到的，我要他別問，他馬上理解，想了幾秒後，決定同行。他和我一樣好奇，拚死也要一睹徐騰鮫的反應。

截至目前，徐總裁都沒吭聲，一直是戴律師主講，特助則負責錄音、記重點。徐總裁肥頭大耳、鼻頭飽滿，眉宇之間透著一股霸氣。

「……你們知道我們是可以報警的。」戴律師說。

「可是你們沒有。」我說。

「我們沒有是因為想知道你們的意圖。」

「我在信上說得很清楚，只想當面見到徐總裁，聽聽他的說法。」

「就這樣而已？」

「我們不是來勒索的，如果那是你的意思。」

「關於那件申請案，總裁依稀記得而且深感遺憾。」戴律師說。「當初是博美社公司主動找上了騰鮫，希望雙方合作，但那只涉及建案規劃事宜，和地目變更的申請無關。」

「有兩名證人說變更地目是騰鮫建設提出的建議。」

「哪兩位？」

「我不便透露。」

「法律當前，但憑證據。甲方聲稱是乙方主動，乙方極力否認，你認為舉證的壓力在何方？」

「我懂。就像甲方相信靈魂存在，乙方認為沒有靈魂這個東西，一旦上了法庭，舉證的壓力自然落在甲方，因為乙方無從證明他認為不存在的東西不存在。」

「就是這個意思，但用不著扯到靈魂。」

「無論有沒有靈魂，一個有良知的人一旦做錯事應該會感到心虛愧疚吧。」

「我希望你不是在影射什麼。兩位，我再次重申，整件事騰鮫建設只負責開發，對於土地變更以及中間的過程則一概不知。如果真如您信上所說它涉及舞弊，實在是一件不幸的事。你想要讓這件事提前曝光，那是你的選擇。不過要是你添油加醋、胡亂影射，我們只能法庭上見囉。如果沒別的事——」

「我們還沒聽到徐總裁的說法。」

「你——」

徐總裁輕輕抬手，制止正待發作的戴律師。

「戴律師說的就是我要說的。」總裁終於開了金口。

「你需要說的不只這些。」阿吉也終於開口。

「什麼意思？」總裁問。

「我叫高崇鍾，」阿吉說，「是退休刑警。」

徐總裁聞此微微一愣，眼神射出一道精光，隨即恢復正常。雙方見面各自表明身分時，我只跟對方介紹阿吉是「朋友」，刻意隱其姓名和身分。

「總裁應該聽過張秀英吧？」阿吉說。

這一記突如其來的左勾拳已得預期效果。雖然總裁盡力保持鎮靜，仍可察覺表情的微妙變化。

「她是誰？」戴律師問。

「一九九二年，也就是地目變更申請通過那一年，張秀英女士在三重地政事務所任職。」

「這跟總裁什麼關係？」

「張女士無意間發現了那份經過變造的公文，但是在她向主管質問此事之後沒三個禮拜便遭殺害。」

「你在暗示什麼？」

「但是警方後來找到了嫌犯蔡昆財時，蔡昆財已經死了。整個案子我很清楚，那時我就是負責偵查的刑警之一。不過，我們最近重新調查發現蔡昆財是被陷害的，殺死張女士的凶手另有其人，而這個人也同時殺害了蔡昆財。」

「我還是不懂你為什——」

「總裁懂。」我插嘴道。「這個故事有之前和之後。凶手對張秀英下手之前，先殺害了新莊的黃幸媛，而張秀英死了之後，凶手企圖殺死延平區的廖林美娟。如此連續殺人是為了掩人耳目，凶手真正的目標是張秀英和她手上的地目變更申請書。可惜的是，凶手殺害成功卻沒找到公文。沒想到二十年即將過去，那份公文居然在這時浮出檯面，現在交到檢調手上。」

「凶手是誰？」戴律師一時被故事吸引，急著想知道謎底。

「凶手，不是徐總裁。根據人證，凶手很瘦。凶手，就是認識蔡昆財的人。凶手，就是知道土地舞弊案的人。凶手——就是徐彥彬。」

「胡說八道！」總裁猛然拍桌，一雙虎目怒瞪向我來。「你們滿口胡言，血口噴人。整件事只是捕風捉影、憑空揣測，只是兩位吃飽太閒胡思亂想的故事。我不用跟你們解釋我或我兒子的清白，我只告訴你：把證據拿出來。最好是，把證據交給警方，看他們能怎麼辦。戴律師，請他們出去。他們不走，叫警衛過來。」

「戴律師，你最好坐下。我話還沒講完。」

聽我這麼說，才要起身的戴律師突然不動，姿勢懸在站坐之間。

「我有鐵證。」

戴律師坐下，徐總裁原本漲紅的臉色剎那間泛白。

不只對方動容，連阿吉也詫異地轉頭看我。我沒看他，以免穿幫。脫口而出只因不甘示弱而臨時起意。不是我，是激動在說話。

「徐總裁，我當然是手上握有鐵證才會要求今天的會面，難道我來只是為了告訴你我知道那年夏天徐家幹的好事？」

「你想幹什麼？」總裁問。

「我還沒決定如何處理證據。交給警方呢，還是……在我還沒完成一件事之前，我無法決定。」

「什麼事？」戴律師問。

「我要和徐彥彬單獨見面。」

「他無代無誌為什麼要跟你這種人見面？不可能。」總裁說。

「是嗎？總裁態度這麼硬，兒子又避不見面，我總不能去福安宮找一心向佛的總裁夫人談判吧？」

「夫人知道整件事嗎？她如此虔誠是基於愛心還是贖罪？」

「你試試看！你敢這麼做我會盡全力把你這個人毀掉！」

「你再說一次！」

「我說完了。聽好，我給三天時間。三天之內我如果沒見到徐彥彬，大家看著辦。」

「搞了半天，你是敲詐來著？」戴律師說。

「敲詐或勒索，到時候就知道了。三天。」

對於我脫稿演出，阿吉非常不滿，才走出大樓也不等我點根香菸便將我拉住。

「吳誠，你在搞什麼鬼？」

「對不起，阿吉，我吞不下這口氣。」

「我們是來查案不是耍流氓的。」

「這件事我全權負責，跟你沒關。」

「到時候真的見面，你能拿出什麼證據？」

「當然沒有證據。」我沒好氣的說。

「所以呢？」

「我不知道。」

天空正下著雨，我沒理會，只想結束這段談話，逕自過街，走到對面的公園，但阿吉不放過我，一路跟來。一前一後，引來不少抗議的喇叭聲。

公園顯然近年才完工，裡面的樹木低矮又稀疏，起不了擋雨的作用。不過，兩人也沒避雨的念頭。

「我知道你不是為了敲詐，但是這麼做除了看到徐彥彬的反應，就像剛才那樣，還能得到什麼？我今天不應該來的。當初我以為當面試探徐騰鮫，只要看到他慌張的模樣心裡一定會真爽，結果呢？我只感覺到咱們自己的衝動和無奈。」

「至少我們確定他心內有數。」

「什麼數？就因為他變臉、生氣？我問你，別人講你的親人是凶手時，不管如何你都會變臉不是嗎？」

「明明看得出來他不是無辜的，敢講你沒感覺到嗎？」

「我感覺到又能怎樣？我可以拿感覺去找檢察官嗎？」

「事情還沒結束。」

「什麼意思？」

「到時候再說。」

「你這樣走在法律的邊緣，心裡在想什麼？」

「我就說我會全權負責。」

「你想給他難看，還是想報復？」看我沒回答，阿吉更加著急。「啊？不會吧，你想以身試法、自己解決？吳誠，千萬不能這麼做，你會害到自己的。你要去哪裡？我在跟你講話你要走去哪裡？給我站住！」

我站住，轉身看他。

「我告訴你，這件事到此為止，你我都盡力了。該感覺愧疚的是我，不是你。」

「我要怎麼跟蔡家交代？」

「這是我的事。相信我，找一天我會去蔡家跟他們請罪。」

「到時你要怎麼說？他們問你兇手是誰，你怎麼回答？」

「我會實話實說：我們有理由認為阿財可能被陷害，但是事隔太久，沒辦法查到是被誰陷害。」

「我做不到。」

「你一定要做到。這是為他們好，你知道的。」

「我當然知道。」

「吳誠，回去吧，這件事已經跟你無關。休息一下，冷靜下來。」

我沒再說話，轉身離開，走到公園另一頭，穿越馬路，繼續走，一直走，俟雨停下，全身濕透的我已不知身在何處。

隔天晚上，手機出現一則未顯示來源號碼的簡訊，上面寫著「明日早上十點半，蘆洲捷運廣場。我會找到你。徐彥彬。」

我上 Google 地圖街景看看環境：廣場位於三民路上，就在捷運蘆洲站附近，對面是捷運公園，距離新北警察蘆洲分局只有兩三百公尺。廣場有一邊是賣吃賣喝的商店走廊，面對著寬敞的戶外用餐休憩區，其上擺置七八組帶傘庭院桌椅。

徐彥彬選擇在公眾場所和我會面。這樣也好，對雙方而言都較安全。不過，「我會找到你」讓我不禁打了個寒顫。

那天晚上幾乎沒睡，在腦海裡不斷演練和他周旋的各種策略，折騰了整晚卻想不到最好的方式，想不到一個能夠激怒他讓他一怒之下——幹什麼？跟我坦白？套句台語，別憨了！心情從興奮轉為焦慮，由焦慮轉為懊惱，最後不得不承認阿吉是對的，找徐彥彬對質全然出自於事無補的義憤。

二〇一二年八月二十日早上，距離追訴期截止只剩二十八天，我比約定的時間提前半個鐘頭抵達廣場，找了一個邊角、較不會受人打攪的區域坐下。陽光普照，天空無雲，溫度進逼攝氏三十三度，沒有遮陽傘任誰也待不久。我的座位靠近廣場邊緣，身後兩旁各有一叢由水泥護欄圈起來的牛樟，起風時樹葉跟著擺動，多少增添些涼意。

廣場上除了我這桌外，隔著三四桌、靠近商店走廊那一側，有一對正在享用珍珠奶茶的年輕情侶。

徐彥彬現身時我應該認得出。許桑透過人脈搞到一本畢業紀念冊，裡面有粉鳥和徐彥彬的照片。說真的，光從一個人高中時期的照片能看出什麼端倪？未來的市議員？未來的哲學家？或未來的殺人犯？照片裡，徐彥彬看起來很正常，面無表情地盯著鏡頭，正如一般高中男生看起來都像蠢蛋一樣那麼的正常，看不到任何詭異之處。反而是粉鳥似乎較為可疑，嘴歪一邊，兩眼不同大小，眉宇間透著一股邪氣。

十點十七分，他還沒出現。

在我視野左側，約一百公尺遠，有一組塑料兒童遊樂設施：綠色滑梯、紅色鞦韆、紫色階梯、黃色攀爬架，在黑色橡膠地墊襯托下好不顯眼。一個小男孩獨自在那玩耍，爬上爬下，旁邊好像沒看到大人。怎麼可能？我快速搜尋，沒找到。正覺得奇怪時從三民路那頭走來一名男子，走到遊樂區邊緣時停下腳步，看著玩耍的男孩。他是家長嗎？萬一不是呢……男孩爬階梯時跌跤，撞到下巴，哭出聲來，男子衝過去把他抱起來，不停的安慰……

「吳先生嗎？」

冷冷的聲音從身後樹叢傳來，待我往右轉頭時，神祕的身影已經滑到我左前方，錯愕之間，對方已經拉開椅子，在我對面坐下。

「我是徐彥彬。」

「請坐。」

「坐了。」

見面第一拍就讓他占了上風，媽的。要是他意在偷襲，我早掛彩了。

「你要見我？」

「是的。」

「有什麼話要告訴我嗎？」

「我要說的你都知道，而且比我清楚。」

徐彥彬果然中等體型、身材消瘦，但臉色蒼白、雙頰深陷，比起高中時期更顯得單薄，彷彿此人不照太陽，也不吃東西。七分平頭底下的面容毫無表情，嘴角不自覺抽搐時上唇稀疏的髭鬚跟著動了一下。上身深藍T恤紮進窄版牛仔褲裡，外面還套上黑色連帽外套。這麼熱的天氣，你為他感覺難受，他卻似乎一滴汗也沒流。鄰居的形容並不誇張，他的確有一雙死魚眼，一副半睡半醒的模樣，慵懶中帶著不屑。

「那是錄音筆嗎？」他指著我的襯衫口袋說。

「這個？」我心虛地抽出錄音筆，準備把它關掉。

「不用關掉。我也想錄音。」他從外套口袋拿出手機，在上面摁了幾下，把它放在桌上。

我把錄音筆插回口袋。幹，節節敗退。

徐從口袋拿出一包香菸，抽取一根，點燃，將菸盒放回口袋。所有動作以左手為主、右手為輔，果然是左撇子。

「我要告訴你一個關於你的故事。」我坐正坐直，試圖扭轉頹勢。「故事聽起來驚悚但其中的事件確實發生，只不過細節加入了我的想像。畢竟，我不是你，對吧？」

他沒說話。

故事從徐彥彬從蔡昆財口中得知標會吵架的聚會那天開始講起，到他爾後從父母談話中發現張秀英不但是會腳代表之一，同時也是足以破壞大事的頭痛人物，於是計畫一連串的謀殺；我按照順序從第一樁講到第三樁，講到第二樁時特別詳細，畢竟張秀英和那份文件才是徐彥彬的真正目標；我提到他刻意留下的線索，以及警方受其誤導而鎖定蔡昆財為嫌犯，也提到他利用毒品控制阿財而且在適當時機將他殺害等等。

「故事很精采，不過有很多破綻。」他說。嗓門尖銳而不悅耳，且帶點破音，彷彿還在青少年變聲的階段。

「我說過了，細節需要補強。」

「假設你說的都是真的，我媽媽那天沒有跟著去吵架，她怎麼知道張秀英是代表之一？」

「我確認了，推舉六名代表去蔡家理論的那天你母親有出席會議。」我沒騙他。得知徐彥彬的母親也是會腳之一後，我打電話向曹淑華、程麗美兩人查證，開會那天總裁夫人確實在場。

「你以為她會告訴我？」

「這是細節中的細節，只有當事人才知道。我總不能去問你媽吧？」

徐彥彬眼露凶光，稍現即逝。看來母親是他的罩門。

「你母親知道人是你殺的吧？你父親呢？令他頭痛的心腹大患奇蹟般的被人做掉，他不會天真的以為是上天賜給他的禮物吧？你們家拜拜的時候心裡都在想什麼？你母親念經的時候她在想什麼？世上確實有邪惡的人，但我不想把人類想得太過邪惡。如果你告訴我殺人計畫是家庭會議所下的結論，我會非常驚訝。要不要我去問你媽？」

「你試試看。」死魚動怒了。

「相信我，要是你什麼都不給，我一定會試試。」純屬嚇唬，我毫無那個打算。

「我沒辦法承認我沒做過的事。」

「你不是說有很多破綻嗎？」

「假設你說的都是真的，我一方面要殺人還要軟禁阿財，太有本領了吧。」

「『軟禁』？這個說法我喜歡，比較精確。」

「不是你說的嗎？」

「沒有，我只說『控制』。『軟禁』很有畫面。」

「你喜歡就好。」
「你指出的破綻很有意思。這個層面我前幾天才想通。」
「是嗎？」
「我認為你有幫手。」
「誰？」
「阿偉。」
「誰？」
「這麼快就忘了？你給阿財吃的毒品就是阿偉提供的，你在外面殺人時負責軟禁阿財的就是阿偉。」
「是嗎？」
「阿偉死於車禍是真的嗎？」
「他死了？」
「他的死因恐怕也得調查。追訴期還早，我有的是時間。」
「好吧，我全招了，是我幹的，假設。你剛才說張秀英和文件才是我的目標，假設是我幹的，怎麼可能殺了人而不拿走文件，導致多年後文件浮上檯面？」
「果然是知道細節的人。我剛才故意不提一個小弟弟和一個小妹妹，導致這個環節出現了漏洞，只有當事人才有辦法一眼看穿。」
「小弟弟、小妹妹？」
「就是他們破壞你的計畫，讓你沒時間找文件。你知道嗎，他們都長大了，而且那天發生的事情記得很清楚。」

「五六歲的小孩能記得什麼？」

「我有說他們幾歲嗎？」

「小弟弟和小妹妹會有幾歲？如果小弟弟什麼都看到了，不是很好嗎，不對，你剛才說我戴著面罩，他什麼也沒看到。」

「我沒說是小弟弟看到你的。」

「不然是小妹妹看到的？總該有人看到吧？否則算什麼人證？」

兩人沉默了數秒。我這時才注意到廣場人潮越來越多，隔壁幾桌都已坐滿了人。

「我知道你的故事。」他說。

「別相信網路的傳言。」

「網路說你有精神狀況。」

「這個傳言可以相信，小心點。」

「你本來是大學教授，後來辭職；本來結婚，後來離婚；本來是作家，後來封筆。從零開始，幹起私家偵探，沒想到才出道便捲入連續殺人案件。」

「我跟連續殺人兇手特別有緣。」

「我不禁想，是什麼樣的狀態下，讓一個人自暴自棄，從人生勝利組淪落成魯蛇。」

「真讓人失望，你居然用這種庸俗的語言。不過，我倒想知道，你把自己歸在哪一類？」

「你認為呢？」

「你是寄生蟲。你出身於富有家庭，年輕時毫無自信也無個人魅力，因此花錢買同伴；你希望像阿財他們那樣，但是你少了他們的灑脫，沒有他們的活力。你現在很有錢，三輩子都不愁吃穿，什麼都不用做，也什麼都沒做。你不知道你要什麼，因此只能不停的賺錢，每天足不出戶，在家盯著電腦螢幕，至少有三四個吧我猜，隨時注意股票、期貨、外幣的行情，買進賣出、買進賣出。別那麼驚訝，我找人調查你，你去年賺了什麼、賠了什麼我一清二楚。我竭誠希望你會偶爾看看A片對著電腦螢幕打管，這樣我至少覺得你還有一絲人性。你以為沒有人動得了你，其實你早就動不了；我還沒把你弄到監獄，你已經住在裡面。」

徐彥彬氣到了，臉一陣紅一陣白，一副想撲身過來掐我脖子的模樣。然而我比他更生氣，因為我知道我輸了。

不行，他就要離開，不能讓他以為從此高枕無憂。我想讓他往後的日子提心吊膽，我想跟他說：「既然你知道我的過去，應該知道我的能耐。我不怕破壞自己，更願意破壞你。你不願承認犯案沒關係，將來我會把讓你和你家不得安寧當作我的使命。我會利用媒體，我會動員輿論，讓台灣社會知道你們徐家的財富怎麼來的，讓展望社區的鄰居知道你是個冷血凶手，從現在起你最好把我當作恐怖分子。」

然而我才要開口，突然有個人形從徐彥彬的身後衝過來，用手上閃著銀光的物體敲擊他的後腦。徐彥彬慘叫一聲，廣場秩序大亂，其他人紛紛走避，椅子東倒西歪，飲料食物散落一地；有人尖叫，有人喊報警。事情發生得太快，我先是嚇得身子往後一縮，差點沒倒翻過去，穩住後趕緊站起，定睛一瞧才發現攻擊者竟然是拿著羊角鎚的蔡月娥。月娥剛才過於激動，攻擊前腳先絆到，一時趔趄，以致沒打個正著，自己反而跌倒在地。雖然打歪，還是削到一點，徐彥彬的後腦杓已流出血來，一直哀嗚，月娥則不斷嘶吼，「凶手，你是凶手，還我弟弟的命來。」月娥爬起來，還要再打，我從後面抱住，「不行啊，會出人命的。」「我就是要給他死！」

這時，戴律師跑來扶起徐彥彬扶，將他帶到一旁，找個地方檢查他的傷勢。我正納悶戴律師打哪兒冒出來的同時，現場又跑來三人，我以為他們是徐彥彬的人馬，心想這下完了，我得雙手攔腰抱住月娥，如何跟人打架，遑論以一敵三。幸好，其中一個邊跑邊說：「蔡小姐，不要這樣，冷靜一點。」另一個對我說：「吳先生，沒關係，我們來勸她。」三人纏住月娥，苦苦相勸。

我認出其中一個，他就是戴著鴨舌帽站在捷運站角落的傢伙。

怎麼回事？他們是誰？

鴨舌帽走過來跟我解釋，我一邊聽著，一邊注意戴律師和徐彥彬的動靜。徐彥彬看起來意識清醒，用手按住傷口，正激動地和戴律師爭論著。

原來，蔡月娥打電話來關切調查進度時察覺我或有隱瞞，因此雇用一家徵信社跟蹤我。徵信社從我的行蹤研判，以及向阿財幾個換帖兄弟打聽之後，認為我鎖定的凶手是徐彥彬。今天，他們一路跟到蘆洲捷運廣場。

「蔡月娥怎麼會出現呢？」我問。

「蔡小姐有交代，只要徐彥彬現身一定要通知她。我以為她只想聽聽你們談話的內容，沒想到……」

警方已聞訊趕來，眼看現場情況，馬上四人分為兩組；一組走向徐彥彬那方，一組走向我們這邊。我跟鴨舌帽說，這裡由他處理，並要他提醒蔡月娥無論如何不能說「要讓他死」。

說完，走向徐彥彬那頭。警方正在對徐彥彬問話，我試圖引起戴律師的注意。他看到我，走過來。

「這是你設計的嗎？」戴律師質問道。

「當然不是。如果要動手，我會自己來。」

「那個女的是蔡昆財的姊姊？」

「事情你知道多少？」

「不多。」

戴律師遲疑了半秒，顯然沒說實話，但沒必要揭穿。

「你和徐彥彬剛才在爭執什麼？」

「他要提出告訴，我勸他算了。這種事上了新聞，雖然他是受害者，對公司形象總是不好。」

「這也是總裁的意思吧？」

他不情願地點頭承認。

「現在呢？」

「他堅持提出告訴，等一下就要去醫院驗傷。」

「我不希望蔡月娥因此坐牢，你最好勸他不要提出告訴，否則——」

「否則怎樣？你的否則也太多了吧。」

「你是說我做不到我所威脅的事嗎？你確定我不會去找媒體大肆宣揚嗎？」原來我這麼容易被人看穿。

「隨便你。鬧到這個地步，媒體遲早會找上門。其實彥彬的想法也有道理。」

「他怎麼說？」

「他如果不提出告訴，別人會以為他就是凶手，因為心虛才選擇息事寧人。他不但要提告傷害罪，還要提告公然侮辱罪。」

原來如此，原來這是徐彥彬打的算盤。剛才的事件正好給他一個反守為攻的機會。

我心裡一團迷亂，轉身離開。走向另一邊時，看到警察正和月娥講話，決定離開廣場；走到捷運站時，不想搭捷運，但我不想和上次一樣迷失在蘆洲，決定沿著捷運路線往前走，走到下一站三民高中時繼續往前，等我看到十字架和高高在上的聖母像，我知道下一站到了——我的母校，徐匯中學。

高中畢業後，再也沒回到徐匯，這時看到它感覺非常陌生。外觀上，它一點也沒變，但是周遭全變了：對面的稻田被鋼筋水泥建築所取代，而它的左側已是捷運站出口。

我不作多想，信步走入校園，卻半途被警衛攔住，告訴我不開放參觀。我跟他說我從這裡畢業的，他一副「那又怎樣」的態度，拒絕放行，只得怏怏地走出校門，面對著車輛連綿不斷的中山一路，一時不知何去何從，也不知過了多久，才拿定主意要搭乘捷運回淡水。

然而，就在我走下入口階梯時，它回來了。毫無預警地身子猛然一抖，一股力道從丹田射出，衝向頭頂蓋，腦袋似乎即將爆炸；同時，一陣嘎嘎唧唧的聲響襲向耳門，彷彿置身於斷層掃描的機器裡。我趕緊往牆壁靠，抓著扶手欄杆，半坐半躺在階梯上，雙手抱頭，身體蜷曲成胚胎狀。

恐慌症發作。

XIV

1. 近在眼前

恐慌症最怕在大庭廣眾之下發作，來襲時雖已無暇顧及旁人不解、嫌惡的眼光，依舊會為了掩飾內在翻騰對神情和軀體造成的扭曲而更加手足無措。擋住了第一波衝擊，接下來的挑戰就是在還沒徹底失控前，用意志力硬撐，一直撐到躲出他人的凝視、躲進屬於自己的私密空間才算熬過第一關。

坐在捷運階梯上，我慌亂地從背包拿出安伯寧，一次吞下三顆，然後等待藥物發揮鎮定效果，其間人上人下，各個向我投來異樣眼神，令我羞愧難當卻無能為力。約莫二十分鐘之後，我抓著扶手欄杆試著起身，可人還沒站穩失控的意念已再度來襲，趕緊坐下。二十分鐘後再試一次，這回好些，一步步爬上階梯。為了轉移焦慮，緊握欄杆的左手盡量使勁，讓指頭感覺疼痛，同時右手也沒閒著，掄成拳頭敲打著頭蓋，藉此抵銷意念衝向腦門的力道，但不敢用力過猛，深怕內外衝擊之下腦袋開花，火山爆發似的噴出一堆腦漿。

好不容易撐到地面，總算重見天日，但情況卻未好轉，反而更糟。震耳欲聾的噪音和彷佛劇增的行人對我構成威脅，此起彼落的喇叭聲似乎都衝著我來，只好三步併作兩步，歪斜踉蹌地衝到馬路邊招來一輛計程車，上車之後，跟司機說「往淡水方向」，司機問「淡水哪裡」，我說「到時候再說」，心想進入淡水後若病情加劇，唯有直奔馬偕醫院急診室一途，但若有轉好趨勢，或可撐到住處，自行處理。

我跟司機說：「不要走高速」，司機回道：「沒問題，但會慢很多」。司機看起來有耐心且見過世面，因此我跟他說實話，「我身體有點不舒服，隨時可能需要下車。」他說：「沒問題，你安心坐著，沿途都有醫院，需要怎樣隨時告訴我。」

他從後視鏡看我魂不守舍，一會兒打頭、一會兒抓臉，還前搖後擺，對我說：「要不要躺下來，或許會好些。」我聽他的話側躺於後座，掉出後視鏡視野之外，專心對付內心的不適：每當焦慮來襲便一邊咧開嘴巴、撐到極致，一副咬牙切齒的模樣，一邊緊捏大腿外側來弄痛自己。遇上這位好心的運將，讓我再無旁顧之憂，心生感激之餘，突然想起多年前在台大精神科和那位拄著枴杖的病友於短暫時間所建立的情誼。來自陌生人的友善猶如意外的福分，特別入心；運將之於我，猶如我之於那個年輕人。不知他後來過得如何？有沒有好點？是否已成家立業過著「正常人」的生活？彷彿隔空向他求救似的，在腦海召喚他的臉、他的身形、那根枴杖，希望他能給我力量度過這個難關。彷彿過了很久之後，計程車終於抵達租屋處。

謝過司機、衝回住處的第一件事就是從床頭櫃抽屜取出藥盒，找到百憂解和美舒鬱，各吞一粒，然後算算存量是否足夠（精神病患都會私囤管制藥品以備不時之需，此為醫師和病人之間的公開祕密）。下一步，上網掛號，務必在最短時間內見到醫生。完成之後，躺在床上試著讓自己安靜下來，一面持續用雙手捏著全身有肉的部位，一面想些愉快的事情，我的艾瑪、找他幫忙總是雞雞歪歪卻全力以赴的胡舍和他那頂可笑的漁夫帽、天天喊著退隱山林的老江、比五百小一號的四百和他的二郎腿，還有憲法條文倒背如流的大衛哥；他們讓我感到親切，儼然替代的家人。

焦慮當然不致因此止歇，仍一波波襲來。勁道大如猛禽時，我必須起床在屋內不停走動，同時對自己心戰喊話：「藥都吃了，情況只會變好，不會更糟。你是身經百戰的鬥士！哪一回真的失控了？相信自己，深呼吸。」就這麼時而躺下、時而走動，重複十數回，直到躺下的時間多過於走動，直到雙眼闔上多過於睜開……慢慢地，慢慢地睡著了。

2.

身體醒來，焦慮跟著醒來，寤寐之間的朦朧幸福感維持不到十秒。

發覺天色已暗時，我有不祥的預感。經驗告訴我，剩下的夜晚肯定睡不著而半夜無眠的時刻最容易出事。這節骨眼不能跟朋友客氣，更顧不了顏面，也沒多想便發簡訊給艾瑪，「恐慌症發作，今晚不宜獨處，方便陪我嗎？」

等待艾瑪回覆其間，坐在地板上做柔軟操時突然想到，要是艾瑪不方便，得該有個腹案。我想到胡舍，但是覺得不妥，他對我的狀況並不清楚，請他幫忙還得解釋老半天，太累了。我和精神症狀搏鬥的故事之前已多少跟艾瑪提過，她較有心理準備。艾瑪是最佳人選，不只因為她的體質對我而言「備受天寵」——躺下即睡著，從來用不著安眠藥，亦不知「失控」為何物——而且她有同情心，不致「恃寵而驕」而數落我這種人「意志力薄弱、胡思亂想」。憂鬱症患者最怕的就是去找具同樣傾向的人為依靠；他不但幫不了你，而且恐怕會被你拖下水。最後我決定，萬一艾瑪沒空，我打算向馬偕醫院急診室求救，無論如何也要賴在那兒直到天亮。

噹的一聲，有簡訊。「我會提早打烊，你九點過來。」

我安心了。看看手錶，還有一個鐘頭，決定去沖澡。

我洗了個戰鬥澡，快速脫衣、快速淋浴、快速穿衣。別笑我慌慌張張一副蠢樣，其中可是有道理的：絕不容許自己在全身精光時失控而赤條條的被送進精神病院，那可是比發瘋還糗的。

一如預期，沖澡時發覺身體前後左右已多處瘀青。這是另類拔罐嗎？想到這，不禁失笑。突然，又有一個發現。我發現縱使緊張依舊，居然還笑得出來。為什麼？因為待會有艾瑪陪伴，我得救了？或許吧，但原因似乎不只如此。

穿好衣服、把藥盒放進背包，還有時間。尚未自覺之前，已開始整理室內，一邊撿起地上的書本，一邊思忖：這次的情況似乎比之前幾次好很多，其中緣故會不會是伴隨經驗而來的沉著？還是暴風雨前的寧靜？一個極好，一個極差，但似乎都搔不到癢處。就在我整理散置於沙發上、張秀英命案的相關文件時，又有新發現——不，不只是發現，較為貼切的說法應為精神頓悟——腦海俄然清澈如水，不再混濁。我看見了，看見此回發作的原委與核心。果然，它的性質和之前幾次大不相同。就個人心得，恐慌症是能量的釋放，讓鬱結於心的怨懟或乖戾之氣有個出口；一方面是負面能量的爆發，瞬間沖垮理智的堤防，讓人感覺天旋地轉而措手不及；另一方面或可當作針對患者身心福祉的「警示」，若能從中擷取教訓，它未嘗不具備正面意義。一般人都是一天一天的消化經驗和情感，恐慌症患者則被迫於壓縮的時間內面對糾結多年的問題。然而，這次不太一樣。發作之前，我並未耽溺於關於自己的困頓，亦未淹沒於消極厭世的情緒，更非出自對於社會的不滿；這一次的破口乃緣起於為了破解一樁和自己無關的血案而導致心力交瘁；換言之，它不是自我中心的產物。怪不得緊繃的神經能夠藉由善念而獲得舒緩，怪不得我能一邊進行物理治療，一邊把心思放在讓自己愉悅的事物上。我早已懂得如此雙管齊下，但之前沒一次奏效，每一次的下場都是急診室。或許——可能嗎？——今天的爆發原來是好事一樁，只是一時不察而誤以為負面能量再度傾巢而出。

回想安安找上我的那一天，以及之後發生的事、遇到的人、走訪的地方，我逐漸明白它想告訴我什麼。

帶著驚恐和狂喜的心情步出家門，前往 DV8。

3.

見到艾瑪時，我徹底崩潰了。

走進酒吧，看見艾瑪從吧檯走出，展開雙手要跟我擁抱時，我崩潰了。在她懷裡一直哭、一直哭，哭聲顯得稚氣，時而啜泣時而嗚咽，彷彿受盡委屈或走失後終於回到親人懷抱的小孩。她摸我的頭，拍我的背，一直說：「沒關係，有我在。」

哭得稀里嘩啦之後，到廁所洗臉，同時聽到 DV8 電動鐵捲門哐啷哐啷落下的聲音。洗到一半時突然覺得噁心，趕緊跪在馬桶旁一陣狂吐，肚子裡已無殘留食物，吐出的盡是酸水，最後幾次略帶血絲。吐完後，感覺好很多，彷彿同時清掉了晦氣。鏡子裡的我臉色蒼白，瞳孔周邊血絲密布，眼神因無助而謙卑、因謙卑而柔和，好似換了一個人。

走出廁所時，音響傳來 Janis Ian 的歌聲。艾瑪知道《Between the Lines》這張專輯是我的最愛，那種假使受困荒島只能擁有一張CD非它莫屬的最愛。

你想學唱歌嗎
你想學唱我的歌嗎
或者更棒的你想學著愛我嗎

在高腳椅上，我向艾瑪傾訴昨天下午的遭遇，從我和徐彥彬見面到半路殺出的蔡月娥到捷運入口的階梯。此時的我不算浩劫歸來，仍在浩劫之中，因此述說起來倍覺艱辛，緊張來襲時會卡住或語帶哽咽，但是說出來對自己有幫助，因此強忍焦慮把故事講完。

講了三分之一，感覺口渴，跟艾瑪要了一杯嘉士伯；講到三分之二，感覺肚子餓，吃了一些花生。艾瑪看我已有食慾，走到廚房為我微波披薩。Janis Ian 正唱到 Light the Light：

每個迴廊都聽到你的聲音
每個相框都看見到你的臉
每片星空都感覺到你的眼睛

愛人，我又要回家了
曾經驕傲，如今謙卑
曾經大聲，如今沉默
現在只等著聽你說
愛人，我又要回家了
當你不在，太陽不亮
點一盞燈，為我點一盞燈
引領我再度安抵家門

從來沒吃過如此可口的披薩，搭配著生啤更添餘香。

「謝謝妳，我現在好多了。不過還是很緊張，只要我臉往右一歪表示它又來了。」

「我還以為你一直在對我眨眼。」

「不是，帶著性暗示的眨眼是這樣，焦慮的時候是這樣。」

「看不出差別。」

「恐慌的時候其實不能喝酒，而且根據以往經驗，也不會有心情喝酒。」

「那你現在在幹麼？」

「我不知道。很奇怪，突然肚子餓了，突然想喝東西。可能是因為這一次和以前幾次不一樣。我剛才在家等著出門來找妳時有一個體會，我不想太誇張，把它說成天啟，這個體會讓我看見了隱藏在表象底下的東西。會不會是恐慌打開了我的雙眼，還是恐慌造成的幻覺，我搞不懂。」

「你看見什麼？」

「我看見神祕。」

換艾瑪的臉往右一歪，表示不解。

「我看見我為什麼會認識妳，我看見安安為什麼會找上我，不對，重講一遍，我看見我為什麼『要』認識妳，我看見安安為什麼『要』找上我。一切得從安安開始講起，她因為恐慌症去看精神科醫師，因而記起多年前發生的往事，然後在網站看到我的故事所以找上我。這個事件之後引發一連串的事件，我因此認識了阿修、許桑、老莊、阿吉，還有蔡昆財的家人，最後見到了徐彥彬，最後在捷運徐匯中學站的階梯上幾乎失控。」

「這些我都知道，因為你太累、太過投入又拿徐彥彬沒辦法，加上看到蔡月娥攻擊他那個衝擊應該很大，不是嗎？」

「是的，但原因不止這些。我一直在乎人物和事件，一直忙著推理誰是真凶，卻完全漏掉一個重要的因素。」

「什麼？」

「地點。」

「地點？」

「我完全忽略了房仲業的座右銘。」

「Location, location, location.」

「從淡水到三重，從三重到新莊，從新莊到蘆洲。」

「So？」

「三重、蘆洲、新莊，是我年輕時從高中到大學到研究所整整待了十年的地方；也就是說，我目前這個模樣、這副德性，這十年要負很大的責任。這麼說好像在怪罪那十年，反正無論好壞，它塑造我、為我定型。我在查案期間每到一個地方都會有些回憶，比如說我會想起高中時為了看插片——」

「插片？」

「小電影。A片。為了看A片，和同學在三重的天台戲院或者是蘆洲的中山戲院鬼混等等類似這些無關緊要的回憶，不致於影響我，不至於打動我，更不可能為我帶來改變。但是昨天和徐彥彬攤牌卻演變成災難之後，我覺得我需要走路來舒緩情緒，我覺得必須沿著捷運的路線才不致迷路，結果沒想到會來到，應該說是『回到』高中母校，這個自從畢業以後再也沒去過的地方。現在回想，當我看到學校的十字架和矗立在屋頂上的聖母像時，我的潛意識反應是，原來，這就是我一路走來的原因，這是我的目的地。原來安安找我的用意，是『要』讓我回到這個地方。」

「你是說有一股力量把你牽引到高中母校？」

「有這個可能，但不敢確定。這就是我說的神祕。安安的故事和失憶有關，為了保護自己，她的理智逼她忘掉那個創傷，但多年之後創傷回來找她。我其實認為，回來找她的不是那個事件，而是遺忘。也就是說，真正對她造成創傷的不是那個事件，而是遺忘或壓抑所帶來的創傷。」

「我懂你的意思。」

「當時她雖然害怕，其實什麼也沒看見。為了忘掉它曾經發生，小安安必須同時忘掉除了父母以外她最信任的阿修，代價不可謂不大。唉，我不曉得，我不是精神科醫師，我懂什麼。」

「有道理啊，但是這跟你什麼關係？」

「兩者之間有關聯，而且線索近在眼前，我之前卻視而不見。安安的事和我的關係等我回到徐匯中學那一刻才了解，但馬上被我的意識摒除在外。安安的遺忘帶出我的遺忘；說不定安安找我的真正原因是要逼出一段被我遺忘的過去。關於高中的記憶，我選擇想起的或者是閒聊時提到的都很浮面。真相是，我一直刻意忘掉某些至今影響我的事情。看到聖母像時那些記憶全都回來了，但當下無法接受，所以我猜才導致這一次的恐慌。妳也知道，高中的時候誰不苦悶？不是煩惱課業就是煩惱外表，其中最難受的就是『沒人了解我』的憂愁，就像Janis Ian 唱的。」

興致一來，我邊講邊走到音響，播放專輯第二首 At Seventeen。艾瑪趁此空檔走回吧檯為我加一杯嘉士伯，也為自己倒點威士忌。

十七歲時

我領悟一個真理

……

事實並非一如表面那樣

十七歲時

「十七歲是既膚淺又深刻的年紀，表面上大家都在煩惱社會要我們煩惱的事，其實每一個都在內心處理屬於自己的問題，彷彿一股暗流在意識底下蠢蠢欲動。念徐匯時，我們可以住校或通勤；因為感覺新奇，高一第一學期我選擇住校。六七十個人擠在排列著上下通鋪的寢室裡，晚上十點燈一關，叫你睡你就得睡，誰睡得著啊？我們是豬嗎？熬了一個學期後，我乖乖搬回家，再也不玩了。到了高三下學期，升學壓力無所不在，功課再爛的學生都不免受到感染，跟自己說拚拚看吧。我那時有一個無話不談的同班同學，一起聽搖滾樂，一起分享對未來的憧憬。他呢，想到一個最後衝刺的辦法，就是在學校附近租個地方，如此可以省掉通車的時間，可以夜以繼日的準備聯考。沒想到他的父母居然舉雙手贊成，覺得他們的孩子長大了。他問我要不要跟他一起，我說沒問題，但是我知道家裡不可能答應，於是想了一個法子。我先跟家裡拿錢，跟家人說我決定要住校好好用功，然後把錢交給舍監，一個不苟言笑的法國神父，高神父，然後拿著高神父給我的收據給家裡看，以資證明。過了幾天，快要開學的時候，我回去找高神父，告訴他因各種因素沒辦法住校，最後把他退還給我的錢拿去和這個同學在學校附近租房子。」

「完美犯罪。」艾瑪和我乾杯。「家裡以為你住校，學校以為你住家裡。」

「其實我在兩者之間，但是我被這個『之間』的狀態搞慘了。之間就是三不管地帶，介於這個和那個、不屬於這也不屬於那，好像沒有具體存在。我那時年輕當然不懂得其中的道理，卻已隱約察覺，原來我可以消失而不讓別人知道我已消失，原來解放是在夾縫中、在『之間』的模糊地帶爭取而來的。這種體會讓我感覺自由，同時又感覺害怕。兩種矛盾的情緒在體內產生了化學變化，害得我失去食慾也無法專心讀書，短短兩個禮拜整個人瘦了下來。更糟糕的是，我完全睡不著。妳懂我的發現了吧？我一直以為我的嚴重失眠從大學才開始，其實高三那年就發生了。

「我的同學很規律，按時起床、按時睡覺，我則是白天昏沉欲睡、晚上分外清醒。某天半夜，我照例沒睡著，心情卻異常平靜。在暗黑中藉著流瀉而入的街燈盯著天花板瞧，發現它曾經漏水，有一片殘留的水漬。我想像它是天邊一朵雲，隨著飄進屋內的微風緩緩移動，隨著我的意念變化形狀；一會兒它是一張臉，有眼睛有鼻梁，其下還有一個對著我微笑的嘴形；一會兒它是一隻蝴蝶，翅膀上的鱗片有不同色彩的斑紋，假如我願意，說不定會幻化成真，飛出窗外。我轉頭看看榻榻米上身旁熟睡的朋友，胸口隨著均勻的氣息忽上忽下，一片安詳的景象。今天我們在此相依為命，明天過後呢？多年之後，我們還會像這樣相互扶持嗎？我走到窗前尋找街燈之外的光源，找到了清明的月亮。太陽賜光於月亮，月亮賜光於地球，如此簡單的物理現象竟讓我有點感動。我同時想到在這個夜晚那些同樣睡不著的人們。我知道你們存在，你們可知我的存在？這時，奇妙的事情發生了。我的想像、我的意念從我的身體出發，像電流般從腳底延伸到地板，從三樓延伸到地面，然後譁然四散，網狀似的流竄到世界每一個角落。我感覺和其他人有了連結，熟睡的、無眠的、歡笑的、哭泣的、快樂的、痛苦的，無論他們是誰都和我有著緊密的關係。雖然受限於空間，雖然身處偏遠的蘆洲的一個簡陋的水泥屋，但是我可以透過腳底所站的觸點無限延伸，從上到下、從下到上，從陸地到海底到陸地，和世上任何地方任何人連成一條線。想到這，更奇妙的感覺來了。我陷入狂喜之中，周身彷彿有一環看不見的光圈保護我，同時我終於知道人生什麼才是重要的……

狂喜之後發生什麼事全忘了，我猜不是昏倒就是睡著了。然而第二天醒來，一切都變了，彷彿換了一雙眼睛，看到的世界全變了。狂喜消失，換成帶著疏離的絕望。我看著室友，感覺不認識他，感覺他是陌生人。到了學校，我刻意躲著他，他跟我講話時也不搭理。我的行為很殘酷，其實我更難受，因為那時整個人在緊繃狀態，失去了跟人正常應對的能力，彷彿只要開口說話整個人就會炸開似的。放學後回到住處，我開始收拾東西，準備搬回家。他問我到底怎麼回事，可我一句話也說不出來，就這麼離開了。事後，兩人在學校再也不講話，彷彿從未認識，畢業後當然沒再聯絡。多年之後，他怎麼啦、目前在哪、做什麼的我一概不知，更糟糕的是，妳相信嗎，我連他叫什麼名字都忘得一乾二淨。到底發生了什麼事？我怎麼啦？是因為那個頓悟太猛以致我招架不住而造成反效果，還是……其實，我從來沒真的試著把它搞明白而選擇忘掉那段經歷。如今猛然想起，讓我覺得慚愧，艾瑪，我傷害了一個人，我摧毀了一段值得珍惜的友誼卻假裝什麼都沒發生，我是惡魔啊。」

懊悔自責的眼淚從眼睛流到下巴滴到衣領。艾瑪過來把我抱住，我把她抱得更緊。「相信我，你不是惡魔，」她說。她用手指擦掉我的眼淚，親吻我的臉頰。「不然我是什麼？」我問。「你也不是天使。」她說。我破涕為笑，說：「我介於兩者之間，怎麼我總是活在『之間』？」「誰不是呢？」她說，「你只是比一般人極端。」

我揚起頭看著她，她看著我，兩人親吻，這一吻激烈而深刻持久，音樂停了沒人在乎，她也不再抱怨我不安分的舌頭。

不安分的不止舌頭，我的手從她的背部滑到腰部滑到胸部。她突然把我推開。

「怎麼啦？」我問。

「跟我來。」她說。

她牽著我，把我往後面帶。

「去哪？」

她做出「噓」的手勢。

我們來到撞球間。是嗎？在撞球台上親熱？虧她想得出來。然而她繼續走，把我帶進廚房。天啊，她的癖好不是一般人。

我第一次走進廚房，什麼模樣從未見過，但還是感覺得出它剛經過整修，有一股清香木材味。廚房的天花板低矮且空間比外面小很多，正感覺奇怪時，艾瑪推開牆邊的小門——貯藏室？——帶我進入。不是貯藏室，是一道實木階梯。我們脫鞋走上去。

原來是一間布置成臥室的夾層。檜木地板上有一張鋪著潔白床單的日式 futon（布團：床墊），其上有枕頭和摺疊整齊的法蘭絨棉被；床墊左邊有一盞檯燈，右邊靠牆那兒有個低矮書架，書架上有一小盆青翠的竹芋，竹芋斜右上方有一扇窗戶，外面一片漆黑。

「阿修設計的？」

「嗯。」艾瑪打開空調。「等一下就涼了。」

我等不及涼，從後摟住艾瑪，親她後頸，撫摸她的乳房，她一陣呻吟，側過頭來和我接吻……

原來性愛可以這麼美。

醒來時，艾瑪不在身旁，下樓洗把臉也沒見到人，索性躲回閣樓。察看手機後才知她出門買早點了。

服完藥，兩手枕於頭下，悠哉地看著小巧溫馨的閣樓。乾淨明亮，色調柔和，我懂了，阿修顯然花了心思。我想起阿修寄居三叔家時晚上得窩在斑剝的棕色木屋，只有蜘蛛網和蟑螂陪伴。或許阿修設計這個空間時曾想起它，出於補償心態或移情作用吧，為艾瑪打造一個幽雅舒適的小天地。

帶著早餐上來的艾瑪比昨晚更美。

「肚子餓了吧？」

「不到樓下吃嗎？」

「今天破例。」

豆漿和三明治。

「希望你喜歡。」

「我喜歡，但是我想先吃妳。」

我把她拉回床墊。

兩人坐在床墊邊緣共享早餐。我衣衫不整，她頭髮凌亂。

「我一直在想你昨晚說的。」艾瑪說。「有一個問題。」

「妳說。」

「你所說的神祕都是從自己的角度。照你的說法，安安『要』找你是為了把你引導至一個方向。」

「沒錯，雖然她自己不知道。」

「但是這麼一來，在這個神祕的安排裡，安安扮演的角色只是為了成就你的工具，不是嗎？」

「嗯。」我低頭想了想。「有道理，我的頓悟只是從自己出發。」

「你為安安成就了什麼？」

「我幫她找到阿修算不算？我幫她解決恐慌的問題也算吧？」

「都算。不過，如果只是這樣，反過來說也成立：對安安來說你也只是個工具。除非……我也不知道。」

「我懂妳的意思。好像跑不出自我中心的格局。但是我不是安安，也不是阿修，無法從他們的角度去理解其中的奧妙，何況如果他們不認為有任何神祕之處，我的感受只能停在自己。」

「無解。」

「妳的腦袋比我清楚。」

「沒有，我只是想到你說的。當你說重點不在於『你我會相遇』而是『你我要相遇』，我想你的意思不只是『緣分』那種俗爛的說法吧。」

「不是。我感受的神祕和緣分不同。」

「是命運嗎？」

「也不是……糟糕，我說不上來。」

3.

坐在台大精神科等候第六診輪到我的號碼其間，艾瑪提出的問題——緣分？命運？如果都不是，是什麼？——占據了思緒，以致見到醫生時尚未回神，只能結結巴巴地跟她提到捷運站的插曲。她問我最近有沒有讓我煩惱的事，我只說「工作壓力」，其他則略而不提。最後，醫師為我加重劑量，每天多一粒百憂解，正如我的期待。

我和艾瑪熱戀當中，不過都是過來人，不至老是膩在一塊。白天我照常散步，她照常忙她的。因為還在復原階段，我晚上會待在DV8的小閣樓。狀況不好時，我獨自窩在那兒，直到艾瑪打烊後上來陪我；狀況好的時候，我會出現在酒吧，若無其事地和胡舍他們喝酒打屁。

我沒電視，也沒用手機察看新聞的習慣，因此當胡舍提到最近的新聞時，著實嚇了一跳。

根據報導，蔡家全員出動，每天到徐騰鮫住的展望花園三期大門外抗議、丟冥紙，所舉的白布條上寫著紅色大字，「殺人償命」、「把徐彥彬交出來」。警察以擾亂安寧的名義驅離蔡家時，發生劇烈衝突，現場一片混亂，家庭成員紛紛掛彩。面對記者採訪時，蔡月娥負責發言，氣急敗壞地對著攝影機說徐彥彬陷害她的弟弟，不但讓警方把蔡昆財當作命案主嫌，最後還將他殺害。當記者問及原委——徐彥彬為何要陷害你弟弟？——她因不知土地弊案的事以致說得不明不白。徐總裁這邊也沒閒著，他透過騰鮫企業團發表聲明，堅持蔡家的指控全屬子虛烏有、意在污衊，打算請律師向法院提告。聲明裡提及蔡月娥攻擊徐彥彬一事，徐彥彬因而頭部受創，已向法院提告傷害罪，目前正在審理中。

都是我惹的禍。看完新聞，馬上打給阿吉。自從那次在雨中和阿吉對話之後，兩人沒再聯絡。

「我看到新聞了。」

「唉……」

「有什麼我可以幫忙的？」

「你千萬不要出面。我跟蔡家一再拜託，無論如何不要提到你。」

「你見到他們了？」

「就像我答應你的，我去他們家請罪。剛開始他們不願睬我，也不願讓我上香向他們媽媽祭拜，他們要我走但是我沒走，一直站在那讓他們輪流罵，罵到他們爽快了才願意聽我說。」

「這樣很好。過幾天我會去找他們。」

「你去是沒問題，但是你講話要注意。」

「我知道。」

「我講話一直很保留，我只說我們懷疑徐彥彬，但是沒有直接證據，凶手不一定是他。而且我沒跟蔡家提到土地的事情。你看他們現在鬧成這樣，要是知道更多恐怕會有更激烈的反應。」

「反正土地的事遲早會爆出來。」

「如果爆出來，我希望蔡家用這種方式得知，而不是從我口中，或你口中。」

「我懂。徐家說要告蔡月娥現在怎樣了？」

「徐彥彬的律師已經向法院提出驗傷單，最近就要開庭。」

「我可以出面跟徐家交涉。」

「怎麼交涉？」

「只要他們撤告，這件事以後我再也不管，也不會去騷擾他們。」

「沒效啦。根據許桑的情報，騰鮫企業團現在是風雨欲來，他們擔心的是土地弊案一旦爆發怎麼應付，如何損害控管、維持公司形象。徐彥彬的事只是一個插曲，沒有證據誰也拿他沒辦法。蔡家這麼一鬧，反而讓他們趁這個時機提前部署，大搞烏賊戰術，在媒體面前一邊喊冤一邊抹黑蔡家，說整件事是蔡家的幻想。你看到徐總裁的聲明了吧？」

「有。」

「他在聲明裡已經在為土地的弊案鋪路。」

「沒錯，他特別提到最近有一連串的抹黑事件，企圖打擊騰鮫企業。」

「等到土地案爆發，他們只要透過律師模糊其詞，完全否認或找個藉口，你想想看，台灣人那麼健忘，不出幾年騰鮫企業不又是好漢一條？」

「唉。」輪到我嘆氣。

「不要管了，你沒出面是對的。」

「其實……」我想跟他說我的狀況，卻又覺得意義不大。「你那天對我說的話是對的，但是我沒聽進去。」

「沒代誌啦，我也不能說你做的是錯的。有空來找我，我為你準備啤酒。」

「沒問題。」

「跟許桑和老莊聯絡一下，他們都說你消失了。」

掛上電話後，馬上發簡訊給他們，「歹勢，最近感冒身體沒爽快，等病好了去找兩位大哥喝酒，小弟做東。」

訊息甫發不久便收到許桑的快人快語，「管伊坐東坐西，又不是打麻雀，趕緊好起來喝酒才是真實。」

4.

這個週末艾瑪的兒子會回來，我不能待在小閣樓。艾瑪問我：「沒問題吧？」我說沒關係，「好很多了。」

我猜艾瑪八成跟兒子提過機車事件以及我在其中扮演的角色，因為在那之後他會主動跟我打招呼，但僅止於此。之前說過了，這孩子的「正經」和我的「邪門」頻道不對；如果他是穩定的ＦＭ，我就是雜訊不斷的ＡＭ。

我和艾瑪交往要不要讓他知道，只有艾瑪可以決定。因此他在淡水時，我得安分些。

閒來無事，我給自己幾天完成一項任務，任務的靈感來源都和阿修有關，一是艾瑪的小閣樓，一是他家客廳。兩個地方讓我對他多一些了解。平實、自然是他的設計風格，也似乎是他的個性。之於閣樓或客廳，他都賦予「人」的味道、「家」的感覺，不走時下流行的「藝術風」。受他啟發，我不想再自暴自棄，決定把「租屋處」變成「家」，讓它沉澱下來，讓自己的生活在這個所在沉澱下來。不消說，也是為了艾瑪。將來她來這兒時，我希望她覺得舒服，願意留下。

除了大掃除，還自己買油漆，重新粉刷牆面和天花板。油漆我當然不懂半撇，但是有人可以上網學習、在家搞個土製炸彈而沒炸死自己，油漆應該難不倒我吧。油漆之後，就是木工。我如法炮製，根據網站教學自己買木板，自己製作書架，結果卻功敗垂成，書還沒放滿書架就垮了，只得去建築工地跟他們買些空心磚，以一對磚、一塊板的方式疊成書架。雖然簡陋，自有味道。

丟掉一些家具後，在IKEA（算來算去不但便宜還可滿足「進口貨」的虛榮）買了三樣東西，用來重新布置客廳：雙人座沙發、正方形矮桌、地毯。

最後一天畫龍點睛：換上燈泡，室內頓時明亮起來。

我很滿意新客廳。在沙發上讀書，背靠著沙發、坐在方桌前寫字、用餐，在地毯上做自創瑜伽或白日夢。

艾瑪也很喜歡。兩人一直待在客廳聊天、吃東西，她連臥室長什麼模樣都還沒看到前，已在地毯上和我完成了纏綿。

「這些放哪？」艾瑪手裡捧著那一疊兇案資料問我。

「暫時放桌上吧。」看到它心裡只有挫敗感，我無奈地回答。

艾瑪陪我把書架上的書籍分類擺好。以前藏書裡最大宗的戲劇類，辭職時全都送給了研究生。搬到淡水時又丟了一些，留下來的書大致分兩類，一類通俗淺顯如推理小說、武俠小說，另一類味如嚼蠟如文學理論、語言學、哲學。就催眠效益而言，兩者不相上下，平分秋色。

六點半了，艾瑪得去開店，先行離去。我繼續整理，待會再去找她。

面對那疊資料，我呆坐良久。有一股衝動，想把它丟進垃圾桶，眼不見為淨，但想到阿吉時遲疑了。即使退休多年，對於感覺遺憾的過往，他不但不選擇遺忘，反而保留下來，以為警惕。想到這，突然發覺在試圖理解神祕時，我只顧想到艾瑪、安安和阿修和我的連結，而忘了阿吉、許桑、老莊他們其實也在「神祕網絡」之中，對我也起了「擺渡」的作用吧。

手機響，我拿起接聽。

「吳哥，我是阿修。」

「嘿，阿修，最近好嗎？」我有不祥的預感。

「還可以，好久沒跟你喝酒了。」

「沒問題，找一天吧。」

「吳哥，你有看到最近關於蘆洲的新聞嗎？」

完了，最怕的事情發生了。看到蔡家在蘆洲抗議的新聞時，當下的反應就是「希望阿修沒看到」。蔡月娥接受訪問時不止提到她弟弟遇害，也提到新莊和菜寮兩件命案，不過沒說出受害者的姓名。要是阿修看到新聞，我希望他沒從中看出和他母親的關聯。

「他們就是蔡昆財的家人，蔡昆財就是殺我媽媽的凶手。」

原來阿修一直記得他的名字。

「那個女的還提到菜寮命案，而且時間都對，是二十年前發生的事。這到底怎麼回事？徐彥彬是誰？」

媽的，我該怎麼回答？

「阿修，這件事我正在了解，你給我時間——」

「我想去找他們問清楚。」

「你不要去！」心急之下，吼了出來。

「怎麼啦？」

「沒有，對不起。無論如何你給我幾天時間，等我搞清楚一定跟你解釋，可以嗎？」

我需要「搞清楚」的是：事到如今，該跟他透露幾分？但是，瞞得住嗎？要是讓他跟蔡家接觸，他會發覺我根本不需要「搞清楚」，這一切是我起頭的。話說回頭，如果我模糊其詞、交代不清，阿修勢必會去找蔡家，一旦他知道徐彥彬才是殺害母親的凶手，難保他不會拿出比蔡家更為激烈的手段。

太多的要是、如果、然而搞得我心頭大亂，很想撒手不管，一怒之下拿起桌上的資料狠狠將它丟進垃圾桶，力道過猛垃圾桶因而傾倒，文件散落出來。

不行，我需要冷靜。得和艾瑪商量。而且不管做任何決定，一定要聽聽阿吉的想法。或許跟阿修解釋時，阿吉也能在場。他的嚴肅、穩重，他的正義感應會發揮安撫的作用。想到阿吉，心情漸漸平撫下來。

對於某件事一時想不出解決之道，而且當那件事棘手的程度大到沒所謂解決之道，以致任何處理方式都會造成傷害時，最糟的就是意氣用事——冷靜之後這麼告訴自己。

我逼自己做一件違反個性的決定。我決定把資料保留下來。

蹲在垃圾桶旁撿起地上的文件，將它們放回桌上。既然要保留，應該整理順序。我按照案發時序排列，最先是我在報紙上查到的資料，再來是三重文化導覽課程的傳單，再來是新莊命案（阿吉的報告）、菜寮命案（洪刑警的報告），再來是土地變更申請書，再來是……

手裡這份是老莊第二次在檔案室找到的菜寮命案的法醫報告，照理應該放在洪刑警的報告之後……才要放進去時，突然停住。

等一下。

前幾天在電話上聽到阿吉提到徐彥彬的「驗傷單」時，感覺有點熟悉，但忘了在哪聽過或看過。

我記得了，「驗傷單」好像出現在我手上這份鑑識報告裡。

我迅速翻閱一遍，沒找著。不對，應該在裡面，再找一遍。這經驗相信大家都有：在一本書看到讓你有感的字眼或一段文字，可惜當時沒摺頁或做記號，等回頭找時已忘了在哪一頁，怎麼找都找不到。

找到了！「驗傷單」。我一直專注於和張秀英傷勢有關的段落所以沒找著。原來「驗傷單」出現在備註欄裡。

石田修的驗傷單。這份報告沒附上驗傷單的內容。

我回想阿修說的話，突然有個念頭。

可能嗎？

我打電話給老莊。

「老莊，好久沒見。」

「是啊，身體好些了沒？」

「好多了。老莊，我要拜託你一件事。」

「什麼事？」

「上次你在檔案室找到的法醫報告裡面有提到石田修的驗傷單。」

「我去拿來看看。」不久後，「在哪？」

「第七頁，右邊有個備註欄，裡面的小字……有沒有？」

「驗傷單、驗傷單……有，石小弟弟的驗傷單。怎樣？」

「你能不能再走一趟檔案室？找找看有沒有那個驗傷單。」

「為什麼？」

「我不確定。只是一個想法。」

「沒問題，我這就過去。」

「現在？晚上了呢！」

「治安不休息，沒聽過嗎？死老百姓！」

5.

DV8 今晚特別熱鬧，人聲鼎沸；老班底都在，還有一票年輕男女在開生日派對。我的內心也不安靜，咚咚咚咚，彷彿體內的細胞集結起來打戰鼓，打出勇士出發殺敵前的節奏，充滿鬥志和懸疑。還沒機會和艾瑪說上話，但她從我的表情看得出我有點興奮，用微笑詢問我，我以微笑回答她。

我和胡舍坐在吧檯。胡舍有點醉了，一直跟我盧。我一邊聽他講，一邊注意放在吧檯上的手機，期待著老莊的消息。

「搞到今天這步田地都得怪你。你為什麼不把我介紹給蔡家？讓他們去找一個阿哩不達的徵信公司？」胡舍無時不刻想的都是生意。

「我就跟你說，他們找徵信社的時候根本沒找我商量，何況他們是找人來跟蹤我，怎麼可能和我商量？」

「真所謂螳螂捕蟬黃雀在後，你這個偵探被人跟蹤還不知道。」

「是有點糗。」

「什麼有點糗，糗爆了。給我蔡家的聯絡方式。」

「你要幹麼？」

「我要跟他們聯絡，我要他們委託我的公司。」

「你不要亂來喔，他們還不知道土地那件事。」

「遲早會裂孔不是嗎？」

「好，我問你，假使他們現在委託你，你能夠幹麼？」

「我早想好了。我會從徐總裁，或者是他老婆身上下手。」

「怎麼下手？」

「在他們身上暗裝竊聽器，同時駭進他們的手機，一旦他們在家裡或電話上提到徐彥彬和凶殺案有關，不就逮個正著？」

「好，縱使成功讓你錄到關鍵談話，非法取得的證據在法庭上不被採用的你知道嗎？」

「我當然知道，但是那是指司法機構一律不准，我是民間單位還得視情況而定。縱使法官不採納，我還有一招。」

「什麼招？」

「把錄音內容公諸於世。蔡家除了希望徐彥彬被抓去關以外，也希望洗刷弟弟的罪名。你想想看，錄音內容在網路流傳，司法雖然拿徐彥彬沒辦法，輿論吐個口水也把他淹死，也會讓他下半輩子不好過的。」

胡舍說的不是沒有道理，我有點心動。

「問題是，怎麼在他們身上裝竊聽器？」

「業務機密。」

「什麼業務機密，我不是你顧問嗎？」

「你正式掛名顧問我立馬告訴你。」

每次找胡舍幫忙，他總以掛名顧問為條件，每次我必答應但事後都裝作沒那回事。

手機震動，在吧檯上跳蚤似地跳著。看一眼來電顯示，是老莊。

「我到外面接。」

「什麼事神祕兮兮的。」

我走出大門，走到街燈底下。

「怎樣，老莊？」

「找到了！找到了！」

「太好了。幫我看一下，驗傷單內容包括哪些。」

「等一下……他的左臉顴骨部位，還有頭部後面，還有……」

「還有什麼？」

「還有……右手中指指甲縫的不明血跡。」

「我就知道。」

「怎麼啦？」

「這些實體證物還在嗎？」

「理論上應該在，但是實體證物放在別的地方。」

「這個很重要，你能不能幫我看一下？主要是第三項指甲縫的血跡。」

「等我回報。」

YES！我在街燈下大喊一聲。

「幹你娘，卡小聲一點好不！要 yes 回去 yes！」

「歹勢！」鄰居抗議了，我趕緊溜進去。

我比剛才還興奮，老遠看到艾瑪便跟她眨眼，她回以詢問的表情。希望她沒誤會，以為這是性暗示或緊張的代號；若是誤會，希望是前者。

「你回來得正好。」

胡舍正跟右邊的大衛哥交頭接耳，看到我走回，馬上轉過來。大衛哥今晚帶來另一個我沒見過的「乾孫女」，哪有心情理會胡舍，看我回來後，給我一個感謝的眼神。

「吳誠，今晚咱們把它敲定。你正式加入終極關懷徵信社，擔任首席顧問。」

「你到底有幾個顧問？」

「就你一個，所以是首席啊。」

「算了吧。」

「不行，你不能再賴了。而且就像之前我說的，一個月兩萬。聽我說，你需要收入吧？我認識你到現在只看到你接了何小姐的案子，這日子怎麼過啊？你為了三重的案子奔波這兩個月，有誰給你酬勞？」

「廢話，那是我自願的。」

「所以啊，你來做我的顧問，我每個月給你薪水不是很好嗎？」

「我不能占你便宜。」

「誰說你占我便宜？我沒把你榨乾就不錯了。這是互惠關係，懂嗎，我有疑難雜症找你商量，你那邊有案子我給予技術支援，不是完美？」

「好！」我也喝多了。「這就麼辦。」

兩人乾杯。

「不過我有條件。」我沒那麼醉。

「什麼你說。」

「不能在廣告上用我的名字。」

「可以。你的名字沒啥屁用。」

「還有，不能找我去抓姦。」

「絕對不會。」

兩個賊頭賊腦的人碰到一起就這麼回事，我跟他打包票、他向我掛保證，到頭來沒有人說話算話，總有例外。不過說真的，一個月兩萬對我來說很補，我打心底裡感謝胡舍。

「老闆，敬你。」

「不行，我需要見證人，免得你明天又不認帳。艾瑪，麻煩妳過來一下。」

艾瑪走過來。

「艾瑪，吳誠已經正式答應擔任我公司有給職顧問，我要和他乾杯為定，妳要幫我們見證。」

「太好了，恭喜兩位。」

乒乓兩聲，三杯見底。

手機再度震動，我拿起來，跑出去。

「他今晚怎麼了？」胡舍問艾瑪。

這一次不到街燈下，走在騎樓梁柱旁。

「有，三個證物全在。」老莊非常興奮。

「包括——」

「包括指甲的血跡。」

「太棒了！」

「到底怎麼回事？這個有用嗎？」

「可能有用，等確定再告訴你。」

和老莊講完，馬上在「聯絡人」找尋新北林姓檢察官的電話。找到時突然想到時間，晚上十點多了，打過去會不會失禮？管他的，老莊不是說「治安不休息」嗎？

電話接通了，兩人講了很久。

等我回到裡面時，胡舍已經醉倒，在撞球間的沙發上打盹。

我把艾瑪帶到廚房說話。

「發生什麼事了？看你今天的樣子很奇怪，好像不是緊張。」艾瑪說。

「是緊張，但不是那種緊張。今天妳走了以後我在整理命案的文件，突然發現了一個被大家忽略的細節。」

「什麼？」

「張秀英命案的法醫報告裡有個備註，上面提到阿修接受檢查的驗傷單。我來這之前打給老莊，請他到檔案室找出驗傷單，我需要知道它的內容。」

「找到沒？」

「找到了。結果裡面有一項是法醫在阿修指甲縫裡採集到的血跡。」

「血跡？從哪來的？」

「妳記得阿修第一次來 DV8 回憶他母親遇害的情形說的嗎？」

「當時我在忙，是你事後告訴我的。」

「對喔。他說他聽到一聲巨響，於是跑進屋裡看看發生什麼事。」

「對。」

「結果看到有人正在傷害他媽媽。」

「他衝過去打他。」

「不是打他。我記得很清楚，阿修說的是『抓他』，他跳到凶手背上去抓他的頭。」

「所以呢？」

「所以，除非阿修的指甲縫裡之前已經有血跡——」

「否則那個血跡就是來自凶手的身上！」

「沒錯。阿修跳到凶手背上抓他時，可能是抓破了凶手的臉部或脖子，因此指甲縫裡沾到了血跡。」

「天啊，這是突破吧？」

「關鍵突破。我剛才跟檢察官講了很久，好不容易說服他。他說縱使有這個證據也沒轍，他不可能毫無理由地要求比對徐彥彬的血型DNA，而且向法院申請需要時間，但是追訴期就要截止了。我跟他說，徐彥彬為了提告蔡月娥傷害罪已經主動跟法院提交驗傷單，不是正好嗎？他一聽哈哈大笑，說『原來這傢伙自投羅網！』」

「現在呢？」

「他明天第一件事就是拿到阿修指甲的證物，然後拿它和徐彥彬的血液比對。」

「哇，太棒了。我希望……」

「我也希望。如果確認那一滴血就是徐彥彬的，表示他人在犯罪現場，怎麼賴都賴不掉。」

她靠過來親我，「你是神探，我的神探。」

「好險，原來證據一直在我鼻子底下，差點錯過了。」

「你也是我的神探。」

兩人熱切親吻。

胡舍出現在廚房入口處，我和艾瑪啪地分開。

「別管我，我什麼都沒看到。」胡舍說完身體一軟，我趕緊過去扶他。

這傢伙醉暈了，希望他明天什麼都不記得。

XV Déjà vu

1.

放炮囉！兩串掛在騎樓外左右兩旁的爆竹同時點燃，劈里啪啦，火星乍起即滅化成白煙，白煙裊裊上升，五色碎紙紛紛落到地面，燒到六角形尾端時接連發出巨大聲響，砰！砰！圍觀的人們個個面帶笑容，有的鼓掌助興，有的抱拳恭喜；兩串爆竹之間的屋簷掛著一排大紅蜂窩狀塑紙燈籠，每只燈籠下方的吊牌兩面都印著「福」字，隨著風吹不停旋轉；主人們也忙得像顆蛋似的滾進滾出，穿梭在前來道賀的賓客之間。蔡月娥站在兩柱高架祝賀花籃（右邊「含冤昭雪」，左邊「撥雲見日」）之間接受電子媒體採訪。她現在可是媒體寵兒，粉絲們在網路為她取了「鐵娘子」的封號。

遠比新年到臨更令人歡欣的日子。關閉了二十年之後，蔡家的柑仔店和南北貨攤終於重新開張。原本鐵門深鎖，如今門戶敞開，迎來陽光與人潮，把客廳和騎樓擠得水洩不通。開張之前，老大昆楠和昆楠嫂登門拜訪之前較常走動的幾位鄰居，希望雙方忘掉過去，重新開始。鄰居們也很爽快，不但攜家帶眷前來捧場，還帶著水果或禮盒表達祝賀之意。

胡舍一面看著月娥接受訪問，一面和老三昆豪、么妹月卿談笑，新客到來時還幫忙招呼，一副主人模樣。另一邊是阿吉與昆楠，前者還在賠罪、後者還在道謝；兩個老男人很想擁抱一塊卻沒這習慣，只能頻頻握手，兩隻手緊緊握住還不夠，另外兩隻也疊了上去。老莊、許桑和我，三人坐在高腳圓凳上，早已開喝了。月娥顯然跟記者提到我，指著我不知在說些什麼，然後揮手要我過去接受採訪，我提起啤酒罐向她致意但沒起身，眼看場面尷尬，胡舍即時出面解圍，對著攝影機侃侃而談。

2.

和我通過電話的隔天，林檢察官調出採集自石田修指甲縫的血跡物證，然後向法院申請許可，受理法官以「合理根據」為由，准予檢方拿物證和徐彥彬的血跡進行比對。因徐彥彬為了控告蔡月娥，已向法院提交驗傷單，省去了檢察官以足夠事證為由向院檢申請強制採驗他的ＤＮＡ這道程序。

比對需要時間，即使急速件也得至少兩個工作天。等待期間，坐立難安，且因結果未定不敢跟阿吉他們透露而更覺得憋悶。我強迫自己走路，走得比平常更遠，往南一路走到關渡自然保留區，或往北進入三芝山區。有幾次阿修打電話來，我都沒接。我猜他已經知道我在躲他。有一次是蔡月娥打來，我也沒接。她大概以為我撒手不管了吧。給我時間，我在心裡對他們說。

九月三日，手機出現來自林檢察官的訊息：Bingo!

Bingo? 立刻接到他的來電。

「完全吻合，毫無疑問。」他說。

「太棒了。接下來呢？」

「火速走程序，火速逮人。」

「需要多少時間？」

「你放心，我知道時效。」

九月十日，距離追訴期截止日只剩一個禮拜的那一天，林檢察官帶著人馬前往展望花園逮捕徐彥彬。

「明天早上十點到蘆洲逮人。」

「完美。我想在現場，你覺得我可以通知——」

「要通知誰都沒問題，反正媒體已經得到風聲，聽說會有大陣仗。我打電話給你的意思就是希望你能通知蔡家，或許他們需要看到這一幕。」

我打電話給月娥告訴她最新發展，感覺她在另一端彈跳起來，激動非常，又哭又笑。我請她約家人兩個鐘頭後到大哥家裡集合，我會向大家解釋。接著，我發簡訊給三重幫，表示有好消息稟報，希望他們和我在蔡家會合。因胡舍也有功勞，我希望他能一同前往。胡舍欣然答應，建議坐他的車過去。

「那天你喝掛了。」在車上我試探性地說。

「媽的怎麼回到家的全無印象。」

「是我和艾瑪扶你上計程車的。」

「是哦。」

一陣沉默。

「我什麼都不記得了。」

我差點說「很好」。

「我只記得你答應我擔任顧問。」

「原來你還記得這個。」

「除此之外全忘了。」

一陣沉默之後，胡舍突然爆笑。

「哈哈哈，我記得你和艾瑪在廚房親熱！」胡舍邊笑邊拍打方向盤。

「媽的無聊，跟我搞懸疑啊！」

哈哈哈，胡舍一路笑到三重。

客廳快擠不下了。除了遠住高雄的月卿趕不回來外，蔡家其他人都到了；阿吉、許桑、老莊也到了。蔡家已經見過阿吉，因此說明前我先簡略介紹許桑、老莊和胡舍，蔡家一一向他們致謝。聽到胡舍冒充美國人壽保險公司亞洲業務代表那一段，大夥笑出聲來，緊張的氣氛頓時放鬆不少。

「事情是這樣的……」我說。

3.

蔡家這邊結束之後，阿吉應我要求，陪我一道去見石田修。

之前已透過電話跟阿修約好，請他下午在家等我，我會帶一個人過去，向他說明一切。

阿吉向阿修自我介紹，聽到他是曾經負責偵查新莊命案的退休刑警，阿修微微一愣。

阿吉啜一口阿修為他泡的綠茶，開始說明，講到「一滴血」那段則由我接手。整個過程裡，阿修的表情不斷變化，有憤怒有悲傷，有驚愕有強忍。他沒哭出聲，只是眼淚一直流。

「阿修，今天有法度破案，找到真正的凶手，是因為你那當時的勇敢才留下了證據。」阿吉說。

「也是因為小安安哭出聲來，徐彥彬才沒有時間找到那份文件，否則地目變更的事情就永遠沒有人知道。」我補充著。

「好像冥冥之中自有安排。你要記住一件事情，你媽媽不是為了跟人標會而受害的，是因為她的正直。」

「要是當時有人注意到我指甲縫裡的血跡，會有什麼結果？」阿修問道。

「這是我們的重大疏忽。」阿吉說。「找到蔡昆財的屍體時，大家以為破案了，加上剛才提到的那個廖督察急著結案，所以沒有人想到比對血液。」

「主要是因為負責菜寮這邊的洪刑警太混——」

「不能全怪洪刑警，」阿吉打斷我，「換成我也可能犯同樣錯誤，很難說。如果當時有做比對，當然會發現你指甲裡的血跡並不屬於蔡昆財。不過也不能就此斷定他不是凶手。你指甲的血跡可能來自於別的地方、別的時間，只要找不到血跡的主人，就無法做出明確的判斷，因此案子會查到什麼地步更難說了。」

「我要跟你道歉，阿修，」我說，「我在調查的事一直瞞著你，主要是因為──」

「沒關係，吳哥，我知道你的考量。要是讓我知道是徐彥彬而法律又動不了他，我不敢保證不會拿著一把刀衝到他家。」一向平和的阿修罕見地露出一股殺氣。

兩人告辭前，我跟阿修說明天檢調到蘆洲逮人時，我、阿吉還有其他人，包括蔡家都會在現場；要不要加入，由他自己決定。

4.

果然是大陣仗。

展望花園三期大門兩側，停了三輛SNG衛星直播車。記者諸君已選好有利位置，各個摩拳擦掌，只等檢調單位出現。

我們幾人聚集在角落。大家都已到齊，么妹月卿和先生聯袂從高雄趕來，不過還沒見到阿修的身影。其中一名記者注意到蔡家，走過來表示希望他們在檢調還沒來之前發表感言。月娥對站在身旁的胡舍說「現在不要」，意思是待會真的看到徐彥彬被逮之後才要接受訪問。胡舍聞言，挺身而出，代表蔡家和媒體交涉。

阿修從右後方走來，身旁還有安安。我過去招呼他們，然後把他們介紹給其他人。熱情的月娥給阿修深深的擁抱，在他耳邊說了一些話。

三輛黑色轎車疾駛而來，停靠在路旁。林檢察官帶著數名員警走向大門，經過我們時向我點頭致意，被蜂擁而上的記者包圍時不發一語，來到警衛室窗口，亮出證件，嗶的一聲，兩扇電動鐵門緩緩向內開啟，原本透過欄杆間隙向外張望的住戶紛紛向後退開，林檢察官一行人步入社區，浩浩蕩蕩。

「他怎麼沒有秀出逮捕令？」我問阿吉。

「警察逮人才需要秀出檢察官簽發的拘票，如果檢察官親自出馬，他的身分就是拘票。」

二十分鐘後，林檢察官等人走出大門，其中兩名員警押著上了手銬的徐彥彬，後面跟著呼天搶地的總裁夫人，還有扶著她的徐騰鮫。

面無表情的徐彥彬被押上轎車之前，看到了我們。我們幾個非常安靜，沒有人說話，只是盯著他。月娥事前說她今天不哭，果然沒哭，硬是把眼淚逼回肚子裡。阿修身體略微顫抖，身旁的安安關心地握住他的手。

車隊開走後，記者們全都湧向蔡家成員，我們見狀趕緊撤退，讓他們接受訪問。我和阿吉他們道別，和阿修和安安道別，決定慢慢走到徐匯中學，正納悶胡舍人呢，才發現他在另一個角落，也在接受訪問。這小子，真有他的。

5.

當晚我在 DV8 慶祝，和艾瑪把晚間的新聞報導當下酒菜。沒想到，阿修和安安來了；更沒想到，胡舍帶著月娥也來了。

六人同坐一桌看電視。三男三女，我和艾瑪交換眼神，她也覺得這組合有點好笑。月娥要大家盡量喝，今晚她請客，胡舍說，哪兒的話，今天他要請客；兩人互不相讓，手肘頂來頂去，好不親密。我說，才一天的時間你們倆哪時變得如此不生疏，我怎麼絲毫不察。艾瑪笑說，我這個神探當假的。阿修和安安沒怎麼說話，只是一直笑著聽大家打趣。電視螢幕出現月娥受訪的畫面，她面對鏡頭感謝我和其他人，感謝天感謝地。月娥說自己太緊張，講得零零落落，胡舍說，哪裡，講得非常好。月娥說：「還不是老師教得好啊！」真相大白，這小子動作真快，我和阿吉離開蔡家、去找阿修之後，立刻對月娥傳授他那一套應付媒體的公關絕學。轉台之後，看到胡舍在畫面上。他真能胡扯，「法網恢恢、疏而不漏」這種爛話也說得出來，還藉機為自己的公司廣告，看到他說「這次偵破懸案的靈魂人物就是終極關懷徵信社的首席顧問神探吳誠」，我差點沒昏倒。

電視關了之後，三對男女陸續分開坐了。胡舍和月娥留在原來那桌，阿修和安安換到B座，我則在A座和艾瑪聊天。我不時對艾瑪眨眼性暗示，艾瑪要我小心，不要臉部中風。艾瑪想和我出門度假，地點她都找好了，我說沒問題，帶我走。兩人看著手機喬時間時，胡舍過來叫酒。

「胡舍，你跟月娥……」我問。

「沒問題，她已經離婚了。她和前夫哪一天簽字的我都查清楚了。」胡舍說完拿著兩杯健力士黑麥生啤走開。

希望是幻象，怎麼感覺他的尾椎跟著步履左搖右擺的？

然而，完美的一天卻被不速之客破壞殆盡。陳榮昭律師，這隻驕傲的公雞推門而入。

Déjà vu.

之前發生的畫面倒帶重播。

面對著大門的安安看到陳榮昭走來，臉色大變；阿修察覺有異，回頭一看，也是滿臉錯愕。陳榮昭站在桌前，不知說了什麼。阿修站起來，讓位給陳律師，然後走進廁所。不久，阿修走出廁所，沒看向安安他們，直接走到吧檯。

「吳哥，我先走了。」他說。

「Okay，不過陪我喝一杯再走，待會我陪你到捷運。」

艾瑪為我們倒威士忌，阿修那杯的分量是平常的一倍。我猜艾瑪的想法跟我一樣，不希望阿修在目前的心情下離去。然而，我不禁自問，什麼樣的心情？他和安安之間的感情走到哪個階段、是否已經從友情發展到戀愛，我並不清楚。今天早上看到徐彥彬時安安握住阿修的手，其用意除了給予精神支持外，是否還有其他成分，旁人是看不出來的。還有，安安和陳律師之間目前狀況如何，我不知道沒關係，阿修呢？他知道多少？

為了轉移他的心思，我跟阿修提到許桑。

「他的背景跟你一樣，剛開始是木工出身，後來自己創業從事室內設計和裝潢。我想把你介紹給他認識，他應該可以給你一些建議。重點是他這個人真趣味又阿莎力，很好鬥陣。」

「沒問題。」阿修心不在焉地點點頭，同時望向安安的方向。

安安起身，走進廁所。情況跟上回一模一樣，彷彿照著流程走。我在心裡做了決定：待會安安從廁所走出，要是她回到B座，我會陪阿修離開；要是她直接走到我們這邊就另當別論了。

三人心不在焉地聊著。艾瑪對阿修說，我對夾層的設計讚不絕口。既然她不介意讓阿修知道我已去過閣樓，我大方地分享我對它的感覺。

安安進去很久了，還沒出來。我們都很擔心，但沒有人說出來。

一名酒客走到廁所，發現裡面有人，在外面等候。

也不知過了多久，那名酒客走過來問艾瑪，「廁所裡面有人嗎？門是鎖上的，但是我敲了幾次都沒人回應。」

「我去看看。」艾瑪從酒櫃下方的抽屜取出一串鑰匙，邊走邊找出廁所那把。

我和阿修不方便過去，只能坐在原處乾著急。陳律師發覺有異，跟在艾瑪後頭。只聽見艾瑪在屏風後面敲著廁所的門，「安安，妳還好嗎？」沒有任何回應。艾瑪回頭跟身後的陳律師說，「你不要過來，我進去看看。」我和阿修站起來，但沒走過去。剛才那名尿急的酒客居然還留在一旁等著看好戲，我要阿修過去把他支開。

艾瑪扶著安安走出，從屏風另一頭傳來後者的啜泣聲。陳律師上前，想要幫忙，卻傳來安安的聲音，「你不要過來！你走開！」

聽到安安如此哭喊，我過去把陳律師勸開。但見安安滿臉驚恐，呼吸急促、額頭冒汗。

「你們不知道，安安她恐慌症又發作了，要趕快送到醫院。」陳律師說。

「我不要去醫院！我只要你走開！」

陳律師還想過去，我擋在前面。

「阿修，過來幫我。」艾瑪說。

阿修應聲走到另一邊，扶著安安。

「真的不需要去醫院嗎？」艾瑪問。

「不要，我休息一下就好。」安安說。

「走，到後面去。」艾瑪對阿修說。

兩人扶著安安往廚房的方向移動。

「陳律師，你回去吧。」我說。

陳律師還想說什麼，但忍著沒說，只用從丹田提煉而出的冰冷眼神看著我。我以同樣冰冷的眼神回瞪他。

像兩隻鬥雞幹架前的對峙，兩人就這麼釘在原處不動。

「吳誠，有問題嗎？」胡舍從前面走過來。

聽到胡舍語帶威脅的聲音，陳律師敗陣下來，從座位拿起他的公事包，往外走，走過胡舍時，胡舍故意用肩膀擦撞，陳律師敢怒不敢言，悻悻然走出大門。

「胡舍，你這邊招呼一下。我過去看看。」

我回到A座拿我的背包，然後在B座找到安安的皮包，心想安安可能需要鎮靜丸，如果她皮包裡沒有，我這邊很多。

「各位朋友，」胡舍對其他酒客說，「沒事。剛才只是一件小插曲。大家繼續喝，下一杯我請客！」

酒客們一陣收斂的歡呼。

走到廚房時，艾瑪正好從閣樓走下來。

「狀況如何？」

「不知道，她一下要我們走，說只想一個人，一下又希望有人陪她。」

「很正常。這是她的皮包，裡面應該有應急的藥。如果沒有，這是安伯寧，有鎮定效果。」我交給她兩粒。

艾瑪拿東西上去，沒多久又下來。

「需要一杯水。」

艾瑪拿杯子，裝了開水，又上去。

艾瑪下來。

「辛苦了。」我給艾瑪一個擁抱。

兩人走回吧檯時，看見胡舍一副資深酒保的架勢，坐鎮於吧檯後面和月娥聊天。

「兩位要喝杯什麼嗎？」

我和艾瑪拿著飲料來到B座。

「恐慌症還真的說來就來。」艾瑪感慨地說。「那個陳律師不知說了什麼？」

「不一定是他說了什麼，他的出現可能對安安就是壓力。」

兩人沒再多說什麼。艾瑪回去忙她的，我想著安安的事。上回提到「神祕」時艾瑪給我的提醒再度浮現腦海。我為安安成就了什麼？如果以我為中心，安安扮演了召喚的角色，觸發我走上一段冒險的旅程並從中獲得啟示。但人生不是電影或小說，不是只有一個「英雄」，不是所有的事都只繞著他打轉。人生裡，每個人都是「我」，沒有人只是配角。如果以安安為中心，我這個配角為她完成了什麼？難道（我開始胡思亂想），難到除了找到阿修以外，安安有著連自己都還沒意識到的迫切需求？

我決定等她恢復之後好好跟她談談。

XVI 安安的直覺

1.

偵訊期間，徐彥彬對於所有問題皆沉默以對，對外在刺激似無任何反應，彷彿已將意識關在密不透風的地窖深處。檢方略施小計，提訊他父母時故意讓他瞧見，並向他暗示：若他拒絕合作，檢方勢必得從徐總裁和夫人下手，且並不排除兩老為共犯的可能性。一切由他一人負責，徐後來如此供稱。一切為了媽媽，他又說。

某日於餐桌上，徐彥彬提到蔡昆財和會腳吵架一事，媽媽跟著說出爭端的原委。爸爸隨口問有哪些代表，媽媽拿出會腳名單一一指出；爸爸聽到張秀英的名字愣了一下，跟媽媽說，地目變更一事遇到了波折，而可能破壞大事的人正是張秀英。這些徐彥彬全都聽進去，且立刻將兩件事湊在一起思考，但不動聲色。之後，他在媽媽不知情的情況下拿走那份名單。他不喜歡看到媽媽為任何事痛苦、不希望她為任何事煩惱；殺人不是為了錢，也不是為了爸爸，他說。爸爸一直看不起他、嫌棄他不是男子漢；爸爸娶了細姨之後，父子關係更加冷淡，形同陌路。

「他這麼做除了為了媽媽，也是想證明給爸爸看吧？」我說。

「或許吧。」阿吉說。「但是他不能跟爸爸說：你看，人是我幫你殺的。」

「爸爸如果懷疑應該會選擇假裝不知道，但是媽媽呢？她懷疑嗎？」

「我們永遠不知道。提訊時，兩老堅持什麼都不知道。檢方問他們，難道你們沒一絲懷疑嗎？兩人都說沒有。」

沒有人知道總裁夫人念經時在想什麼。

2.

沒想到安安稍微好點後主動找我談。

她已離開事務所，目前在家休養，不急著找工作。她沒說，阿修也沒提，不過看他們倆目前的狀況，我猜安安和陳律師的關係已經完全斷了。

在阿修家客廳的木地板上，安安背著靠牆、抱著軟墊，娓娓道來：

我和陳榮昭的感情出現嚴重裂痕是從他不希望我繼續和阿修見面開始。我覺得莫名其妙，也開始覺得他這個人變得有點怪。然後我想到以前的事，發覺他或許一直有點怪。比如說他對過去和誰交往隻字不提，我開玩笑的問他時，他會板著臉說那些沒什麼意義；或者是有一次我隨手拿他的手機來看，他的反應彷彿我嚴重侵犯他的隱私。這讓我很不高興，我會意氣用事的說，「不然我的手機給你看，裡面完全沒有祕密。」我這麼做他覺得孩子氣，跟我說他在乎的是原則問題。

跟阿修第一次見面那天他莫名其妙出現，事後我跟說他，他的行為對我很不尊重，他辯解說只是關心我，而且也想認識阿修。其實在那之前，他對阿修一點也不感興趣。當我興奮的告訴他找到阿修時，他冷淡的反應讓我有點掃興；當我說我想要和阿修見面時，他說：「很好，希望對妳的病情有幫助。」可是在我要和阿修見面的前一天，他突然說要跟來，而且態度變得很急切。我覺得很奇怪，我和他也不過出去吃飯幾次，關係還沒到他可以干涉我私事的程度。事後回想，我生氣是因為他的反覆不定、他的偏執讓我有點怕到，感覺他不是我認識的陳榮昭。

那件事之後，我們冷戰了一段時間，後來慢慢好了，可是就在我以為兩人恢復到以前的狀態時，他突然拋出一句：「我不希望妳繼續和那個什麼修的見面。」我問他為什麼，他說：「意義不大。妳不是病好了嗎？禮貌歸禮貌，跟那個木工有什麼可聊的？」我不敢相信我的耳朵，氣到說不出話來，掉頭就走。後來除了公事上交流外，我不再理他，他約我見面也沒答應。

我們慶功那天他突然走進DV8，完全把我嚇壞。他跟阿修說，希望和我單獨談話。阿修離開座位以後，他跟我道歉，說都是他的錯，希望回到過去那樣。我跟他說過去什麼樣？我們交往不久有什麼過去可言？他突然說那是他的錯，之前他太理智、不夠積極，現在他知道了，他不能沒有我。他以前從來沒這樣，我是說他的態度，那種放軟的姿態不是他，他不是那種人。我跟他說不可能，要跟他分手，結果沒想到他開始求我，樣子比之前還可憐。就在那一刻我彷彿看見他背後的心機，是什麼心機搞不懂，但我確定不是出於愛。他的內在有一個陰暗的東西我一直沒察覺。我走進洗手間其實只是不想再看到他，希望出來之後他已經走了，沒想到洗臉時看著鏡子，覺得自己怎麼那麼遲鈍，所有的情緒全湧上來……

我去找馮醫師，問她我到底怎麼啦。我的記憶恢復了，也面對了她所謂的創傷，而且阿修母親的事也有圓滿的了結（說到這時，安安伸出手，握住阿修伸來的手），一切讓人欣慰，好像我也有功勞似的，怎麼那天晚上又發作了？她說可能是兩種交織的情緒觸發的，一個是那晚我特別放鬆，意志力卸下了防線，另一個是陳榮昭突然出現，造成我的困擾以及對他的失望，還有我對阿修的好感再怎麼問心無愧也會感覺自責等等，兩相衝擊之下才導致崩潰。聽起來很有道理，我也覺得大概是那樣。

（我打岔問道：馮醫師有沒有評論陳榮昭的行為？）

有一點，不多。馮醫師只簡單說每個人都有陰暗或不想讓人知道的一面，這很正常。因為我不想再跟他有任何瓜葛所以沒有多問。談話結束後，馮醫師開給我藥，要我定期回診。但是我沒有回去，我不是不信任馮醫師，只是當初會去找她是因為陳榮昭——（他們是朋友嗎？）不是，是趙玉明跟榮昭建議帶我去找她的。（趙玉明？）就是那個被警方懷疑謀害妻子的——（電子業設計師，我想起來了）。馮醫師曾經治療過趙玉明，趙大哥覺得馮醫師不錯所以推薦她。（但是妳還是有看醫生吧？）有，我現在去國泰醫院精神科，離我住的地方比較近，也便宜很多。

吳哥，我今天想找你聊是因為我想到一些事。這一陣子在家休息，腦海裡不時會冒出一個畫面，那個畫面和我第一次恐慌症的前一天晚上的事有關。如果你還記得，就是我、陳榮昭、趙玉明三個在飯店吃飯。警方因為找不到任何對趙玉明不利的事證，因此把偵查的焦點轉移到別的地方，所以大家心情很好，我也多喝了一些。整個晚上趙玉明很嗨，不對，不能說他「很」嗨，他的個性和陳榮昭一樣都有點悶，說好聽點就是比一般人理性，不輕易說笑，難得說笑總不免帶點挖苦的成分。他們倆有一種優越感，我猜是因為他們覺得比別人優秀、比別人有成就，我不曉得，我以前居然覺得那樣很迷人，現在想起來有點不可思議。

說到哪裡了？喔，總之呢，那天晚上趙玉明比平常多話，談到他的理想、想在事業上衝刺啦等等，我和陳榮昭在一旁為他高興，大家一直乾杯，氣氛好到不行。但是，後來發生了一件插曲，我第二天恐慌之後竟然把它忘得一乾二淨。可能有意義，可能沒意義，但最近一直想到它。飯局結束之後，我們和趙大哥道別，他去付帳，我們走出飯店等計程車。我突然發覺披肩忘了在座位上，我請陳榮昭等我一下，走進飯店，經過 lobby 時沒看到趙大哥，不過也沒多想，可是等我離開餐廳走回 lobby 時，我看到他躲在一根廊柱旁邊講電話。他看到我有點訝異，但馬上對我微笑、招手，我也對他招手，然後走出飯店，上了計程車也沒跟陳榮昭提到這件事。當時不覺得什麼，可是最近那個畫面一直跑回腦海時，我重新感受到當時的不安。從趙玉明講電話的神情看來，我第一個感覺是他在跟情人通話：表情略微輕浮，還帶點神祕，好像悄悄話。我從來沒看過他這一面。趙大哥委託我們時一直宣稱深愛著他的妻子，對警方也是這麼說。我一直相信他這點，覺得警方冤枉了好人。現在回想，看到他那個表情時，雖然只是一剎那，確實愣了一下，但是因為對他的信賴和好感，沒放在心上；或者說，我用意識把疑惑壓了下來。吳哥，你可能認為以上只是我的直覺，直覺不一定可靠，但是我很清楚記得一個細節：我沒看到他的手機。（什麼意思？）他平常用的是最新款 iPhone 4S，每次他和陳榮昭聊到手機時，兩個人都說超期待 iPhone 5，還一起抱怨為什麼台灣總是比別的國家晚幾天才出售。可是那天他躲在柱子旁講電話的時候，我沒看到手機，除非他在跟他的巴掌說話，不然他用的手機是小小的、只有3G那種。（有什麼問題嗎？）有問題。我當下感覺後來卻忘掉的疑惑這幾天全跑回來了。問題出在，警方因為懷疑他，調查過他的通聯紀錄，結果登記在他名下的只有那支 iPhone 4S 的門號，沒有別的。我還記得承辦的小隊長有一次語帶諷刺的跟我和陳榮昭說：「趙先生不是超級孤僻的人，就是特別寂寞的人。他的手機除了聯絡看護和同事外，從來沒打給朋友，也從來沒朋友打給他。」既然如此，那支3G手機到底怎麼回事？

3.

安安從陳榮昭那邊得知一些關於趙玉明的往事。

趙玉明原本在一家大型上市電子公司任職，為工業設計部經理，負責手機軟體設計，年薪約四百萬。該公司野心勃勃，有意進軍國際，對外打割喉戰，對內更強調競爭力。然而內部競爭對公司造成了耗損，導致黑函滿天飛，不但部門間缺乏信任感，而且弊案層出不窮。趙玉明曾多次舉發弊案，但皆未受到高層重視。然而令同事訝異的是，在一次糾出「內鬼」的行動中，趙玉明竟然成了箭靶。根據公司調查，趙玉明曾帶著屬業務祕密的新款軟體程式與深圳某電子公司接觸，似乎有意帶槍投靠。對此控訴，趙玉明大聲喊冤，矢口否認有任何不軌，對於公司提出的證據——在他的電腦找到的新款程式裡有簡體中文版本——他聲稱電腦遭駭，有人栽贓。公司當然不信，最後將他革職解聘，因即時圍堵、損失不大，且不想讓內部弊案曝光而影響市值，沒採取法律行動。

目前的趙玉明在林口經營一家軟體設計顧問公司，除了做些代工與顧問業務外，主要的目標是研發新款遊戲軟體。

如此背景，如今又捲入「殺妻疑雲」，我對這個具有優越感的男人愈來愈感到好奇。

「事情變得複雜了。」我對艾瑪說。

我和艾瑪在同感咖啡店喝飲料。所謂狡兔三窟，除了捷運站旁的壹咖啡和學府路上的 You & Me，位於紅樹林的同感咖啡是我白天出沒的第三個據點。擁有營養師證照的店主第一次看到我有同伴，端出飲料時特別多看艾瑪一眼。

「你是說……」

「從安安的角度。殺妻疑雲本身很單純，趙玉明要嘛殺了老婆、要嘛沒有，是 yes or no 的問題。但是對安安來說，她的恐慌症又多了一層謎團。根據冰山美人馮醫師——」

「馮醫師就可以了，不要形容詞。」

「根據冰山（這樣可以吧），安安焦慮的源頭應該是發生在二十年前的那樁悲劇以及後來的壓抑。我本來以為她的診斷很高明，而且產生了一波波漣漪效應，今天能夠抓到徐彥彬，馮醫師不能說沒有功勞。可是聽了安安的故事之後，有一個可能性必須考慮。」

「什麼？」

「這一切可能是陰錯陽差的結果。」

「怎麼說？」

「馮醫師把安安引導到遠因，可是忽略了近因。近因包括，安安的焦慮可能來自於她的職業。身為刑事律師，有時不得不為內心不認同、甚至有罪的人辯護，安安還是新手，對這方面的壓力不一定能從容化解。那天晚上她在餐廳看到趙玉明『躲在』，這是她用的字眼，『躲在』柱子旁跟人講電話，狀極私密而且用的是警方沒查到的手機，對她的衝擊可能不小。如果她之前對趙玉明有懷疑，那個畫面只會讓懷疑快速繁殖，變成一窩老鼠。可是根據安安的陳述，第二個情況比較可能：她一直相信趙玉明是無辜的，因此她看到的反差是對她的信念的重大打擊。不管情況為前者還是後者，總之那天晚上回到家後她就沒再想它了。（別忘了，她那天有點喝醉。）可是第二天帶著宿醉醒來時，壓抑的情緒整個爆發而導致恐慌。這就是我說可能的近因。它或許是導火線。」

「如果你的分析沒錯，冰山怎麼會忽略這個層面而捨近求遠呢？」

「我問過安安。她說第一次去找冰山的時候狀況很差，語無倫次，記不清楚跟醫生說了些什麼。因此，她或許沒提到趙玉明的事。」

「你說抓到徐彥彬冰山也有功勞，其實是瞎貓碰死耗子的功勞。」

「這就是心理分析的奧祕。它從來不是精密科學，總是以迂迴或旁敲側擊的方式找到可能的根源。一個稱職的精神分析師，除了專業知識與訓練外，還要有豐富的聯想力。」

「我看是穿鑿附會吧。」

「不要因為對冰山的敵意而貶低她的行業。」

「我哪有。」

艾瑪假裝吃醋而耍賴的模樣特別迷人。

「我一直在想妳上次提到的問題，關於神祕。」

「你是說不能只是從你自己的觀點？」

「沒錯。我得到的結論是，每個人對生命的體會都不同，各有各的步調，因此安安或阿修對於發生的事如何感受，或者感受到什麼程度，不是我該關心的。一方面，我的體悟可能是幻覺；另一方面，我不想當傳教士。」

「其實我也一直在想那個問題。不是那個問題的答案，而是：我怎麼會提出那個問題？後來我發覺它出自一種遺憾。」艾瑪說。

「遺憾？」

「當時的感受是，你體會到的神祕感很美，尤其是人與人之間無形的連結。這種境界比你之前提到的六度分隔更上一層樓，好像人與人之間、人與萬物之間可以是零度分隔，彷彿只要我們留意，任何現象以及所有發生在我們身上的事都可以是象徵性的提示，不必等到世界大戰或恐慌症爆發不是很好嗎？聽著你說你的感觸時，我想到了 DV8。這些年來，我和 DV8 的客人之間的關係也可以這麼看的。我們之間不光只是他們照顧我生意、我為他們服務這麼膚淺的層面，而是一種互相扶持的連結。想到這，我好像受到啟發、鼓舞，可是同時又感覺遺憾。如果只有你，只有少數人感受到那股神祕，它的力量會不會太小了？而且對那些沒有同樣感受的人來說，恐怕只是幻覺。你可以想像我跟大衛哥說我和他之間有連結時他會怎麼反應吧。」

「他一定以為是挑逗。」

「我後來想通了。原來我的遺憾來自一個衝動、一個念頭：要是安安、阿修或阿吉還有其他人，也同時體會那個神祕那該多好。原來，我要的是不可能實現的大同世界。」

「每個人心底都有這種渴望吧。有很長一段時間，我因為感覺美麗境界不可能實現，因為專注於別人和自己的醜陋、齷齪而變得憤世嫉俗，完全否定了年輕時感受的連結感，導致只有在憂鬱症復發的時候才會體會到生命的神祕，等到狀況好些時卻又把它忘了，如此惡性循環太可悲了。」

「我突然想到，你說馮醫師忽略了近因，會不會她推論出來的遠因其實只是煙霧？」

「煙霧？」

「小時候發生的那件事其實並不困擾安安，而是趙玉明的案子在困擾她。」

「我也不知道。人的心理很複雜，而精神分析很喜歡把一個人的心結扯到孩童時期發生的創傷。說不定就像妳說的，二十年前的事沒那麼重要，但也說不定過去的事和現在的事之間有交集，也就是說兩者的本質在底層是互通的。因此只要近因沒搞清楚，安安的問題還是個謎團。」

「所以呢？」

「我決定摸清趙玉明的底細。」

4.

我跟安安表示，我需要進一步了解趙玉明的案子，她建議我去找林口分局偵查組小隊長厲平威，也提供了他的手機號碼。

在警局找到厲平威時，我向他表明是趙玉明辯護律師何琳安的朋友。他一聽馬上以對待

「敵營」的眼神瞅我。

套句台語說法，方臉濃眉的厲平威小隊長「漢草真好」，個子沒我高，但體型壯碩，臂膀和我的腿一樣粗。合身T恤紮在牛仔褲裡，黑色皮帶金黃純銅扣環上的牛頭浮雕栩栩如生，一副向你衝來的模樣；即使小肚微凸，隆起的部位卻看起來比別人的肌肉紮實，彷彿刀槍不入的鐵鍋。

「什麼事？」

「我想跟小隊長談趙玉明的案子。」

「你是說進度嗎？想知道進度她自己不會打電話來關切？我不可能因為你自稱是何律師的朋友就向你報告吧？」

「關於趙玉明我有些資訊想提供給小隊長。」

「什麼資訊？」

「站著不好說話，能不能找個地方坐下來聊？這是我的名片。」

「吳誠？私家偵探？吳誠！你就是上個月在追訴期結束前偵破那樁冤案的吳誠？」

「是的。」

「哇，握一隻，握一隻。」

小隊長瞬間變成貓熊，熱情地握著我的手，還給我個熊抱。

「這麼巧，上個月我還在想，可惜不認識你，不然很想聽你講怎麼抽絲剝繭找到關鍵線索的。你現在在我們警界很有名你知道嗎？別人會眼紅，會說你只是運氣好，相信我，我不會那麼想。幹，你真的很屌！」

來到分局附近的小吃店，小隊長為我把趙玉明的案子詳細地述說一遍，講解時既有音量亦有聲勢，描述中夾著評論，不明就裡的人可能以為他在發脾氣，其實要是他真的動怒，周遭的空氣恐怕會跟著顫抖起來。

XVII 離奇

1.

這算巧合？還是事件自然的發展？何琳安小姐因為她的問題請你找尋石田修的下落，結果卻讓你意外偵破一樁二十年前發生的冤案，現在你回過頭來問我趙玉明的案子，我怎麼有一種感覺，感覺你好像繞了一圈回到原點，好像何小姐本來的意思是要你調查這個案子，你懂我的意思嗎？

我覺得是他幹的，可是他娘的苦無證據。趙玉明找人殺他老婆的可能性很大。

今年四月八號晚上十點一刻，我接到通知，菁埔一帶的湖北里發生一起疑似命案。趕到現場時，同仁已拉上封鎖帶，鑑識小組也展開作業。現場除了死者陳香婷，有三個人：死者的丈夫趙玉明、菲律賓看護西拉，英文我不會念，還有死者母親陳媽媽。分別訪談了三人之後，故事大概有了眉目。

當晚六點多，趙玉明開車出門，前往台北火車站去接一個人，接誰等一下再講。家裡只剩下看護和死者。差不多在半年前，陳香婷發生車禍後變成植物人，需要鼻胃管和呼吸器才能維持生命。

晚上七點二十，西拉拿著垃圾走出大門，走到柏林路和福林路的交口等待七點三十那班垃圾車。西拉倒垃圾的時候都會和另一個也是菲律賓來的看護聊天（叫伊萊莎，還是伊賴扎，她們的名字都很難念）；她們兩個等的時候聊，倒完了繼續聊，等西拉回到公寓時，是七點三十五到七點四十之間。這是指平常，是趙玉明在家的時候。根據西拉，四月八號那天她沒有因雇主不在就多聊幾句，也是平常的時間回到公寓。可是我們向伊萊莎查證之後，發覺西拉的確有多聊幾句，回到公寓的時候應該是七點五十五左右。這點很確定，因為伊萊莎那天比平常晚了十五分鐘回去，被雇主罵了。他娘的，才晚幾分鐘就被罵，我告訴你，有些台灣人對待外勞的方式好像不把他們當人看，每次辦案看到那種嘴臉時，我都很想揍人。

西拉後來承認了，她的確比平日晚回去。也就是說，從西拉出門倒垃圾到回來，中間大概有三十至三十五分鐘的時間，公寓裡只有死者一人。這期間可以發生很多事，而且真的出事了。

西拉發現病人死了，但不是馬上發現。她回到家的時候並沒有察覺任何異狀，屋內沒有被人闖入的跡象，而且聽聲音就知道，呼吸器還在運作。西拉是在打了一陣子手遊之後，走到病人旁邊看一下，發覺平常雙眼緊閉或者只微微睜開一眼的病人這時卻兩眼大張，好像恢復了意識，但仔細一看眼珠子卻沒有動，再檢查脈搏時才發覺病人沒有心跳，已經斷氣了。家裡本來有裝心臟監視器，但是半個月前故障後一直沒拿去修理。要是有心臟監視器，病人病危時會發出警報聲，西拉沒馬上發現病人已經走了情有可原。

八點十七西拉打電話給趙玉明，告訴他狀況。八點二十一西拉打給陳媽媽，也就是趙玉明的岳母。陳媽媽最疼愛這個女兒，平常一個禮拜會來看她一兩次，和西拉也聊得來，西拉會打給她很合理。順帶一提，當初趙玉明想把老婆從醫院帶回家時，岳母是反對的。她認為醫院顧得比較好，有任何狀況可以馬上處理，而且女兒的昏迷指數介於六至八之間，醒來的機率不是沒有。但是趙玉明很堅持，所給的理由是因為工作忙，他不方便每天往醫院跑。而且，他說，病人需要刺激才可能甦醒，但醫院的護理人員不可能提供這方面的協助，帶回家就可以執行個人化的照護計畫。岳母聽了覺得有道理，又問了醫生，醫生也這麼推薦時，她就不再反對了。

九點多趙玉明回到家，西拉告訴他也有通知陳媽媽。（我後來問西拉當時他怎麼反應，她說趙玉明先是愣了一下，然後馬上說很好。）過沒多久，陳媽媽從桃園趕來，看到女兒時哀痛逾恆，我就不多說了。重點是，就在為死者整理遺容時，老太太赫然發現一直掛在女兒胸前的純金鑽石項鍊不見了。她問其他兩人項鍊呢，趙玉明說他沒拿走，西拉也說不知道。趙玉明開始檢查家裡，客廳和其他兩個房間都看了，結果發現書房裡、價值二十多萬的勞力士手錶也不見了，於是報警。

趙玉明把太太帶出醫院之前，先在柏林路租下了這間公寓。它的位置和地理環境，你聽聽看，很有意思。湖北里在林口算是比較偏僻的區域，而柏林路則是偏僻中的偏僻。那條小路只有兩排錯開的連棟公寓，我說錯開是指它們不是面對面，而是從福林路轉進柏林路，走五十公尺後左邊有一排五層樓的連棟公寓，再往下走七十公尺快要到底的時候，右邊有一排四層樓的連棟公寓。趙玉明選的比較裡面的右邊那一排，而且是其中最左邊那一棟的底層。

你知道我在暗示什麼了吧？如果趙玉明把老婆接回家是為了謀害她，他選了絕佳地點。

第一，柏林路上沒有裝任何公家監視器；第二，他住的那一排公寓本身沒有警衛，也沒監視器；第三，公寓正對面是荒地，只有零星垃圾和大型廢棄物，後面則是雜草叢生的小山坡，毫無照明設備；第四，最左邊，也就是柏林路的盡頭，是一片樹林，沒人管理，也沒步道，但是穿過樹林、順著斜坡往下走，可以走到安福路，一個同樣偏僻、同樣沒有監視器的地段。

現在我們走進公寓，看看裡面的格局。前門有兩道，最外面是大門，進去後有個小小的院子，再來是紗門，紗門之後是鐵門。因為院子上面加蓋了遮陽板，是封閉的，所以平常不會關上那道鐵門。走進屋內，首先看到客廳，走廊在左邊。客廳之後第一間最大，是病人的房間，西拉也睡在裡面，第二間是書房，第三間是趙玉明的臥室，再來是廚房。廚房有個紗門，通往長方形密封式陽台，陽台左邊有一道鐵門，平常不用，只有換瓦斯桶或修理東西時才會打開。

這個案子目前唯一確定的是家裡被人闖入，因為病人的項鍊被偷了。至於趙玉明聲稱他的手錶也被偷，我存疑。為什麼？因為手錶是不是放在書房裡，除了趙玉明以外，沒有人可以證實。陳媽媽知道有這隻手錶，但也只看過一次，而且她從來沒走進書房。西拉也是，平常她打掃家裡時，趙玉明交代過，書房不用打掃，因此她從來沒有進去過。至少，西拉這麼說。

再來，闖入者的路徑只有兩個：不是前門，就是後門。走前門有被鄰居看見的風險，後門相對安全。而且從竊賊的觀點來看，後門的門鎖裝置比前門的簡單。我問趙玉明和西拉，平常後門有沒有反鎖，兩人都說只要記得都會反鎖，但是有時送瓦斯或維修人員進出之後，說不定會忘了反鎖。兩人都不確定案發當天後門是否反鎖。但是等我們的人員到達之後檢查，後門沒有反鎖。以上是針對竊賊而言，假設闖入者已經有鑰匙，如果遇到後門反鎖，走前門是一樣快速的。當然，如果闖入者是和趙玉明串通好的人，趙玉明一定會事先確定後門沒有反鎖。

現場的鑑識報告，我不用說得太細，只說重點。如果你有興趣，哪天到局裡來，我可以拿給你參考。重點只有幾項。第一項，那段時間鄰居沒有人看到可疑人物。第二項，前後門都沒有遭到破壞的跡象，顯示闖入者不是技巧熟練的竊賊就是已經有了鑰匙。第三項，採集到的微物證據，例如腳印、沙礫、指紋（包括門把、呼吸器的按鈕開關、死者的臉部和頸部等等），沒有一項是可疑的，也就是說沒有一項可以明確證明，除了趙玉明、西拉和陳媽媽以外，曾有第四個人涉足這個所在。我看了報告不敢置信，叫鑑識組再查一遍，結果還是一樣。根據鑑識組同仁研判，有兩個因素。首先，發現病人過世後家人一陣驚慌，查看這個、查看那個，導致犯罪現場遭到嚴重破壞。再來，如果闖入者有備而來，完成任務後立刻離開，待在屋裡的時間可能不會超過十分鐘。關於這點法醫也證實了，對於一個無法自主呼吸的病人來說，只要關掉呼吸器，不出幾分鐘病人就會因腦部缺氧而死亡。

在嫌犯方面，我們最先排除瓦斯行老闆犯案的可能，事發當晚他有經查證屬實的不在場證明。何況，他每次送瓦斯時都是從後門走到廚房，根本不知道其他房間的狀況。

西拉有機會犯案，但可能性微乎其微。首先，如果她覬覦的是項鍊，她偷了要藏在哪裡？根據岳母所說，案發前一天她才來過，而且清楚記得那時項鍊還在。好，假設西拉偷了項鍊，然後把它藏在屋子外面，或者是交給伊萊莎幫她收好，她卻沒有故布疑陣，讓家裡看起來好像有外人入侵的跡象，這也說不通。如果真的要偷東西，為什麼不等她離職的前一天，到時候遠走高飛、不知去向不是比較方便？更關鍵的是，西拉精神正常，沒理由殺死病人。她先後來台工作六年，之前做了兩個地方，趙家是第三個。每個雇主對她印象都很好，都說她個性開朗，做事勤勞，喜歡喝珍珠奶茶，會一邊做事一邊哼歌。

再來是竊賊的可能性。如果真有竊賊而且鎖定了趙家，他必須事先花時間觀察，搞清楚主人和看護的作息，尤其是西拉丟垃圾的時間（因為她通常只有那個時候才會出門），還要等到趙玉明那時剛好也不在家才能動手。這需要很多時間。就為了什麼？他根本不知道會有什麼收穫，也不可能事先知道有那個價值十萬塊的金項鍊，或者是高級手錶，憑什麼盯上趙家？

縱使給他盯上了，進去之後他如何一眼就看到病人衣服底下的項鍊？西拉發現病人死亡之後都沒察覺項鍊不見了，竊賊的眼力有這麼尖？趙玉明說他把裝在盒子裡的手錶放在書桌最下面那個抽屜，如果屬實，竊賊應該不會錯過。但是，項鍊？假設我是竊賊，我從後門進入屋內，快速搜索財物，第一間是臥室，沒有收穫，第二間是書房，找到手錶，來到第三間，看到病人躺在那邊，鼻子、喉嚨都插著管子，我會怎麼想？當然是立刻馬上閃避，走到客廳，難道還：喔，有病人，待恁爸關切一下，或者走近一點，看看病人有沒有意識，然後瞄到衣服底下有價值不菲的項鍊？更重要的疑點來了，他拿走項鍊也就罷了，何必殺死病人？

嘿嘿，果然是行家，什麼細節都沒放過，還記得我說西拉發現病人已經斷氣的時候兩眼是睜開的。你說搞不好竊賊摘下項鍊時，病人突然張開眼睛，把他嚇了一跳，以為病人是有知覺的，因此一不做二不休，殺人滅口。

你提出的這點是後來我們主要的偵查方向。我們鎖定了林口、五股、泰山、新莊幾個有前科的慣竊，查他們的行蹤，還拿搜索票去搜查兩個主要犯嫌的住處，結果一無所獲。我們查了很多當鋪，結果也是一樣，沒有冒出項鍊或手錶。如果竊賊是新手，困難度就增加了。但是我要強調，如果是新手，他會走進病房嗎？他有足夠的冷靜，在受到驚嚇的情況關掉呼吸器、確定病人死了以後再打開呼吸器以掩人耳目嗎？當然，還有一個可能性，竊賊不是生手而是沒有案底的慣竊，或者是和林口一帶沒有地緣關係的老手。這是我們後來偵查的重點。

關於死者雙眼睜開，我覺得有點奇怪，所以去請教法醫。他的說法很玄，不曉得是在唬爛還是真的相信那一套，他跟我說，搞不好是迴光反照或死不瞑目：病人在危及當下意識到有人想害她，她無能為力，只能使出吃奶的氣力睜開眼睛，用惡毒的眼光譴責加害於她的人。幹，恁爸才不信那套，覺得他在胡說八道，跟他說：你是不是屍體看太多了整個腦袋都是靈異。你知道嗎，吳誠兄，我不覺得台灣警界三不五時配合媒體說什麼冤死的人託夢然後找到線索這種作法是對的。那是有損我們的專業形象啊。我相信科學，我相信證據。對不起，一時激動扯遠了。

後來，我去請教病人的主治醫師。醫生說車禍急救之後病患保住了性命，但因而腦部嚴重受損而不省人事。剛開始昏睡不醒，昏迷指數在四五之間，為了保命只能氣切插管，使用人工呼吸器。但是手術完成的三個月之後，病情略有起色。之前護理人員撥開病患的眼皮用手電筒照射時，看不到瞳孔有什麼變化，或者刺激手臂內側最敏感的神經部位時也沒反應。可是後來有了，病患開始怕光、怕痛，對聲音也有反應。對於這個進展，醫生審慎而樂觀，意思是他把審慎擺在樂觀前面，可是病患的家屬通常是樂觀而期待奇蹟。醫生跟我說，奇蹟不是沒有，但機率小之又小，誰也說不準。

陳香婷病情好轉沒多久，趙玉明便決定把老婆帶回照顧。我問醫生這個決定合理嗎，醫生說，很合理：只要病患的生命跡象已呈穩定、在可控制的範圍時，出院回家是最好的選項。他還幽我一默，說醫生不是偵探，對於家屬的要求是不會過問動機的。總之呢，離院之前醫生告誡家屬，雖然病情已趨好轉，昏迷指數提升到七八之間，甦醒機率略有提升，但因病患車禍時也傷到氣管，在無法自主咳痰之前，無論如何不能停掉呼吸器。如果真要實驗，一定要回到醫院執行，以防萬一。

醫生這邊是審慎多於樂觀，西拉和陳媽媽則是樂觀多於審慎。根據她們倆的描述，好像天天都有奇蹟。她們認為，就五種感官來說，病人都有反應：聽到有人叫她名字時會張開眼睛、西拉幫她擦身體時也有反應，甚至媽媽帶來女兒最喜歡的紅豆湯時，病患好像也聞到了味道而鼻尖抽動了一下。關於這點，我問趙玉明怎麼認為，他表示一直相信老婆終有一天會醒來，而且他的努力顯然有了成果。

他所謂的努力是這樣的：把老婆帶回家裡後，到處尋找偏方，一下子這個名醫，一下子那個名醫。所謂名醫，除了找中醫師開藥和針灸以外，還包括塞你娘恁爸最痛恨的江湖術士。比如說，趙玉明會高價聘請大師回家為病人看相，然後對大師的建議言聽計從，例如放一根竹製掃把在病床底下，或者是在家裡哪個地方擺一個改運羅盤之類的噱頭。這種連我都不輕易相信的東西，搞科技的趙玉明怎麼可能相信？依我看這些都是障眼法，他想建立深愛妻子的形象。

以下是西拉告訴我的，案發一個月前發生的事。有一天夜裡西拉在為病人按摩時，病人突然睜開兩隻眼睛，西拉大為驚喜，趕快叫待在書房的趙玉明過來看。兩人看著病人的眼珠子晃來晃去，好像無法聚焦，因此一起叫著她的名字。有那麼一剎那，西拉說，病人好像「看見」了趙玉明，眼珠子停了一下，而且，她發誓說，一滴眼淚出現在她的眼角。這個兩眼大張的情況之後沒再發生，直到病人斷氣的那個晚上。西拉認為這是病人有望恢復意識的跡象，但是趙玉明沒她那麼興奮。我問他關於西拉看到的眼淚，他說不是眼淚，應該是汗水。他還說，他有問過醫生，醫生認為可能是無意識反射動作，也可能是病人從昏迷轉為植物人的徵兆，距離恢復意識還有很長的一段時間。

假使西拉看到的真的是淚水，那是什麼性質的眼淚？對陳香婷來說，是愛的眼淚，還是恨？是歡喜，還是恐懼？而趙玉明呢，他有怎麼反應？是高興，還是驚慌？我看是後者吧。那滴淚水讓趙玉明決定提前動手也說不定。

聽我說，我不是一開始就覺得是他幹的。雖然根據統計數字，妻子橫死而凶手是丈夫的比例不小，我也不會從一開始就往那個方向偵查。我是等到衡量了其他人犯案的可能性之後，才覺得他涉案的機率最大。趙玉明曾經不名譽被公司解聘的事，你已經知道了。我不會因此而否定他整個人格，但是那件事顯示他有心術不正的一面。

就拿那隻手錶來說吧。它是有一年公司頒發給他的獎勵，為了他在研發上的重大突破。可是後來發生那些事，他變成人人喊打的內鬼之後，你覺得他對那隻手錶會有什麼感覺？看到它，還覺得光榮嗎？還是看到它，只感到挫敗。說不定他離開公司以後，沒多久就把它賣了，只可惜我們沒查出來罷了。如果手錶早就不在他身邊了，他為什麼說他的手錶被偷了？因為他是個心思縝密的人，因為他懂得臨機應變。

在我解釋之前，我們先來研究那個金項鍊。其實，它大有來頭；不，應該說，它是個神祕的東西。金項鍊不是陳香婷自己買的，也不是趙玉明買來送給太太的，而是，聽好喔，陳香婷的情人買給她的。驚訝了吧？ㄙㄨㄛ索普賴司！Surprise！沒錯，趙玉明的老婆在討客兄！這樣講好像對死人不敬，抱歉。陳香婷在外面有男人。

這不是趙玉明告訴我的。我是在訪問陳香婷的家人時，她妹妹偷偷跟我說的，到現在陳媽媽還被蒙在鼓裡，沒有必要我也不會說破。陳香婷在家排行老三，上面有兩個哥哥，底下一個妹妹。兩個哥哥，一個是上海台商，一個在南部上班，對於香婷的事不是很了解。爸爸不太管事，退休後到處趴趴走；媽媽最關心香婷這個女兒，因此女兒很多事沒說，怕她老人家擔心。但是她很多事會跟妹妹秀婷說。秀婷三十出頭，穿著像個辣妹，還沒結婚，住家裡。她說呢，有一次香婷回娘家，吃完飯後姊妹倆在房間聊天。姊姊拿出一個精美禮盒，裡面有一條十八K金〇．三克拉的鑽石風車形項鍊。我手機有照片，你看看。很漂亮，乍看以為是十字架，其實是風車造型。項鍊應該是在國外買的，網上有賣類似的款式，但這個高級很多，價值接近十萬塊。

妹妹問姊姊，哪來的？姊夫送的？姊姊搖頭。自己買的？姊姊搖頭。然後姊姊要妹妹發誓絕對不許說出去：那是一個很愛她的人送的！

姊姊告訴妹妹，她和趙玉明之間的感情早就淡了，尤其趙玉明發生那件不名譽的事情，讓她更加失望啦點點點，反正不出婚姻出軌那套說辭。重點是，姊姊覺得這一次她找到了真愛，跟那個男人在一起充滿著激情，還有她想離開趙玉明等等。但是不管秀婷怎麼追問，她就是不願透露那個男人的身分，只說：「反正妳不認識他，跟妳講名字也沒用。」

有趣的事情發生了，就在妹妹一邊幫姊姊戴上項鍊、一邊讚嘆哇好美喔的時候，媽媽走了進來，一看到項鍊就說，哇，這麼水的項鍊哪裡來的？一定是阿明送給妳的吧？他對妳真好！兩人都沒有說話，沒說是也沒說不是，結果就造成了媽媽的誤會。

之後，姊姊把項鍊交給妹妹幫她保管。時間跳一下：兩個月後姊姊出車禍了。秀婷在醫院看到姊姊那個模樣心情很糟，回到家後想到之前姊姊幸福的神情，感觸良多，於是把項鍊拿出來看。這時候，媽媽又走進來。（這個媽媽好像在演八點檔，總是在重要時刻走進來。）媽媽一看到項鍊就說，怎麼會在這裡？秀婷答稱上次跟姊姊借來戴的。媽媽說怎麼可以！那是人家阿明對姊姊的愛心，怎麼可以讓妳借來借去的。第二天，媽媽把那條項鍊帶到醫院，為昏迷中的女兒戴上，還跟趙玉明說：「你送給香婷的十字項鍊一定會給她帶來保庇。」如果趙玉明之前不知道項鍊的存在，不難想像他驚訝的程度。

針對出軌和項鍊我都問了趙玉明，他說完全不知情。岳母把項鍊帶來醫院那一天，他就打電話給秀婷，但小姨子什麼都沒告訴他，反而問他：「不是你送的嗎？」他還說，把妻子接到林口之後他就把項鍊收起來，但是岳母來看女兒發覺項鍊不見了，堅持一定要為她戴上。趙玉明不想傷岳母的心，所以沒說出實話，就這麼讓病人戴著它，直到那一天。

因為陳媽媽的誤會，因為她對女兒的愛，來路不明的項鍊成了命案的鐵證。找到項鍊，自然找到了凶手。

我就知道你會問車禍的事。我是希望你有以上的背景資料之後，才談到車禍的事，順便給你一個清楚的時間表。

二〇一〇年三月，趙玉明東窗事發，四月離開那家公司，七月趙玉明和老婆從內湖搬到林口，並成立自己的公司。陳香婷是補習班老師，教英文的，聽說小有名氣，搬到林口後便從八月開始加入當地的補習班。夫妻倆那時候住在林口比較熱鬧的地方，所買的公寓也比柏林路這間高級，有門禁有警衛的那種。二〇一一年八月，陳香婷跟妹妹透露在外面有相好的。兩個月之後，十月二十三日下午兩點多，陳香婷開車離家，前往桃園。她沒走高速，而是山間小路。兩點三十四，開車中的陳香婷接到趙玉明的電話，兩人講沒多久就掛斷，掛斷後沒多久就出事了。陳香婷當時開在下坡的路上，車子衝破欄杆後往斜坡下墜，最後撞到一棵樹，人還活著算是奇蹟。警察調查的結果顯示，行車監視器沒有受損，可惜沒打開。檢查車體時發覺車子的屁股凹陷，上面沾染了來路不明的銀色金屬，因此警方研判起因可能是後車追撞然後肇事逃逸。

但是，你猜對了，那是鄉間小路，現場和附近都沒裝監視器，警方也找不到目擊者，案情陷入膠著。因為涉及鉅額保險費，五千萬，保險公司的調查比警方還徹底，但也沒查出結果。我說車禍之前陳香婷接到老公的電話，因為現場的手機是這麼顯示的。警察調出通聯紀錄，查出趙玉明發話的地點就在林口，而且他自己說當時他正要前往公司附近的山區運動。警方到了車禍現場、查出陳香婷的身分後打電話給他，但一直打不通。他說上山之後他關機了。結果你都知道了，警方找不到肇事者，也排除了趙玉明犯案的可能性，保險公司再賭爛也不得不付出五千萬。

至於行車監視器為什麼沒打開只有開車的人知道。一般人裝了行車監視器不會一下開一下關；有的車子甚至熄火時監視器還在運作。唯一可以想到的理由是，開車的人不想留下行蹤紀錄，這顯然和陳香婷有小王有關。有時出門辦正事，有時去幽會，很容易搞混，乾脆監視器一直保持關閉最保險。什麼？是的，他們夫妻各自有車。

我們來看車禍。陳香婷紅杏出牆，妹妹秀婷認為姊夫不知道，趙玉明也宣稱被蒙在鼓裡，並不代表他真的不知道。不要被那通電話給騙了，以為事發當時趙玉明人在林口。以現代科技和他對軟體的了解，總是有辦法故布疑陣，讓警方以為他不在現場。我問了一個專攻這方面的同事，他說理論上行得通。假設趙玉明有兩支手機，A手機是平常用的那支，B手機是沒人知道他有的那支。他可以在桃園的鄉間小路用B手機來啟動A手機，再從A手機撥電話給老婆，讓她和警方以為他從林口打來，其實他人就在後面，準備用車子撞她。完美不是嗎？不過，我同事同時說，用手機和電腦搞鬼很容易，可是不留下蹤跡卻很難。管他科技多尖端，凡走過必留下痕跡，很公平吧？無論如何，當初警方在偵辦的時候沒想那麼多，經保險公司要求調查趙玉明的手機後，也沒查到不尋常的現象，車禍的事就這麼了結了。

所以，我能補救的就是這次的命案，但現在碰壁了。我可以設想他犯案的各種方式，卻沒有一項是可以提出證據的。

案發那天下午六點多，趙玉明開車出門到台北車站接一位貴客。這名貴客是他在網站上查到具有特異功能的詹明通老師。開車途中，他打電話給一個同事，和他討論一些公事。七點四十分接到詹老師後，趙玉明和他在地下街的麥當勞面談。跟據趙玉明解釋，他需要「感覺一下」詹老師，得確定他是個正派人士，才會把他帶回家裡。可是八點十七，還沒談完趙玉明便接到西拉的電話。於是，他匆匆付了詹老師車馬費後，開車回家。這一段我們證實了，的確有老遠從雲林坐高鐵來的民俗療法專家詹老師這號人物，在地方上頗有名氣。

從小弟的觀點，趙玉明再次為自己建立了無懈可擊的不在場證明，就跟半年前的車禍一樣。而且這一次毫無懸念，他有詹老師為人證。幹，想到那種騙子自稱「老師」恁爸就想吐。有一次我跟一堆長官吃飯，席間就有一個所謂的高人，大家對他非常恭敬，我他媽才不信，但是長官偏要我多敬他幾杯。敬他的時候，那傢伙不是縱欲過度就是中風多次，杯子根本舉不起來，還需要坐在一旁的女弟子幫忙扶著，講起話來斷斷續續、結結巴巴，隨時都快斷氣的雞巴樣。我跟他敬酒的時候，他以渙散的眼神看我一眼，跟我說「做人可以真誠，做事要圓潤」，我當下聽了，我靠，媽的講到我的痛處，立馬對他改觀，覺得原來是個高人！可是後來發現，他對在座的每個人都給了一個怎麼說都通的警語，而且最後都會加上一句「改天到道場，容我為你化解」，我才發覺塞你娘的恁爸又遇到了騙子。啊？歹勢，我又離題了。你不要喝，我罰一杯。

回到正題，我覺得是趙玉明有意利用詹老師來建立不在場證明。一待接到西拉的電話時，花點錢就可以打發詹老師。

也就是說，案發當時他確實不在林口，不可能犯案。因此，結論只有一個：趙玉明有個同夥人。他的任務是製造不在場證明，同夥人的任務是終結他老婆的生命。

但是，我們找不到那個同夥人。調閱了趙玉明手機和依媚兒的通聯紀錄，我發覺此人不是很孤僻，就是刻意不留下通訊的痕跡。怎麼說呢？他老婆車禍之前，他會跟少數大學時代的朋友聯絡，例如那個代表他的陳榮昭律師。車禍之後，幾個朋友聞訊後都有寫依媚兒或簡訊安慰他，他也一一回了。但是漸漸的，他不再回信，漸漸的朋友也不再寫信問候或找他聚會。案發三個月前，他除了和公司的同仁有聯絡以外，幾乎和外界斷絕往來。一個人要做到這樣不容易。是什麼樣的意志力和決心？還是他在策畫一件大事？或許這只是假象，他其實透過其他方式，例如使用沒有登記的拋棄式手機或者是透過加密暗網，跟某人保持聯繫。在這方面他是專家不是嗎？

假設趙玉明有個同謀，兩人講好四月八號那天晚上動手。首先，趙玉明在半個月前破壞了心臟監視器。再來，趙玉明在案發當天出門前，確定後門沒有反鎖，然後開車離去。同謀等西拉拿垃圾出門後，從後門進去。家裡的格局和病人的房間，趙玉明事前都跟他說了。進去後同謀直接走到病人的房間，關掉呼吸器，等幾分鐘，不然就是用戴著手套的手捏住病人的鼻子，確定她死了以後，打開呼吸器，原路走出公寓，從樹林裡面消失。

神不知鬼不覺。

可是離奇的事發生了。如果凶手是趙玉明買通或串通好的人，他何必拿走項鍊而露出破綻？如果目標是殺死老婆，他怎麼可能指示同謀的凶手拿走項鍊？不可能。所以答案只有一個：趙玉明買通的凶手一時貪心拿走了項鍊，導致趙玉明設計的完美犯罪功虧一簣。我的判斷是趙玉明透過管道——很可能是暗網——雇用了一個殺手，沒想到殺手黑吃黑，讓他啞巴吃黃連，有苦說不出。當岳母發現項鍊不見的時候，他應該比任何人都還震驚。怎麼會這樣？他心裡自問？於是假裝在檢查屋內，其實是一邊檢查一邊想該怎麼辦。他想到如果只是項鍊失竊，針對性太強了，會讓警方以為闖入者有備而來，情急之下，他想到除了老婆以外沒有人知道下落何在的手錶。這個人腦筋動得真快，也因為他面面顧到，到現在還沒找到破綻。幹，講這麼久，恁爸足嘴乾的，頭家啊，「必魯」再提一罐來！

XVIII

失竊的項鍊

1.

在警局看完鑑識報告和筆錄，只有一個印象：airtight，密不透風，一方面警方辦案已面面俱到，厲平威小隊長的調查和推論無可挑剔，該做的似乎全做了；另一方面，如果趙玉明是命案主謀，他的計畫天衣無縫，項鍊不翼而飛乃唯一敗筆，但警方依舊拿他沒轍。

走了一趟命案現場觀察周遭環境後（趙玉明已提前退租，搬回之前的社區），我跟小隊長要了幾個關係人的聯絡方式，包括陳媽媽、妹妹陳秀婷，以及香婷生前好友和補習班同仁。我也想接觸趙玉明那邊的朋友，但有打草驚蛇之虞，因此打消念頭。提出要求前，先跟小隊長聲明「我不是認為你們的調查有何疏漏之處，而是想多了解——」，尚未說完便被他打斷，他說：「儘管插手，我們目前最需要就是一雙新的眼睛，我跟你講那麼多就是想聽你的意見。」

除了這些期望不大的訪談外，我想到別的對策。我決定從趙玉明目前的生活著手。之前，小隊長獲准盯梢並跟監趙玉明但三個月後一無所獲，「這傢伙生活單純，除了公司就是家裡，沒有娛樂，沒有朋友。」不過，小隊長認為作態成分居多；精明如他，應知警方正密切注意他的行蹤，不可能輕舉妄動。小隊長還想持續監視卻未獲上級批准，碰巧轄區內兩個月前發生毒販火拚事件，偵查小組正一頭栽入該案的調查。

或許我可接手跟監。想到這時，覺得自己分不出身，需要胡舍幫忙，但跟監行動費時花錢，不能老是要求他做白工。

信不信由你，正躊躇間，胡舍自投羅網。

「有一樣東西屬於你。」胡舍一臉神祕樣。

「什麼？」我問。

「這個。」他從公事包拿出一只信封。

「什麼東西？」打開來看，是支票。

「你的酬勞。」

「媽的，是你幫我跟他們要的嗎？」抬頭寫我的名字，開票人蔡月娥。

「我沒跟他們要，是阿娥主動問我的。」

「天啊，現在直呼阿娥了。」

「那有什麼問題，你知道她怎麼叫我嗎？」

「我不要知道。」

「她叫我小捨，不捨的捨。」

「我操我快吐了。好了啦，怎麼回事趕快說。」

「阿娥一家很感激你但不知如何報答所以來問我，我跟她說，最單純而實惠的報答就是把你當作受雇的私家偵探，事後給你合理的報酬不就得了。」
「二十萬這麼多？」
「哪有多？我是依你兩個月所花的時間和你的價碼算出來的。」
「好，我收下。」
「啊？這麼乾脆？不來點虛偽的儀式？唉呀不要啦，唉呀拿去嘛。」
「少廢話，我要用這筆錢雇用你。」
「雇用我？又有 case 啦？」
他離開後，我一直思索著他出現的時機。難道是心想事成？有這麼好的運氣？
我想到少年時閱讀《小王子》（故事裡小王子畫了一張圖，大人看了都說是一頂帽子，其實他畫的是「蛇吞象」），不意過沒幾天便在草叢赫然看到一隻小蛇剛吞下青蛙，頭部已經不見了，隨著青蛇往後移動一吋，身體不見了，再一吋之後，兩隻後腿消失了。當時對此巧合驚奇不已，卻不解意義何在。
接著，我想起那天傍晚在真理大學和大笨鳥的奇遇之後當晚作的夢，夢裡的場景是一條上山的坡道，大笨鳥在前引路，我吃力地跟隨於後，來到下坡時視野豁然開朗，大笨鳥振翅而飛，我則輕快地跑了起來，不覺中竟兩腳離地開始滑翔，心中滿是驚喜；最後牠飛到一棵龐然參天古樹，在其頂端盤旋數圈後俯衝而下，消失於由雲霧構成的圓圈之後，我跟著緩緩下墜，穿過雲霧，雲霧之後有一張由細絲編織而成的網篩，穿過時身體分散成千萬個碎片，化為無形。

2.

到桃園拜訪陳媽媽時，陳爸爸正好在家，因此一石二鳥可同時請教香婷的父母。陳爸很像電視廣告上常見的樣板老人，話題離不開養生和病痛，會教你膝蓋疼痛該吃哪個品牌的維骨力，或者是胃痛時該掐手指哪個穴道，提到回春保健操時說來就來，當場在客廳示範一遍，一邊做一邊打嗝。

陳爸是公務員，退休後立志攀登百岳，不時南征北討，陳媽則是天生勞碌命，也常東奔西走，但不是為了健身，而是為了確保遠在上海和南部的孫兒孫女得到最好的照顧。但四個子女裡，香婷最受她疼愛。香婷從小乖巧，又會念書，是家裡唯一考上國立大學且具有碩士文憑的孩子；碩士畢業後因沒找到專任教職而投入補教業，多年來已建立名聲，收入頗豐。當她和趙玉明結婚時，陳媽比誰都高興，認為女兒找到了上好的對象，但陳爸似乎不這麼認為。過動的陳爸認為女婿是個悶葫蘆，兩人沒啥話講；陳媽反駁道，女兒找對象是找可靠的人，不是來陪爸爸聊天的。兩老對趙玉明被炒魷魚一事隻字不提，我也不好意思問。

陳爸個性樂天，笑容滿面，但提到過世的女兒時眼神便抹上一層憂傷。

「小隊長打電話來，」陳媽說，「說吳先生要跟我談一下，他說你是他們聘請的顧問。我不知道現在警察局也有顧問。」

我微笑不語。這是小隊長想到的名堂，以免我師出無名。

「其實我不曉得還有什麼好談的。有一個賊仔偷提了阿香厝內的項鍊和手錶，正在花天酒地錢快花光光，警察不去抓他，偏偏一直懷疑咱阿明實在是完全沒道理。」

「我沒有懷疑趙先生，只是想多了解情況。」

「這樣就好，我給你講，你想從我這邊聽到阿明的壞話是不可能的事情。」

「我主要是想知道那個項鍊。」

「真水！從沒看過這麼水的物件。純金的，底下的吊墜是個十字架，上面還有金鑠鑠的鑽石。」

「我跟妳講幾次了，那不是十字架，是風車的造型。它不是兩支這樣交叉做夥，是四支錯開接起來的。」陳爸邊講邊比手勢示範。

「物件是隨人看的，我感覺它是什麼就是什麼。我偏要說十字架，這樣不是比較有意義？風車有比較水嗎？」

「風車是歐美風，台灣現在流行歐美風，妳就是不懂。」

「你才不懂。十字架有避邪的作用。」

「妳又不信基督教跟人講什麼避邪？」

「你管我是不是基督教，若是跟宗教有關係的物件就有神的保庇。風車有啥路用？」

「風車可以發電。」

「發電？胸口掛一個風車不怕被電死嗎？」

「妳是講到哪裡去了？」

「香婷是基督徒嗎？」我打岔地問道。

「不是，」陳媽說，「但是這沒差嘛。有拜有保庇的道理你應該知吧。」

兩老習慣鬥嘴，我這個外人想把話題導入正軌並不容易。不過，我其實不清楚何謂正軌，不如隨他們想到哪扯到哪。看來無法從他們身上得到有用的資訊，但還不能走，因為妹妹秀婷快下班回家了。

秀婷在一家幼稚園當老師。孩童下課後，她得陪他們坐接駁車一一把他們送到家門口，最後才由司機載她回家。

好不容易，終於等到秀婷。小隊長也跟她說過我今天會來，可能一時忘了，看到我時有點訝異，想起了之後要我等她一下。

二十多分鐘後，秀婷從臥室走出。彷彿變魔術，剛才進門時那個端莊可愛，頭髮紮成馬尾，穿著一襲洋裝和 Converse 平底帆布鞋的幼稚園老師不見了，出現眼前的是小隊長口中的辣妹：放下的長髮兩邊掛了幾條嬉皮風綴飾，上身是細肩帶的吊帶衫，讓豐滿的胸部更為醒目，下身是高腰小短裙，露出一截平坦的小腹，腳上則是高筒高跟馬靴。

「三八查某又要出去了？」陳媽問。

「留一點給人探聽的，穿件外套吧。」陳爸叮嚀著。

秀婷沒理他們，對我說：「走，有什麼話路上聊。」

兩人坐上一輛秀婷預先叫來的計程車，前往桃園高鐵站。她要到新竹和男友會合。我笑說怎麼不是男友來找她，還讓她搭高鐵到新竹，她說男友是科技人，今晚和幾個同事有趴，希望她能出席。我說這麼巧，兩個姊妹都和科技人交往。她說她男友陽光、熱情，才不像姊夫那樣冷冷冰冰、木訥寡言，別人從來不知道他在想什麼。

「我爸有一次跟我說姊夫怪怪的，每次看到他就結一個屎面，我說不要怪姊夫，有人一生下來就一個屎面。」

我問她對於姊姊婚姻的看法。

「我姊從小就是乖乖牌，什麼都按部就班，找對象也一樣，結果選了一個跟她一樣只想打拚事業、不懂得享受生活的人。兩個人很會賺錢又怎樣？快樂嗎？你相不相信，越有錢的人越覺得他們賺得不夠多。後來姊夫鋌而走險，鬧出那個醜聞，值得嗎？他們兩個的感情就是從那時候開始出現裂痕的。」

「妳覺得妳姊姊是那件事之後才有外遇的嗎？」

「應該是。她不止一次跟我說對姊夫很失望。」

「妳覺得她哪時開始有外遇的？」

「我不是跟警察說了嗎？」

「麻煩再講一次。」

「我相信我的直覺。她告訴我的時候——」

「就是拿項鍊給妳看的時候。」

「對，是去年八月。但是我認為她和那個人交往應該是從去年五月開始。因為我事後回想，他們前年七月從內湖搬到林口的時候，姊姊心裡特別不平衡，有一種落荒而逃、被天龍國淘汰的感覺。我都快受不了她了，但是多少可以理解。姊姊是不太有彈性的人，任何計畫之外的波折對她都是困擾。她很喜歡內湖那棟房子，獨門獨院兩層樓別墅，買的時候就四五千萬，現在我看是六七千萬了吧。我覺得她最捨不得的就是房子，但是姊夫失業後，房貸壓力太大不得不賣掉。姊夫為了成立公司所以搬到林口，其實姊姊還是可以繼續在台北工作，可是她說不要，因為台北是傷心地，你見過這麼誇張的人嗎？」

「她會一直抱怨趙玉明嗎？」

「每次看到我就抱怨，又不敢跟爸媽說姊夫的事，你知道我有多倒楣了吧。可是一年之後，差不多是去年五月開始，她就越來越少提到姊夫。當時我以為她終於認命、想開了，現在想起來，很可能是她有對象了。」

「妳覺得姊夫沒懷疑姊姊嗎？」

「我怎麼知道？不要提那個，每次提到它我就生氣。我知道小隊長的想法，我知道你在暗示什麼：姊姊出車禍可能和姊夫有關，對不對？但是你們要為家屬考慮，不是我們不想知道真相，而是真相到底是什麼？當警察和保險公司都查不出有問題的時候，難道我們還折磨自己，認為姊姊是被謀害的？如果是的話，證據在哪？你們一直往那邊暗示，以為不會影響到我和我爸媽嗎？一個人出車禍，我們可以說是運氣不好、開車不小心或者是都是命，可是在沒有明確證據下，你們在我們腦袋種下陰謀的種子，一旦隨它發酵，我們還能平靜過日子嗎？」

「對不起，不過我還是得問：妳對這一次項鍊失竊的事也是這麼感覺嗎？」

「沒錯。我當然希望你們查明，如果姊夫是這麼惡毒的人我希望他被關起來，我希望他下地獄，但是你們不能一直拿臆測來騷擾我們。你要知道，身為家屬，我們是禁不起胡思亂想的。」

到了高鐵站時，我陪她走進裡面，待會可順便坐回台北。距離下一班南下的車次還有二十幾分鐘，我和她在大廳繼續聊。

「妳問姊姊那個人是誰的時候她一直沒透露，但是她曾說過『反正妳不認識，跟妳說也沒用』類似這樣的話。」

「我有嗎？」

「筆錄上寫的。」

「喔……沒錯，她是這麼說過。」

「她的交往圈妳熟嗎？」

「還可以。我跟她大學時期還有聯絡的朋友算熟，她跟他們聚會有時會帶我一起去。我跟她在補習班的同事也都認識。有一陣子我也想去補習班工作，所以姊姊帶我去參觀，去了幾次後就跟她的同事混熟了。有一次補習班犒賞員工到清境農場度假，我也有跟去。他們的福利還不錯，淡季時會辦公司旅遊，可是後來我覺得和可愛的小朋友相處比較適合我，所以就沒去了。」

「意思是，她交往的對象不會是和補習班有關的人。」

「不可能。」

「趙玉明那邊的圈子呢？」

「完全不熟。我一直和姊夫保持禮貌友好的距離，對他的朋友一點認識的興趣也沒。我知道你的意思了，你是指姊姊的對象可能來自姊夫那邊的圈子。」

「也可能是後來認識的人。」她的班次即將進站，我得保握時間：「妳依妳的直覺判斷姊姊可能從去年五月開始有了戀情，這是很好的推論。希望有空的時候憑妳的直覺去感受，想想關於那個男人有什麼細節值得推敲。我認為他是解開謎團的關鍵。」

3.

四天過去了，趙玉明那邊毫無動靜，也就是說沒發現任何可疑之處。我心想如果情形真如小隊長所說，受雇的殺手黑吃黑偷走了項鍊，趙玉明應該不致為了追討回來而讓事情曝光，除非他是一點虧都吃不得的個性。但是根據陳家對他的描述研判，感覺他和陳榮昭律師不同，沒有咄咄逼人的強悍。第一次看到他的照片時，我不禁失笑：怎麼一些搞電腦科技自認為頂尖的人物，在造型上常以賈伯斯為典範：平頭、細框眼鏡、深色T恤、泛白牛仔褲，清瘦身材，儼然賈伯斯複製人。

胡舍問我要不要繼續燒錢，我叫他繼續燒。

第六天，消息來了。趙玉明下班後，直接驅車前往台北大安區，停車後走進一棟高級公寓。幹員小凱馬上跟我聯絡，我聽了先是一愣，但隨即想起來了，跟他說對象應該是去找精神科醫師，在二樓。

之後，馬上打電話給小隊長。

「沒錯，案發兩個月之後，他就定期去找馮醫師。他以前是她的病人。」

「我知道。馮醫師查過了吧？」

「查過了，沒問題。我和她談過，當然她不會跟我講細節，只說趙玉明因為喪妻心情不穩定，所以開始定期回診。那女人真漂亮，可是怎麼不笑一個呢？」

「她不跟警察笑。」

記得她也沒對我笑。

我這邊也在做白工。上台北跟香婷幾個大學時期的好友訪談，一無所獲。他們都很客氣、都表示遺憾，問及香婷和先生之間關係時的回答則流於敷衍，「不錯啊」、「很好吧」、「超登對的」。

我和補習班主任聯絡，邀他吃個便飯、聊聊香婷，並希望他能找幾位和香婷較為要好的同事參加。在餐館會面那天，除了男性張主任外，還來了行政人員龔小姐、教國文的女性李老師、教英文的男性石老師。

他們都住林口，從互動中感覺同事之間的感情非常融洽，不時互相取笑。張主任告訴我，香婷搬到林口後透過朋友來找他，香婷在台北補習界英文這一科本來就小有名氣，補習班當然歡迎她的加入。

「說真的，吳先生，我不曉得除了已經告訴警方的還能告訴你什麼。」主任說。

「沒事，大家就聊聊和她互動的情形吧。首先，你們見過她先生趙玉明嗎？」

「從來沒有，至少我沒見過。」主任邊說邊看看其他人，其他人也搖頭。「我們有家眷參加的聚會，他從來沒出現。」

「我有問過香婷，怎麼沒看過妳老公，她只說他是宅男，整天守在電腦前。」李老師說。

「聽說好像是開一家電腦公司。」石老師說。

「軟體設計公司。」我說。

「我算是見過一次，但是沒打招呼。」龔小姐說。「有一次香婷東西忘了在辦公室，打電話要我幫她拿到外面給她，我出去的時候她的車就停在補習班對面。旁邊坐的應該是她老公吧，香婷沒有介紹，那個男的也沒跟我打招呼，超奇怪的。」

「長什麼模樣？」我問。

「平頭、戴眼鏡，瘦瘦的。」

「陳老師會不會主動提到她先生呢？」我又問。

很少，四人異口同聲。或許她不知道該怎麼說吧，我想，顯然香婷不想讓同事知道趙玉明不名譽的事。似乎探不出個所以然，因此我決定不再提問，請大家一邊吃飯一邊聊著對香婷的感覺。他們口中的香婷為人和氣，教學認真，有空檔時會和同事出去喝咖啡閒聊。龔小姐提到香婷喜歡名牌，包包、衣服、皮鞋都很講究，李老師補充地說，很有品味，是那種淡妝就美呆的女人。石老師說香婷算他前輩，對他不藏私，會跟他分享教學上的撇步。

「香婷是一開始就跟大家很熟嗎？」

「沒有。」主任說。「是後來才變熟的。」

「一開始我以為她是來去匆匆、上完課就拍屁股走人那種。」龔小姐說。「有些老師就是這樣。」

「每個人個性不同嘛，而且這年頭大家都很忙的。」主任說。

「主任，我又沒有在抱怨他們。」

「後來她沒課的時候會待在補習班。」李老師說。「我們是那時候才跟她比較熟。」

「差不多哪時開始的？」

「忘了。」

「應該是去年五六月的時候。」龔小姐回憶道。

「就是出車禍的前三個月？」我想到秀婷的直覺。

「差不多。我那時育嬰假剛回來，香婷跟我恭喜，我給她看照片。那天是我和她去隔壁喝咖啡的第一次。」

「後來我也加入。」李老師說。

「聊些什麼呢？」我問。

「反正就閒聊。我們會說些家長的八卦和班主任的壞話。」龔小姐說。

「什麼壞話？」主任假裝抗議。

「我和裕心（龔小姐）會聊到小孩還有老公。雖然覺得奇怪香婷怎麼還沒小孩，但這種事不能隨便亂問。」李老師說。

「我記得有一次她臉上的表情很奇怪，好像是遺憾，又好像是期待，跟我說人生是可以改變的，我不懂她在講什麼，問她什麼樣的改變，她也沒回答。」龔小姐說。

「她也跟我說過，」李老師說，「而且不止一次。她會聊到一半時突然變得沉默，一副若有所思然後冒出一句，說她很想改變但改變需要勇氣。我問她哪方面，人生啊，她說，換個環境或風景啊，然後又笑著說別理她，她也不知道自己在想什麼。」

「她看起來好像有心事，可是卻感覺心情蠻好的。」龔小姐說。

「後來警方跟我們說她有外遇，」張主任說。「我們都很驚訝。」

「說不定就是那時候開始的。」石老師說。

「我也這麼猜想，」我說，「因此請你們回想去年五月到八月期間有什麼不尋常的現象。」

「也沒什麼，只覺得她留在補習班的時間變多了。」李老師說。

「對，而且電話也多了。」龔小姐附和著。

「手機嗎？」

「不是，公司的室內電話。」

「電話是妳轉給她的嗎？」

「不是，如果知道她的分機可以直接打給她，不用透過總機。」

我跟他們說一聲失陪，走出去打電話給小隊長。

「吳大哥，什麼事？」

「我在報告裡看到陳香婷出車禍的時候，車子裡只找到一支手機。」

「是啊，怎麼啦？」

「當時有沒有查手機的通聯紀錄？」

「對喔，上次忘了跟你說了。當時負責的員警有查通聯紀錄，但是沒查到值得注意的訊息。」

「也就是說沒查到誰可能是陳小姐的情人？」我問。

「這樣問不對，因為當時沒有人懷疑她有情人。」

「對喔，我把時序搞混了。妹妹透露有情人是在姊姊過世、項鍊失竊之後。」

「沒錯，車禍那時查她的手機只是例行公事，警方沒有刻意要找什麼。」

「了解。」

「但是保險公司就不同了。」

「怎麼說？」

「我上次說過了，因為涉及鉅額保險金，保險公司的調查比警方還徹底。我訪談過那個案子的調查員，他說在車禍現場四周搜尋了很久，一寸一寸地毯式搜索。」

「他在找什麼？」我問。

「他說整台車撞得稀巴爛還歪一邊，擋風玻璃破成碎片，他在找從車上飛出來的東西。」

「結果呢？」

「沒什麼重要的。」

「原來如此。可是不是很奇怪嗎？如果是這樣，陳香婷和情人如何聯絡、如何敲定約會的時間、地點？」我說。

「是很奇怪。但是秀婷訴我她姊姊有外遇後，我調閱了陳香婷車禍前手機的通訊紀錄，還是沒發現任何線索。」

「我現在正在訪談她補習班的同事，他們的印象是陳香婷常常用公司的電話和別人聯絡。」

「抱歉，這個也忘了說了。我們知道這件事，也向電話公司調閱了紀錄。你也知道，公司行號的往來電話特別多，也沒辦法確定哪一通是打給她的，但我們還是大致過濾了，找不到任何一個會讓我們眼睛一亮的名字。」

「如果那傢伙也用沒登記在他名下的電話就不容易漏餡了。」我說。

「可是搞外遇需要這麼小心嗎？」

「我也不懂。可以確定的是，對方和陳香婷都在防著趙玉明，而趙玉明又是軟體設計師，如此小心翼翼或許有道理。」

「大概吧。」

「我覺得我們在找一個城府很深的人。」我說。

「沒錯，一個潛得很底層的人。」

回到餐廳時，他們正在討論下次公司旅遊的地點。

「對啊，為什麼不到國外玩呢？」龔小姐起鬨著。

「喂，妳以為補習班日進斗金啊？還國外呢！」主任抗議道。

「可是我知道業績不錯啊，因為我是負責收錢的哈哈。」

大家都喝了一些酒，心情不錯。

「你們常出去玩啊？」我加入談話。

「這是我們主任的德政。」石老師笑著說。

「什麼德政，太誇張了吧。說真的，吳先生，很多補習班把自己當作學店，但我的想法不同。同事間有緣在一起工作，應該多多相處；家長看得起我們把孩子送到這兒來也是緣分，我們就要好好照顧，縱使有些學生不是來學習的，我也要確保他們不會跑到外面去學壞。」

「這點我完全同意。敬你，主任。」剛才說不喝的李老師手裡也出現了一杯啤酒。

我跟著舉杯，喝完後再舉杯：「謝謝各位，我敬大家。我上過補習班，對補習班的印象就是冷冰冰的，上完之後老師是誰全忘了。」

「吳先生，」龔小姐說，「時代不同了，現在的補習班除了教學，還是個安親班。」

「妳是說馴獸班吧！」石老師說完自己哈哈大笑。

「石老師，這可不能隨便開玩笑的。」主任笑著說。

「就是嘛，石老師，我們真的很關心學生呢。」李老師說。

一陣短暫的空白讓我想到一件事。

「你們跟陳老師的妹妹秀婷熟吧？」

「當然，好可愛的一個女孩。」主任說，「她差點來這邊工作。」

「她說有一次跟你們去清境農場旅遊。」

「對啊，她超搞笑的。」龔小姐說。「石老師對她有意思，可惜被她打槍。」

「屁啦，我哪有。」

「我那次沒去。」李老師說。

「這是哪時候？」我問。

「那是……」主任說。

「去年二月春節前幾個禮拜。」龔小姐。

「你們不是說陳老師那段時期跟你們還不熟嗎？」

「沒錯，」主任說，「那一次是她想把妹妹介紹過來，正好有這個旅遊，我建議她帶妹妹來參加，跟大家認識認識。」

「你們定期辦旅遊嗎？」我問。

「只要時間允許，」主任說，「一年兩次。」

「香婷參加過幾次？」

「兩次吧？」主任問龔小姐。

「兩次沒錯。」龔小姐說。

「至少我去的那次她在。」李老師說。

「對，最近的一次她有去。」龔小姐隨口附和，然後皺起眉頭。「可是後來好像，好像……」

「我記得了，」主任接著說，「才到飯店 check in 沒多久，她跑來跟我說家裡突然有事，必須趕回家處理，我問出了什麼事，她怎麼回答的我忘了。」

「沒錯，主任吃晚飯的時候才告訴我們。」龔小姐說。

「我馬上請櫃檯幫她叫計程車把她送到車站。」

「這是哪時候？」我問。

「哪時候？」主任說。

「就是上次我們去墾丁玩的時候。」龔小姐說，

「哪年哪月？」我追問道。

「我查一下。」龔小姐查看手機。

「什麼事？重要嗎？」李老師問。

「去年，二〇一一年七月三號。我們三號入住，五號離開。」龔小姐說。

「香婷是三號 check in，當天傍晚離開。」主任說。

「也就是去年她開始待在辦公室、跟你們喝咖啡那段時候？」

「差不多那時候，有什麼問題嗎？」李老師說。

問題很大或者只是穿鑿附會，只待進一步釐清。和他們分手後，馬上打電話給秀婷。

「你好，我是吳誠。」

「什麼事？」

「我需要釐清一件事。去年七月初那段時間，你們家裡有沒有發生重要的事？」

「我不曉得你在講什麼。」

「比如說去年七月間你們家有沒有人生病或者是——」

「拜託，我快受不了了，一年多前的事我怎麼可能記得？你這樣一直來煩到底什麼意思？沒有用的。不要再打來了！」

4.

過幾天再去找秀婷吧。她若不願見我，只得去向陳媽媽求證。如果查明去年七月三號到五號期間陳家沒出什麼大事，那麼香婷大半是以此為藉口提早離開隊伍。去哪？除了私會情郎，我想不到別的。

接下來我想訪談看護西拉，透過小隊長應該不難找到她目前工作的地方。

同時，趙玉明那邊有了些微變化。根據小凱通報，趙玉明去見馮醫師的次數，從一個禮拜一次變為兩次，而且待在裡面的時間從一個小時變成兩小時。我不曉得這代表什麼。他的心情變糟，需要更多時間和醫生談話？還是他和馮醫師之間……不太可能，就職業禁忌來說，精神分析師不可以和病患有任何戀情，情況嚴重者可吊銷執照，馮醫師怎麼看都不像那種人。然而，我記得馮醫師那兒是住辦合一的格局，公寓裡除了診療室，還有屬於她私人的居家空間。趙玉明每次去都只待在診療室？抑或……我任由香豔的幻想起飛。

我去電給小隊長，告訴他最新發展和我的想法。有意思，他說。「不過無法證明什麼。搞不好趙玉明這傢伙受到良心譴責，覺得自己罪孽太深，需要更密集的治療。他什麼都可以對馮醫師說，不是嗎？醫師是不能透露的。我上次跟你說我們查過馮醫師，我是指連她的通聯紀錄都調來看了。馮醫師家裡的電話、手機，還有電子信箱，都沒顯示她和趙玉明，除了預約看診外，有其他互通訊息的紀錄。」

我突然警覺，要是趙玉明和馮醫師之間有鬼，兩人顯然心機忒重，對於私事保護的程度猶如財政部的金庫，和時下在社群媒體公開私事、甚至私處之事，猶如在廣場大曬褻衣、不留丁點給人探聽的風潮分明是另一個極端。

我又想到，香婷和她的祕密情人不也一樣？這些白領階級專業人士真他媽有一套。互不相容的激情和冷靜在他們的行為裡竟能相輔相成？他們在玩什麼遊戲？應該這麼問，他們玩的是什麼樣的遊戲？

「哇，so nice，你怎麼知道我喜歡珍珠奶茶？」

「隨便猜的。」

看到珍珠奶茶，西拉眼睛頓時亮了起來，宛如天真無邪的小孩。

西拉中文不好，我以英文和她交談。善良的她想到死去的香婷眼眶泛紅，淚水要掉不掉的掛在睫毛邊緣。她和陳媽媽一樣，深信病人隨時都會清醒過來。她說趙先生要上班，有時還得加班，不像她一直在病人身旁，病人有什麼變化她當然最清楚。我問她關於病人有一回兩眼大張、看到趙先生時好像掉眼淚的事，她說真的是眼淚，「那個房間一直開著空調，怎麼會是汗水？趙先生就是不相信。後來有幾次我也覺得病人有明顯反應，叫趙先生來看，他都沒我興奮，只叫我繼續觀察。或許他比較謹慎吧。」或許他心裡開始著急了，我這麼想但沒說出來。「掉眼淚那次是什麼時候？」我跟她確認時間。「今年二月，」亦即出事前兩個月。我還問西拉關於三月間心臟監視器故障的事，她說警察也問過這個：「不曉得，病人過世半個月前，我出去買東西，回來的時候就發覺螢幕暗掉了。」「那時候有別人在家嗎？」我問。「趙先生在家。」她說。「為什麼沒拿去修？」我問。她說，趙先生那陣子比平時忙碌。我記得筆錄也是這麼寫的，趙玉明聲稱那陣子「在忙一個case，一時疏忽，沒想到……」。

看她喝得津津有味彷彿瓊漿玉露，我為她再點一杯珍珠奶茶，自己也陪一杯，搭配一些甜食，兩人共度愉快的下午茶。道別後，看著她嬌小的背影慢慢隱沒於人潮中，我在心中祝福她，希望雇主善待她，希望她早日回到家人的身邊。

釐清警方的調查時，我老是把車禍和項鍊失竊混在一塊，有必要列出明確的時間表：

二〇一〇年

四月：趙玉明離開原來的公司。

七月：趙玉明夫婦從內湖搬到林口；趙玉明成立軟體設計公司，陳香婷開始在當地補習班任教。

二〇一一年

二月：陳香婷為了介紹妹妹給補習班，帶她參加公司旅遊，但平時和同仁互動不多。

五月：陳香婷較常留在補習班，開始和同仁頻繁互動，並利用辦公室的電話與人聯繫。同時，根據妹妹回憶，較少抱怨丈夫。

七月：補習班墾丁之旅（三～五日），陳香婷三號提前離開。去哪？回台北或去別處有待查證。

八月：陳香婷拿項鍊給妹妹看，並透露在外有戀情。

十月：陳香婷發生車禍。因為妹妹沒說，警方和保險公司不知有外遇一事。

二〇一二年

一月：趙玉明把陳香婷帶回林口柏林路。

二月：病人張大雙眼，疑似能短暫聚焦。

三月：心臟監視器故障未送修。（趙玉明趁西拉出門買東西時破壞機器？）

四月：病人過世，項鍊失竊。

假設趙玉明涉案，關於他的動機與手段，我揣測以下兩種情境：

情境一：趙玉明不察妻子外遇

車禍和他有關的可能性較小，但不能完全排除。他可能因為各種大小原因而殺妻，大則如保險金、小則如無法忍受妻子的數落或冷落。

將妻子帶回家照護後，項錸的出現讓他發現妻子的祕密。謀害妻子一方面基於報復，另一方面，既然保險金已得，不想持續花錢照顧不忠的妻子，而妻子病情略見好轉，長年照護的機率大增。

情境二：若趙玉明已懷疑（或確知）妻子出軌，則有ＡＢ兩種情況

Ａ：他和車禍有關，製造車禍除了貪圖保險金也基於報復心，而車禍前打電話給妻子是為了建立不在場證明。不意妻子沒死，成為植物人。

將妻子接回家是為了完成任務。項錸的出現無異在傷口上撒鹽，使他的意志更為堅定。若妻子知道他和車禍有關，妻子一旦醒來將對他不利。二月間妻子疑似短暫恢復意識（即便只是假象），讓他心生恐懼，促使他提前進度，於三月破壞心臟監視器，於四月完成任務。

Ｂ：他和車禍無關，那通電話純屬巧合。他懷疑（或確知）妻子外遇的心情無從揣測。把妻子帶回時已有殺妻計畫。或者，項錸的出現讓恨意轉為殺念，喚出殺妻的想法。

小結

如果趙玉明涉及妻子的死亡，無論實情接近以上任何情境，謀殺計畫完全由他一個人執行

並不困難，但有兩件事顯示趙玉明必有幫手，第一、案發時他人確實在台北火車站，第二、項鍊不見了。誠如小隊長所說，妻子死後項鍊橫豎是他的，何來偷的必要？因此癥結在於：他的幫手是誰？為何拿走項鍊？小隊長所說的「黑吃黑」可能性最大。

5.

因為這個案子，和艾瑪出遊的計畫只得暫緩。她不介意，反而希望我「再創佳績」，一舉偵破項鍊失竊案。不時聽我分析案情，她也覺得趙玉明這個人有問題。我提醒她，我認同小隊長的判斷，因此對於相關人物的描述不免帶著偏頗的色彩，但這個人不一定有罪。

她反過來提醒我一個幾乎淡忘的插曲。

「你別忘了困擾安安的那件事。」

「什麼？」

「安安回去餐廳拿東西時看到的畫面。」

「對喔。」

「她看到趙玉明在講電話，好像在說悄悄話。」

「沒錯。」

「安安看到的就是趙玉明在跟情人講電話的畫面。」

「一定是情人嗎？」我故意裝傻。

「男人講電話輕聲細語只有幾種情況，不是哄小孩就是哄老婆，再來就是這兩個以外的情人。」

「問題是誰呢？」

「還有誰?!」聽口氣不是問句，而是指責。「還有誰?!他太太死後馬上回去找那個女人不是嗎？」

「馮醫師？」

「就是她。」

「她有可能。可是如果她跟趙玉明有戀情，事情就更複雜了。」

「或者更單純了，不是嗎？你和小隊長不是在找他的幫手嗎？如果馮冰山是他的幫手呢？」

「有可能，但機率很低。」

「但不是沒有。」

「好，我告訴妳為什麼我認為不是馮醫師。假設、萬一馮醫師和趙玉明在一起，兩人為了巨額保險金還有私人恨意設計謀害陳香婷。首先就是讓她出車禍，趙玉明在林口打電話建立不在場證明，同時馮醫師在鄉間小路撞她，結果人沒撞死變成植物人，接下來怎麼辦？」

「再殺一次。」

「這一次的計畫是把病人接回家然後伺機行動。行動當晚，趙玉明在台北火車站見一個人，不可能是凶手，這代表什麼？」

「馮冰山負責殺人。」

「沒錯，她用趙玉明事先給她的鑰匙，等西拉丟垃圾時從後門走進去，然後關掉呼吸器，確定病人斷氣後離開，乾淨利落；兩人從此可以長相廝守，不用再偷偷摸摸，我問妳，她幹麼多此一舉拿走項鍊而惹來這麼多麻煩？」

「對喔。」艾瑪沉吟了半晌後說：「或許我們不能用正常人來判斷他們會做或不會做的事。搞不好趙玉明和馮冰山講好故意拿走項鍊，為的是跟警察炫耀，好像在說看你能奈我何。」

「有道理。他們把謀殺當作一種儀式，而拿走項鍊也在儀式之中。對趙玉明來說，項鍊是妻子背叛的象徵，他不但要她死，還要剝奪她最心愛的項鍊。不能小看仇恨對一個人神智的影響，它會把人引到極端，做出旁人無法理解的行為。但是，等一下，這個推論有漏洞。」

「哪裡？」

「如果項鍊在計畫之中，趙玉明為什麼不第一時間說項鍊掉了？幹麼等到岳母發現了才一副驚訝的模樣？」

「對喔。我知道了，拿走項鍊是馮冰山臨時起意的。」

「這不是更變態嗎？」

「有些人就很變態啊。」

「如果妳的推論是對的，艾瑪，這表示這個案子更難破了。」

「為什麼？」

「拿走項鍊不是一時的貪念，而是趙玉明的同謀要給他一個 surprise。我們看到的破綻其實不是破綻：項鍊失竊原來是畫龍點睛，一切在計畫之中，對於警方的懷疑凶手反而樂在其中，搞不好還增添情趣，只要兩人不鬧翻，怎麼查都沒用。」

「但是你可以刺激他。」
「什麼意思？」
「就像你刺激徐彥彬那樣。」

6.

我能怎麼刺激趙玉明？我憑什麼刺激他？當你手上的證據不足以讓凶嫌俯首認罪時，攻其心理或可一試，但目前籌碼不足，不宜輕舉妄動。
調查到此卡住了。我陷入另一種恐慌。關於推理的恐慌。
艾瑪——我生活中的伙伴、辦案時的「華生」——認為馮醫師涉嫌此案的機率極高，原因無他：我們亟需找到趙玉明躲在廊柱旁「講情話」的對象，而馮醫師是目前唯一浮上檯面的女性。
純粹只為了抬槓，我跟艾瑪說：如果陳榮昭是陳香婷的祕密情人不是更簡單明瞭？
「為什麼是陳榮昭？」
「因為他是目前唯一出線的男性。」
「這樣太無趣了吧？還好你不是寫推理小說，這種故事沒人要的。」
「如果改成：馮醫師是陳香婷的祕密情人，而陳榮昭是趙玉明講情話的對象，會不會比較有趣？」
「還是老套。」

「如果馮醫師，或者陳榮昭，不但是陳香婷的情人、同時又是趙玉明的對象如何？」

「會不會太扯了？」

「推理小說不是越扯越好嗎？」

「我們在談這個案子還是推理小說？」

「我也亂掉了。但是經過這麼一亂我想清楚一件事。」

「什麼？」

「我只想知道項鍊為何不見。兇手為何拿走項鍊？為了錢，還是其他因素？這是我好奇的地方，至於謎底一旦揭曉，那個人無論是誰，我都不會感到驚訝。」

我所知太少，任何一個人「出線」都會讓我驚訝，因此沒有真正的驚訝可言。

我和小隊長見面，把我和艾瑪的想法告訴他。他聽了覺得馮醫師涉案的可能性不是沒有，何況她是目前唯一冒出來的可疑人物，但是如此一來，「會不會太扭曲了？」

「人性有這麼歪嗎？我幹警察這麼多年什麼骯髒事沒見過？照你所說，馮醫師這個人不就很恐怖了嗎？如果是她，顯然不是我平常遇到的罪犯。她和趙玉明相愛，有可能；她和趙玉明策畫並執行謀殺，有可能。但是拿走項鍊，為的是給趙玉明一個索普賴司、增加兩人之間的情趣？不可能。」小隊長嘖了一聲，又說，「簡直玩火嘛！不太可能。」

小隊長後來逐漸動搖，從「不可能」、「不太可能」到「搞不好是」，但可想而知，那是一次沒有結論的會面。小隊長無法單憑空泛的推論跟檢察官申請許可，到馮醫師住處搜索項鍊的下落。

項鍊的來源至為關鍵，需要查訪更多人。眼看已走投無路，不管趙玉明是否會得到風聲，下一步勢必得調查他的朋友。從小隊長那邊拿到名單時，他跟我說：「我很想叫你不要浪費時間，但是不能這麼做。雖然他們每個我都查過、也一一排除涉案的可能，你說不定會有別的發現。」

陳香婷出了車禍之後，趙玉明已不再跟任何朋友互通訊息。因此，小隊長的名單是車禍後曾寫簡訊或電子郵件慰問的朋友，以及車禍前一年曾與趙玉明聯絡的朋友。名單不長，只有八位，其中三位案發當晚的不在場證明無法確立：

高奇昀：以前同事，為趙玉明遭解聘後唯一還跟他保持聯繫的前同事。高已離開之前的公司，現任職於另一家電子公司。案發當晚待在家裡，因獨居，無法查證。

林瓊華：趙玉明大學同學，為某健康飲料公司副總經理。案發當晚獨居的她待在家裡。

陳榮昭：案發當晚獨自在家。

我對於陳榮昭也在名單上面並不感到驚訝，只覺得有趣。

「你問陳律師案發當晚的行蹤時，他的反應如何？」我問小隊長。

「他是刑事律師，知道我的問題只是例行公事，一點都不介意。」

「這三位都是專業人士，住的地方應該不差，都有裝監視器吧？」

「是的，我們調閱了他們住家的監視器，結果沒發現什麼。」

「監視器不是萬能，總有死角。」我說。

「所以我想叫你不要浪費時間，但是不敢這麼說。」

我請小隊長先打預防針，通知高奇昀和林瓊華兩人，近日內會有我這號人物和他們聯絡。至於陳榮昭，我把他放在最後面，也不用打什麼預防針，必要時我自然會去找他。我打心眼裡希望陳榮昭和此案毫無牽扯，只因我不想和此人再有任何接觸。

等待小隊長確認期間，我想走一趟車禍現場。小隊長幫我聯絡了車禍事件保險公司的調查員。電話上，調查員勸我別浪費時間，我說沒事，當作郊遊也不錯。循著他的描述和提供的座標，來到出事地點。

十月初，天氣還很炎熱，抵達時已全身濕透。

我有一個歪理。天候亂了套，導致春秋兩季愈來愈短，再過幾十年地球只剩夏冬。在這不可逆轉的過程裡，萬物受其影響，人類的心靈勢必跟著改變。看看當今國家與國家之間非理性競爭，聽聽那些不再掩飾仇恨的偏激言論，不得不說極端氣候導致極端心理。我們可以透過大自然來理解、預測人類文明的趨勢，但隨著自然界一天少過一天，逐漸消失的是我們心靈的哪個部分？科學家不相信有神，哲學家不相信靈魂，世界還剩什麼？文明可以從「廢墟」中創造出什麼振奮人心的局面……太傷感了，媽的，都怪這詭異的天氣。

出事地點位於林口通往桃園縣的山路，坡道蜿蜒，遠遠看到那棵大樹時，我知道找到地方了。站在斷成兩截的老榕旁環顧四周，看不到人家，來往車輛極少，的確是害人的好所在。

我開始一格一格地毯式搜尋。雖然一年前那名調查員已找過一遍，但是當時他沒明確的目標。我有，我在找通訊器材，例如 BBCall 之類的傳呼器。花了將近一小時什麼也沒找著，正想擴大範圍時手機響起，陳秀婷來電。電話上聽起來很沮喪，似乎才剛哭過。她約我見面，說她想喝酒，想要買醉。

抵達她說的那間小酒吧時天色已暗。

「你要我用直覺回想是不是有點矛盾啊？直覺代表沒有用力想不是嗎？害我什麼都想不到。後來我乾脆不去想它，反而過去的畫面會自動跑進腦海。上次在電話上跟你發飆真不好意思，其實是剛好在生自己的氣。我常在想，如果車禍那時我告訴警察姊姊有外遇，調查的結果會不會不一樣？可是姊姊都撞成那樣，說出她的祕密應該嗎？我媽看到那條項鍊時，我應該告訴她真相，可是我怕她傷心。我媽在這方面很脆弱，她把孩子的幸福擺在第一位，上次我二哥鬧離婚的時候，我媽受到很大的刺激，感覺天快塌下來了，實在是反應過度。姊姊又是她最疼的小孩，要是讓她知道姊姊婚姻有問題，她可能會受不了。姊夫本來不知道的，後來知道了，他一定氣炸了不是嗎？要是姊夫真的害了姊姊，是我的錯吧？我一直以為自己是個果決的人，現在才發覺實在太嫩，碰到關鍵時刻就僵成一塊石頭，事後又沒勇氣彌補……」

她邊喝邊述說內心的掙扎，我則耐心聽著，因回程路途遙遠，不敢多喝。她問我為何需要知道去年七月初家裡是否有突發事件，我告訴她香婷提早離開貔丁的事。

「昨天晚上睡不太著，電視也看不下，一直躺在床上翻來覆去，後來乾脆回憶姊姊以前的事，沒刻意想什麼。想到她高中有 次月考掉出前十名傷心了一個禮拜，實在有夠三八；想到我去她的大學找她時，覺得超羨慕的；想到爸爸調派到桃園時，她因為不想搬家有一陣子跟家人鬧彆扭。她很容易對一個地方託付情感，賣掉內湖那間別墅時也是哭得稀里嘩啦……想著想著迷糊糊的睡著了。第二天醒來，腦中第一個畫面居然是那條項鍊。我記起來了。那天她給我看項鍊時，不管我怎麼問那個男人是誰，她不說就是不說。後來我把項鍊拿在手上欣賞吊墜時，隨口問姊姊怎麼會選風車造型呢，她看我一眼，然後拿走項鍊。可是她的眼神，我懂了，她雖然沒說話，可是那個眼神勝過千百字。我做樣子給你看……不行，這樣沒有fu。來，你拿著我的啤酒，拿去，然後問我『為什麼一定要台啤』，快啊！問我。」

「為什麼一定要台啤？」

她沒說話，從我手裡拿回台啤；同時，給我一個眼神。

「看到沒？我的眼神在說什麼？」

「我不知道。」

「唉呀你很笨呢！我用眼神在告訴你，『就是要台啤，但不能告訴為什麼』。你懂了吧？當時我姊姊好像在說，風車當然有意義但是不能告訴妳原因。我今天一直在想那個眼神、它所代表的意思，突然有一個直覺，哈哈我的直覺又發威了。吳先生，我認為風車對姊姊和那個男的是有特殊意義的。一定是他們都有感受的東西，可能是他們曾經去過的地方。」

「我再確認一次：二〇一一年七月初三號到五號，妳家沒發生任何大事？」

「沒有。我媽不記得確實哪幾天，但是她有印象姊姊跟公司去南部玩，她還記得跟姊姊抱怨說怎麼沒有買名產回來。」

7.

終極關懷徵信社的「肉搜達人」竹竿（台語發音）花了兩天才找到。

我給他的線索是：度假旅店，高級、號稱五星級，可能是別墅型；歐美風，以風車為主題或風車造型的裝飾；先試高屏地區，再試台東、台南，若沒結果，往北繼續找。

「找到了，我想。」竹竿打來說。

「太棒了。我給的提示很有用吧。」

「都沒用。」不苟言笑的竹竿冷冷地說。

「啊？」

「我照你給的關鍵字Google，結果沒找到。」

「後來呢？」

「最笨的方法，一個一個找，一家一家看照片，看得眼睛都花了。等找到時才發現原來關鍵字少了一個：池塘。」

「有道理，水風車。」

「不是，風車和池塘沒關係。」

「我不懂。」

「你看了就知道。」

「在哪裡？」

「水塘行館，在台東。」

打開竹竿轉來的網址一看，藏在半山腰的水塘行館占地頗大，但客房不多，只有七間別墅，每晚要價一萬，在台東應屬最高價位了。每間別墅皆為平房建築，各自隱匿於樹林之中，前門有鋪著石板的花園小路，後面才是重點：加了頂棚的露台有兩張躺椅，隨著階梯走下是一塊草坪，其上有一組庭院桌椅，草坪盡頭是一窪水塘，周圍種植紫紫綠綠的醉魚草，成為天然屏障。

還沒看到風車。點進「七賢屋」，每間以水塘裡的主要植物命名，北藍旗、睡蓮、浮萍、大萍、紙莎草、千年芋、水蘊草。

我一間間點進去，裡面的格局大致相同，玄關、客廳、臥室、衛浴。最吸引人的是臥室裡那張大床，古典宮廷風，四邊各有一根掛著半透明紗幔的床柱；以及浴室裡的圓形粉紅色按摩浴缸，其內盛滿了水，水上飄著幾片紅色花瓣，邊緣還擱著點燃的香薰蠟燭，旁邊有一瓶紅酒。雖然有點俗氣，卻看得我臉紅心跳，恨不得身在其中。

點進「紙莎草屋」，看到了。那是臥室的廣角照，以床為主，以致周遭的景物略微變形，但仔細瞧來，可見照片左邊、面對大床、通往衛浴的那面牆掛著一幅畫。再仔細端詳，我知道了，是印象派畫家莫內的名作〈荷蘭的鬱金香田〉：碧藍有雲的天空底下鬱金香田生機勃勃，但占據視野中心的是一座葉片緩緩轉動的風車。

應該是它沒錯，水塘行館的紙莎草屋。可以想像陳香婷和情人在此度過美好浪漫的兩夜，之後對這個所在念念不忘。我想到秀婷模仿姊姊的眼神，是的，風車意義深重，惟不足為外人道也。

幾天過後我和艾瑪出發，前往台東度假。艾瑪本想搭乘火車一路晃悠前行，一邊欣賞沿路風景，我則認為應該坐飛機早點過去。你在急什麼？艾瑪調侃地說。我說，妳想到哪去了，不害臊，我辦案心切啊。

飛機早上十一點多抵達台東，從機場搭行館提供的接駁車，前往山區。我和司機小劉聊天；小劉健談，有問必答，沒問的也一併說了。小劉告訴我們，水塘行館是家庭式經營，七年前由他父母起創，年紀較大後只管花草的維護，館內業務與日常事宜由他和妹妹小珍負責，餐點則由他太太文雯包辦。

照片可以騙人，不少民宿靠精美照片勾引顧客上當，等你入住看到眼前的馬虎簡陋時，只能啞然而笑不出來。水塘行館不同，靜態的照片無法如實傳達主人對於細節的講究，以及想像不到的開闊。站在負責接待的三層洋房前環顧四周，目光所及之處皆屬行館範圍，彷彿囊括了半片山。爬上爬下走一圈大概一個小時，小劉說。

距離 check in 還有一段時間，小珍問我們要出去走走，還是在客廳享用花茶。我們當然想出去走走，但今天度假之外兼具任務，因此選擇待在室內，藉此和小劉兄妹套近乎。

洋房底層是接待中心和餐廳，二三樓是私人住家。劉爸爸是建築師，十多年前買下這片山地後便著手規畫、慢慢執行，把它打造成心目中的世外桃源。艾瑪比我會找話題，不時問東問西，還跟著小珍到餐廳、院子參觀，我則留在座位聆聽小劉述說山居日子的點滴。不像一般「自然人」常以稀奇巴拉的口吻、千篇一律地道出美哉大地的陳腐讚嘆，他的描述生動平實，不帶情感姿態，更無一番環保養生的教條要傳達。

艾瑪回到客廳時，劉老先生和夫人剛好從外面進門，兩人都戴著斗笠和手臂套袖，還有親切的笑容。

終於走進紙莎草屋。第一件事就是看看那幅莫內的複製品，表示我們並未忘掉任務。之後便將風車拋之腦後，兩人在畫前貪婪地親吻，接下來發生的事還真不足為外人道也，只能稍稍透露，浴缸的溫水讓艾瑪的臉頰泛起一抹紅暈，美得讓我看呆了。

傍晚時分，我們循著步道走著，兩旁盡是野生植物，成群的畫眉在矮灌叢間跳來跳去，啁啾不止；高遠處，於山峰北側，雲霧已成氣候，不多時這邊即會籠罩於煙嵐之中。

晚餐是西式。除了我們，還有其他兩對男女。大家默契十足，各自選了間隔最大的桌位。上牛小排時，我想來一瓶紅酒，至於選哪一款，自然是交給艾瑪。小珍說爸爸喜歡喝紅酒，紅酒由他負責選購，一聽艾瑪頗有研究，便把爸爸找來和她交換心得。老人家特別推薦一瓶中等價位的波爾多，我喝了一口後說好極了，其實什麼都不懂。

其他兩桌陸續離開，我和艾瑪繼續待下和小劉、小珍聊天。不久，主廚文雯忙完後加入我們。我請他們拿杯子來一起享用紅酒，小劉索性再開一瓶。其間，艾瑪大方地跟他們說，她在淡水經營一家 pub，以前也提供餐點，提到我時竟說：「我先生吳誠不務正業，自己開一家偵探社幫人調查事情。」

「什麼樣的事情？」文雯張大雙眼地問。

「就一些……」我一時反應不及，正為「我先生」一陣快感。

「比如說尋找失聯的人，或者擔任警察的顧問。」艾瑪說。

「是徵信社嗎？」小珍問。

「不是，他是跑單幫的。他不負責抓姦。」

大家都笑了。我知道艾瑪的想法：她在為明天早上的事打底，趁此時機先打預防針，以免他們聽到陳香婷的事時措手不及而心生排斥。碰巧小劉是獨鍾本格派的推理小說迷，橫溝正史和島田莊司的作品但凡有中譯全已讀遍；對密室謀殺尤其著迷，特別崇拜約翰・卡特。本格推理不是我的菜，但多少知道一些。

「吳誠最近偵破了一樁懸案。」艾瑪說。

「什麼懸案？」文雯的眼睛睜得更大了。

艾瑪大致說了過程，小劉一聽說他看過那則新聞，馬上用手機搜尋，不一會兒便找到了。

小珍和文雯也用自己的手機搜尋。

「裡面有提到你耶吳大哥！」小珍興奮地說。

「怎麼沒訪問你？」文雯說。

「我生性害羞，上不了檯面。」我說。

「真是神奇，一滴血可以破解懸宕了二十年的謎團。」小劉說。

「我們今天來這裡度假主要是為了慶祝。」艾瑪說。

「該不會也是來查案的吧？」小劉開玩笑地說。

文雯和小珍同時發出長長的一聲「嗚」，製造懸疑的音效。

「是有點事需要請教，但是不急，明天早上再跟你們說明。」

我和艾瑪帶著酒意回房，帶著酒意做愛，別有一番風情。

「你一直沒回答我的問題。」艾瑪說。

「什麼問題？」

兩人各自披著薄毯，坐在露台躺椅上看著深夜的池塘。今晚有月，月光灑在池塘上，照亮了三隻水鴨划過水面時蕩起的銀色漣漪。

「那天從紅樹林走到關渡，我們提到兩人互相喜歡但是都有點害怕，我跟你講了我怕什麼，你還沒跟我說你的。」

「妳看那三隻水鴨。」

「嗯。」

「牠們從哪冒出來的？下午的時候沒看到。我猜各個水塘之間一定有暗通的渠道，這個設計很妙。」

「你覺得牠們是一家人嗎？」

「這個說法有點怪。我猜牠們是一家人。」

兩隻大的，帶著後面那隻小的，划到池塘中央。

「不知該從何講起，我的害怕。我從很小開始對生命一直有莫名其妙的恐懼，感覺活著是一種壓力，輕鬆不起來。當然我和別人一樣，會玩會鬧會笑，但是恐懼感一直存在，像一片掛在背景的黑幕。這大概是我害怕夜晚的原因，好像黑幕不再只是背景而是籠罩我整個人，彷彿活在黑暗中。有時我幻想住在永晝時區，北極或南極一帶，那裡的夏日一天二十四小時都有日照。這樣會不會好一點，我懷疑。我曾想過一個一直生活在白天的方式：我在台灣落日之前搭上飛機，飛到某地時正好黎明初起，到當地傍晚時再坐飛機回到台灣。」

「這樣你每天都得坐飛機，而且要很有錢。」

「是啊。」

一隻魚跳出水面、落下，激起水花。

「這種體質加上失眠（或許這樣的體質才導致失眠），狀況變得棘手了；對於存在的種種焦慮三不五時浮上意識，來不及接招，一不小心是憂鬱症，再不小心是恐慌症。十九歲時以為活不過二十，若沒掛掉也八成在精神病院度過餘生，沒想到今天還在這裡，不但沒全身綁著束縛衣，還在月光和三隻小鴨的見證下跟妳述說這些，不算奇蹟也是一種成就吧。現在的我和小時候一樣，陰影還在，從未消失；還是覺得活著很累，黑夜降臨時仍舊隱隱焦慮。很長一段時間，我相信精神科醫師那一套，以為我的狀況只是體內化學反應，既然無能為力，也就不再去研究那片黑幕。我用意志力，也就是蠻力，和它周旋，沒想到硬碰硬的結果，卻是意志力增強的同時黑幕越來越沉，導致整個人變得有點黑色。最近開始我試著放軟姿態，用一種套交情的方式和它相處，慢慢的接近它，多看它幾眼，像隻乞憐搖尾的哈巴狗逗弄著一隻怪獸，雖然還沒找到或者永遠找不到答案，但是在過程裡焦慮減輕了，有些東西釋懷了，這樣已經很好了不是嗎？」

「是的。」

「我陽光不起來，怕帶給妳陰影。」

「我希望我不會太陽光。」

「為什麼？」

「怕殺掉你的陰影。」

「不是很好嗎？」

「那會是災難。吳誠少了陰影還是吳誠嗎？」

水鴨游進一堆草叢裡，一隻隻消失。

兩人第二天醒來時已過了早餐時段，匆匆梳洗後來到接待中心找小劉他們。

我略過安安的部分，對小劉、小珍、文雯解釋項鍊疑案的始末，以及將我引至水塘行館的線索，然而熟悉推理的小劉聽完後立刻問到了重點，「什麼原因使你注意這個案子？」於是，我補充說明安安和阿修的故事。對於兩件相隔二十年的案子有此連結，小珍稱奇不已，文雯則對兩人重逢而相戀的故事更感興趣。

「我們這次來的目的，除了度假，就是為了查明陳香婷在二〇一一年七月三號到五號之間是否來行館入住。我知道你們有保護客人隱私的責任，也無權要求你們違背職業道德。我可以等。這次來看了你們的環境，還有紙莎草屋那幅莫內的畫，我覺得陳香婷來過這裡的機率很高。回去以後我會跟小隊長說明，如果他同意我的推論，並且透過正常管道來調閱行館的入住紀錄，自然不會造成你們的困擾。」

「你知道 check in 的時候，不管多少人，只會登記一個。」小珍說。

「我知道。」

「要是那天登記的人是陳小姐，你還是查不出和她一起來的那個人是誰。」

「果真如此，這條線索就斷了。不過我賭的是機率，第一，通常入住旅館大半由男的登記，我說通常；第二，陳小姐已婚，用她名字登記的機率較小。」

「要是男的也已婚呢？」小珍問。

「這時就回到第一個原則：兩人都有風險時，男的出面的機率較大。」

他們三人面面相覷，一時不知如何決定。

「待會就要 check out 了，」艾瑪對我說，「出去走走吧。」

我們時間不多，不敢走遠，半個小時後回到紙莎草屋時發現小劉在前院等候。

「吳大哥，你有那位陳小姐的相片嗎？」

我找出陳香婷的照片，那是在警局看檔案時用手機翻拍的。

「沒錯，她來住過。我有印象。」小劉說。「吳大哥，昨天晚上我搜尋你的資料。原來你就是六張犁連續殺人案件的主角。」

「慘痛的經驗啊。」

「我們覺得可以相信你這個人，考慮之後決定給你看名單，希望你謹慎處理。」

「謝謝。」

「二〇一一年七月三號到五號那幾天先後有五組客人入住，登記的名單在這裡。」

小劉從襯衫口袋拿出一張對摺的紙條，交給我。

打開來看，我的眼睛亮了起來。艾瑪看了之後滿臉詫異。

居然是他！

XIX 引蛇出洞

1.

居然是他！果然是他！

陳榮昭律師。

居然、果然，怎麼形容都可；我並未真的驚訝，只是有點失望。

「為什麼失望？」收拾衣物準備 check out 時艾瑪問我。

「陳榮昭令人討厭，這表示我還得跟他打交道。」

艾瑪對我的回答顯然不甚滿意，露出不置可否的表情，以至於我到浴室拿牙刷和刮鬍刀時還在想這件事。

「我知道為什麼失望了。」我走出浴室。「看到他的名字，我馬上想到安安。基於保護她的本能，我希望安安和整件事毫無牽扯，我希望陳榮昭不過是一隻時下到處可見膚淺而驕傲的公雞。妳想想，現在發現陳榮昭是陳香婷的情人，對於安安這意味什麼？」

「他後來對安安的態度可能不只是情人的嫉妒那麼單純。」

「沒錯，這表示安安到頭來還是被這個案子沾惹到了。」

「不過，從另一個角度看，」艾瑪說，「我們不要小看安安，反而應該佩服她高度警覺。說不定安安在潛意識裡早就察覺有問題，只是不清楚問題出在哪裡。」

「我懂妳的意思，說不定早在安安撞見趙玉明偷講電話之前，她就覺得怪怪的。」

「說不定，陳榮昭才是安安恐慌症發作的近因。」

「說不定。」

兩人接力說了四次「說不定」後走到室外，看池塘最後一眼。野鴨不見蹤影。

陳榮昭和香婷偷情，趙玉明受警方懷疑找他幫忙時，陳榮昭怎麼想？基於何種動機，他答應出面？他懷疑趙玉明和香婷的死有關嗎？而趙玉明呢？他顯然未曾懷疑陳榮昭是妻子出軌的對象吧？否則……一堆疑問紛至沓來。

在機場等候登機時，小凱來電。

『吳哥，有狀況。』

『什麼狀況？』

『趙玉明找醫師的次數破表，已經連續三天去報到。』

『有意思。』

『而且待得比平常更久，只差晚上沒睡在那裡。』

『更有意思。』

『這是狀況一，還有更大條的。』

『什麼？』

『除了我以外，還有別人在跟蹤趙玉明。』

『啊？』

『你幾點回台北？』

『下午，回去後馬上去公司找你。』

和小凱通完話，打給小隊長。「你的電話已轉接語音信箱」，對方沒開機。有點奇怪，警察怎麼可以關機？想了一下後，發簡訊給他：「陳香婷的外遇對象是陳榮昭。請盡速和我聯絡。」

心急如焚，感覺山雨欲來，才在想「恨不得馬上飛過去」，開始登機了。抵達松山機場後叫了一輛計程車直奔淡水，在竹圍捷運站對面下車，艾瑪則繼續坐回住家。從路口爬坡，走到位於民族路上的終極關懷徵信社。

我、小凱、胡舍三人在會議室討論。

「昨天傍晚我跟在趙玉明後面，」小凱說，「從林口交流道開上一高沒多久，覺得一輛福特之前就一直跟在我後面。我想，該不會是我被盯上了吧？我放慢速度，看對方怎麼反應，結果福特沒跟著慢下來，反而很快就把我甩在後頭。我看到車上有兩名男子。為了確定福特的來路，我跟在後面，同時拍下車牌號碼，沒想到它居然一路跟著趙玉明來到大安區。趙玉明開進停車場時，福特停在路邊，等趙玉明走出停車場後，一名男子從副駕駛座走下，尾隨趙玉明。這時我才確定他們的目標跟我的一樣。」

「螳螂捕蟬，黃雀在後，殊不知黃雀的目標原來是蟬。」胡舍一副說書人的口吻。「小凱打來問下一步，我要他盯著福特。」

「結果呢？」我問。

「中間過程就不說了，」小凱回道，「結果對方是一家徵信社，叫正義聯盟徵信社。」

「Shit，這下詭異了。」我說。

「接下來怎辦？」胡舍問我。

我告訴他們在台東的發現。

「這個姓陳的就是趙玉明的委任律師、也是安安之前的上司、上回在 DV8 差點被我扁的傢伙？」胡舍說。

「沒錯。」

胡舍短吁一聲，「這廂更詭異了。」

「你目前手邊有多少人可以派遣？」

「要多少有多少，不夠去調人就是了，你想幹麼？」

「總動員。陳榮昭已浮出檯面，趙玉明一副豁出去的模樣，突然又跑出一家徵信社，感覺有大事發生。我需要三組人馬，第一組繼續跟蹤趙玉明；第二組二十四小時跟監陳榮昭，同時調查他的底細；第三組負責查出雇用徵信社監視趙玉明的委託人是誰。」

「你呢？」

「我要去釣魚。」

依舊聯絡不到小隊長，彷彿此人失蹤似的。我覺得不能等，決定自己來。艾瑪提議刺激趙玉明，不對，應該刺激陳榮昭。

打電話給安安，問她陳榮昭的手機，提供號碼前她問為何要跟他聯絡，我說容後解釋。我問她陳律師最近有沒有和她聯繫，她說沒有。

寫給陳榮昭的簡訊如下：「陳律師，我知道你是陳香婷的祕密戀人，風車鑽石項鍊是你買給她的，為了紀念你和她去年七月三至五號在台東水塘行館共度的時光。若不想我把此事告訴警方，今晚七點整，國賓飯店一樓阿眉快餐廳見。吳誠」。

國賓飯店在陳榮昭上班的事務所附近。我提前過去，叫了一碗招牌牛肉麵，吃飽了等他。國賓飯店是老字號，日本旅客居多。一樓的「阿眉」應是「阿美」諧音，裝潢走原住民風。雖然是「快餐廳」，菜色並不馬虎且多國風情，有西式牛排、日式豬排、韓國泡菜、台式炒飯；餐廳窗外有一座小庭院，花草、池塘、假山、小瀑布，自成天地。

看著景致發呆時，有人在我頭上乾咳一聲，轉頭一瞧是陳榮昭。

「請坐。我正在欣賞外面的風景，讓人聯想水塘行館不是嗎？」

陳榮昭沒答腔，坐下時解開西裝鈕釦。他不是來跟我風花雪月的。

「趙玉明知道你們的事嗎？」我開門見山。

「不知道。」

「陳香婷的死亡你認為和趙玉明有關嗎？」

「沒有，我相信他。」

「你相信一個被你背叛的朋友，有意思。看來你吃定他了。」

他不做回應。

「你為什麼答應代表趙玉明？」

「我想知道項鍊的事。」

「有沒有想法？」

「我認同警方的研判，應該是竊賊拿走的。」

「警方懷疑竊賊是趙玉明找來的。」

「沒有證據。」

「車禍那天陳香婷是不是要去跟你見面？」

「不是，我們那天沒約見面。」

「會不會是趙玉明搞的鬼？」

「可能性不大。我不認為他懷疑我和香婷的事。小趙活在自己的世界，對於周遭的事很遲鈍。」

「所以你利用朋友的弱點搞他老婆？」

「不要講那麼難聽，我警告你。我和香婷的事起先是意外，兩人碰巧在一個場合相遇，一起共進晚餐，很單純。後來我們是認真的，在她出車禍前幾天，香婷已下定決心要跟小趙離婚。」

「然後發生車禍，會不會太巧了？」

「人生無常。」

「人生無常？一句陳腔濫調，就這樣？你看起來不像是好打發的人。」

「你以為你懂我嗎？憑你那點挖別人瘡疤的本事以為看透人性了嗎？」

「你覺得趙玉明和馮醫師有染嗎？」

「啊？你在胡說什麼？你們這種人想像力太豐富了吧。」

「我們這種人沒想像力如何發現你的祕密？」

我跟這小子八字不合，每次見面不是針鋒相對就是劍拔弩張。

「吳先生，恭喜你挖出了我的祕密，你儘管跟相關單位通報，我不在乎。」

「既然不在乎，今天何必來見我？」

難得看到他愣住的表情，雖然只一剎那。端，是形容陳榮昭最恰當的字眼。整個人散發著端，全身衣著端得可以，連他的 Berluti 黑色皮革公事包也神氣得要命；至於表情、應對更是守得很緊，不露破綻。此人自視甚高但度量不大，心生惱怒時不怎麼隱藏，但要讓他失態並不容易。不過，當我暗示他因心虛才現身於此時，的確愣了一下。

「我只想確定你跟警方說了沒。我想親自跟小趙坦白，不希望他從警察那邊得到消息如此而已。」

「如此而已」多餘了。顯然有事隱藏，沒說實話。

「你還愛著陳香婷嗎？」我問。

「是的。」

「何琳安呢？」

「我不懂你的意思。」

「既然忘不了陳香婷，你追求安安的動機是什麼？」

「不關你的事。」

「安安是替代品還是消遣？你之前對她不算積極，石田修出現後你突然表現強烈占有慾，這是怎麼回事？」

「我只是關心琳安，不希望她把時間浪費在那個木工身上。」

「堂堂律師輸給一個木工不好受吧？」

陳榮昭豁然站起，椅子發出刺耳聲響，附近幾桌的客人同時往我們這邊轉頭，但見他橫眉怒目，扣上西裝，拿起神氣的公事包，走出餐廳。

2.

厲平威小隊長音訊全無，實在不可思議。十一月九日，和陳榮昭見面隔天早上，乾脆到林口分局找人。值班的警員什麼都不願透露，只會問東問西，我要求見偵查組其他組員時也被拒絕。他說可以代為傳話，我覺得不妥，決定放棄。走出警局後想了一下又折返，這次求見分局長，警員的態度更跩了，正想告訴他事情和一樁命案有關時，警員說分局長出去開會，可代為傳話。再度走出警局，心裡訏譙不已。

只好再發一封簡訊給小隊長：「趙玉明動作頻仍，已連續多天造訪馮醫師。昨日（十一月八日）和陳榮昭見面，亮出底牌，感覺此人問題很大。請盡速和我聯絡。」

胡舍這邊已有周全部署。A組負責陳榮昭，B組負責趙玉明。每組兩名幹員，以跟車為主，到了定點時其中一位機動跟人。

針對正義聯盟徵信社，胡舍單刀直入，花錢買通其中一位負責跟監趙玉明的幹員，幹員收下賄賂後卻說：「委託人很神祕，雙方用網路進行交易，連我們社長也不知道他的真實身分。」胡舍覺得上了大當，對方則毫無歉意：「我事先告訴你了，只能提供我所知道的資料，我的資料就是我什麼都不知道。」胡舍跟他要了委託人的手機號碼，查了之後發覺該門號沒有登記。

關於陳榮昭的個資，查到的不多。他是獨子，父親是成功的企業家，母親則活躍於社交圈，算是富二代。家境優渥又會念書，一路名校畢業，畢業後和朋友合夥開一家律師事務所。手上有三個銀行帳號、幾筆股票、三筆房產；戶籍設在目前居住的民權東路。

十一月十日事情發生了。

晚上七點十四，陳榮昭從民權東路的住處出發，開著朋馳上建國高速公路，於忠孝交流道下，左轉進入忠孝東路，到了敦化南路時右轉，來到馮玉甄醫師住的公寓門口。七點三十五，馮醫師走出大樓，坐上陳榮昭的車子。朋馳回到忠孝東路，往台北火車站的方向前進，到了中山北路時右轉，往北。

朋馳從民權出發時，A組的阿德立刻通報，我立刻跳上一輛計程車，要司機開往台北。得知陳榮昭去找馮醫師且後者還坐上他的車子時，心頭一愣。怎麼回事？馮醫師和他什麼關係？是敵是友？

我的車子上洲美快速道路時，司機問我之後怎麼走，我說走平面，到了中山北路再說。

胡舍打來。他正從中和出發，過來跟我們會合。

計程車才要進入士林時，阿德打來。

朋馳跟丟了。

『怎麼會這樣？』我問。

『我們到了圓山，目標本來在往士林的線道等紅燈，可是在最後一秒突然違規往右，開往大直的方向，我們在後面動彈不得。』

『你覺得他是故意的嗎？』

『我覺得是，不像是走錯路。』

『可能曝光了。』

我和A組在中山北路五段的台塑加油站會合。

「我們跟得很小心，不太可能被目標發現。」阿德說。

「無論如何，陳榮昭顯然高度警覺，剛才那一招是在買保險，確定沒有人跟上。」我說。

阿德接到B組小凱的電話。趙玉明有動靜了。八點十六，趙玉明從林口住處開車出門。

我打電話給胡舍告訴他狀況。

「媽的，事情發展太快，來不及在他們車上裝追蹤器。你們先討論一下，我現在困在車潮裡，寸步難行。」

負責開車的浩子為我們買飲料。我和阿德討論趙玉明可能前往的地方，但只是浪費口水、打發時間。他可能走外雙溪或大直，之後再開往任何一個地方，我們無從猜測。

小凱再度來電。

什麼！阿德驚呼一聲，把手機交給我。

『怎麼啦？』我問小凱。

『跟丟了。』

『發生什麼事？』

『被擺了一道。趙玉明左轉要上交流道的時候，我們跟著左轉，結果被一輛車子從側面撞到，撞我們的是那輛福特。』

『他們故意的。』我說。

『要讓趙玉明擺脫我們。』

我瞬間明白了。正義聯盟徵信社的神祕雇主就是陳榮昭，顯然他一直密切注意趙玉明的一舉一動。小凱跟監趙玉明的行動是否早被對方看穿？不，先不管這個。福特故意撞小凱的車一定是陳榮昭的指示，好讓趙玉明擺脫跟監。這意味今晚將有大事發生，必須盡快找到他們。

我打電話給胡舍。

『陳榮昭的個資顯示三筆房地產，是哪三筆？』

『資料在電腦上。竹竿還在公司，我叫他打給你。』

竹竿打來。

『吳哥，你想查什麼？』

『我需要知道陳榮昭名下的房產。』

『等一下……有三筆，一筆在民權東路、一筆在汐止，還有一筆在內湖。』

『內湖？有沒有地址？』內湖就在大直隔壁。

『有。』

『傳給我。』

我掛上電話，轉身對浩子說：「走，到內湖。」

只能賭一把了。

收到地址後，我打給竹竿。

『內湖那筆有沒有紀錄顯示哪時候持有的？』

『等一下……二〇一一年九月。』

我在腦中叫出時間表。二〇一〇年七月趙玉明夫婦賣掉內湖的別墅，一年又兩個月之後，陳榮昭在內湖置產，中間有沒有關聯？根據秀婷的猜測，姊姊大約在二〇一一年五月開始有了戀情。四個月之後，陳榮昭在內湖買房子？

不會吧？如果我的直覺沒錯，陳榮昭表達愛的方式已超乎想像。

我打給秀婷。

『吳大哥，什麼事？』

『妳記得姊姊以前內湖別墅的地址嗎？』

『啊？幹麼？』

『先不管，還記得住址嗎？』

「怎麼可能？等一下，我媽的手機應該還有。姊姊那個地方有點偏僻，沒有地址找不到，你等我。」過沒幾分鐘：「有沒有筆？」

「沒關係，妳說。」

她念出地址。我跟她結束通話，不動聲色。

秀婷念出地址正是竹竿傳來的地址。

我告訴浩子地址，並要阿德通知胡舍即刻前往該處會合。

記得秀婷曾說姊姊很容易對一個地方付出情感，還說姊姊搬離內湖時對那棟別墅尤其不捨。難道陳榮昭把它買下，是為了彌補陳香婷的遺憾？聽起來不可思議，不過加入難以捉摸的人性因素，卻又不無可能。

3.

車子開到大湖街，三百多號之後房舍愈來愈稀，卻一個比一個高級。地址是四一七號，我們在較遠的路邊停下。

別墅蓋在一片草坪的斜坡上，為外觀雅致的西式二層樓洋房，前後院都有高聳的樹林圍繞。

門口停著兩輛轎車。阿德低身前進，看了車牌後折回，確定其中那輛朋馳是陳榮昭的車子。進一步查證後，另一輛是趙玉明的 Volvo。

「現在呢？」阿德問。

「你跟我過去。」我說。「浩子，你在路邊等胡舍過來。」

我和阿德潛伏至屋前。二樓一片漆黑，一樓只有一隅有光。

別墅的地基架高，從草坪看不到裡面的動靜，頂多看得到頭部。我們躲在面向大湖街的廚房外面，屋內人聲依稀可聞，但透過隔音氣密窗已糊成一團。廚房的窗子緊閉，我推開紗窗，再推推內窗，不行，鎖上了。

我和阿德分頭找一樓沒上鎖的窗戶，未果，只好打二樓的主意。繞到後面時，發現二樓面向樹林、有陽台的那間臥室露出微弱的光線，而且落地窗有一邊只關上紗門。

「你幫我爬上去，然後在路邊等胡舍。」我對阿德說。

「胡舍到了以後呢？」

「我也不知道，隨機應變吧。」

「我看還是報警吧。」

「也不知裡面發生什麼事怎麼報警？我先進去再說，待會等我訊號，當我大聲說『警察來了』，你們就不管三七二十一衝進來。」

阿德兩手交叉搭成踏板狀，我扶著牆面往上一踏，只搆得著陽台的底端，只好踩著阿德的肩膀，但距離欄杆仍差一截。

「踩我頭，沒關係。」阿德低聲說。

「抱歉了。」

我小心翼翼地移動左腳，踩著他的頭奮力而上，抓到欄杆時阿德往後倒，跌個四腳朝天，滾下草坪。

攀上陽台，拉開紗門，走進室內，看到裡面的布置嚇了一跳。

儼然水塘行館紙莎草屋的翻版。同樣款式的雙人床、同樣的莫內名畫，在一盞香薰蠟燭照明下感覺特別詭異；不同的是另　面牆上掛滿了照片，都是陳香婷，表情不一，有的文靜甜美，有的春心蕩漾，有一兩張甚至一絲不掛。

開門走出臥室，傳來陳榮昭激昂的聲音。

廊道右邊是封閉的，通往其他兩個房間；左邊一半封閉、一半開放。開放的部分和挑高的客廳相通，天花板吊著一盞名貴的水晶燈。除此之外，客廳裡空無一物，只有陳榮昭憤怒的聲音在牆壁撞來撞去。

我躲在矮牆的盡頭探頭一看，三人都在餐廳。

景象叫人觸目驚心：偌大的原木長方形餐桌，靠近廚房那頭是陳榮昭和馮醫師，靠近客廳這邊是趙玉明。前額有一道血痕的馮醫師被繩索綁在有扶手的座椅上，陳榮昭站在她後面，左手抓起她的頭髮，右手拿著一把尖刀抵住她的脖子。背對著我的趙玉明坐在椅子上，沒被綁著，身軀前傾，雙手擱在桌上，指甲不自覺地刮著桌面，看來甚是焦慮。

餐桌正中上方垂掛一套金屬鍍鉻的燭台式吊燈，其中一個倒勾的彎管上掛著失蹤已久的風車項鍊。

我拿出手機，確定它在飛行模式，啟動錄音。

4.

「……我問你最後一次，車禍是不是你搞的鬼？你再不說我就一刀刺進她的脖子。」陳榮昭比出動作。

刀尖刺破肌膚，雪白的頸項頓時流出血滴。馮玉甄露出痛苦的表情，但未發出聲音。

「你不要傷害她！」趙玉明起身，想要衝過去。

「你給我坐好，再動試試看！」

「好，我說，你冷靜點。」

「我非常冷靜。」

「我承認，車禍是我搞的。」

「如何辦到？她呢？馮玉甄有沒有份？」

「沒有。」

「你不要騙我。沒有幫手一個人辦不到的。老實說，她有沒有份？」

「有。」

「說！」

「那天下午香婷從林口開車回娘家，我開車跟在她後面。那條路我很熟，我跟她回去很多次，知道哪裡可以下手。在那之前，我把自己的手機交給玉甄，然後玉甄在我辦公室附近待命。快到斜坡彎處前，我用一支沒登記的手機打到玉甄手機，玉甄接通後用我的手機撥給香婷，然後把兩支手機湊在一起，讓我跟香婷說話。」

「你跟她說什麼？」

「我說『我就在妳後面，回頭看看』，她回頭時我撞她，她的車子失控，衝破欄杆，撞倒一棵樹。」

「你不怕計畫沒成功，香婷知道你想殺她？」陳說出我內心的疑問。

「就是要破釜沉舟才夠刺激。」趙冷冷地說。

「然後呢？」

「然後我走小路，到了一個事先約好的地點，把車子停在那兒。車子是我透過暗網租的，雙方沒見過面。事後，我只要開到約好的地方，自然有人處理。」

「你怎麼回到林口的？」

「我開玉甄的車。前一天就停在附近。我開到公司旁邊山區步道的入口，等玉甄出來。她出來後把我的手機交給我，我把另一支手機交給她。她開車回台北，我回辦公室。」

「項鍊出現之前你沒懷疑香婷？」

「沒有。」

「沒有為什麼要害她？為了保險金？」

「是。」

「區區五千萬你要殺死自己的妻子？」

「我不是你好嗎？開公司需要砸錢的好嗎？我不像你一生下來所有的路家人都為你鋪好，我爸是水泥匠，我媽是洗衣婆，我現在擁有的都得靠自己努力。」

「你本來混得很好，是你自己搞砸的。」

「對，我是搞砸了。一個人為自己爭取機會有什麼錯的？這個社會有誰會幫我？香婷從那時起開始看不起我，說我破壞了她的人生。我絕對可以東山再起的，可她偏不相信，每天對我冷言冷語，對我成立的公司也不抱任何希望，你知道那是多大的打擊嗎？」

「讓她失望是你最大的罪過。你應該讓自己消失而不是她。我不懂的是，以你的能耐，小趙，有這麼狠嗎？」

「別小看任何人。」馮玉甄說話了。「一個人的潛力不可限量。」

「所以妳開發他？激發他的潛力？妳愛小趙嗎？」陳說。

「我愛他。只有我懂他。大家都以為玉明除了電腦什麼都不懂，他的妻子認為他沒情趣，那是因為他們不了解他，不知道他裡面等著引爆的力量。他的內心世界比任何人都精采，比我的還複雜，只是受禮教壓抑而沒有發揮罷了。」

「認識妳之前，我沒活著。」捎對馮說。

「既然你們相愛，為什麼不放香婷走？」

「你這種俗人怎麼懂我們之間的愛？」馮說。「香婷必須除去才能證明我們之間的聯繫。人生是一場設計，每個環節都在支撐那個設計。一般人眼睛瞎了，什麼都看不到，只會迷信每天拜拜，不然就是躲在軟綿綿的道德後面。到處都是線索，他們卻視而不見，辜負自己的潛能還以為活得很好。你和陳香婷之間算什麼愛？不過是小家碧玉的男女情愛還如此珍惜，丟臉。」

「妳閉嘴！」

「愛是什麼？愛就是做你平常不敢做的事，愛就是正視自己不敢面對的心理底層。直面的看著它，然後告訴自己：為了愛，我可以。」

「我可以現在把妳殺了！」

「榮昭！」趙大叫，半站起身來。

「你殺！現在就殺！」馮把脖子伸得更直。

「你以為我不敢?!」

「你就是不敢！」

「玉甄！」

「各位，打攪了。」

眼看暴力一觸即發，我趕緊出聲，從矮牆後露出身來。三人全都嚇了一跳，萬沒想到還有別人在場。

「陳榮昭，不急著殺她。」

我走下階梯，走到客廳，邊走邊想如何拖延時間，直到胡舍他們過來支援。

「馮醫師，好久不見，看來妳不方便握手。這一位一定是趙玉明。趙先生你好，第一次見面。我是私家偵探吳誠。」我伸出手要跟他握手。他滿臉訝異，下意識地伸出手。「你還是乖乖坐下，不要惹陳律師生氣。」

「你怎麼找到這裡的？」陳問。

「運氣，加一點想像力。」

「你來幹麼？想阻止什麼嗎？」

「我只是好奇。我想知道項鍊怎麼會在這裡出現。告訴我那天晚上發生的事，聽完我覺得滿意了自然會離開。你們三人的恩怨不關我事，我不想插手。」

「那天晚上我在現場。」陳說。右手的尖刀跟著說話的節奏晃動。「車禍的事我不敢確定，只是懷疑。但是我知道如果小趙和車禍有關，他一定有幫手。車禍之後，我就開始找人跟蹤他。起初他很安分，看不出異狀，但是香婷還在醫院時，他暗地裡和某人見面兩次，看到徵信社拍下的照片才知道是馮玉甄。當小趙把香婷從醫院帶出來，而且選擇那間破公寓，我知道他們打算再殺她一次。我因此也找人注意馮醫師的動向。依我判斷，這一次小趙還是會先建立不在場證明，因此我要徵信社特別留意小趙晚上不在家的時候。那天晚上，小趙開車出門，同時馮醫師也有了動靜。直覺告訴我，就在今晚了。馮醫師不想留下足跡，沒開車也沒搭計程車，先是坐捷運然後搭公車，最後走了很長一段路來到柏林路。其實，我早就那裡等她了。」

「怎麼說？」

「不管她怎麼繞路、躲監視器，最後一定是出現在柏林路。這樣反而讓我有時間提前趕到。」

「徵信社呢？他們也在不是嗎？」

「沒有，我叫他們撤走，停止跟蹤。他們不知道我是誰，雙方從來沒見過面。」

「我不懂，你知道馮醫師是來殺香婷的，為什麼不阻止她？」

「唉，」陳的臉部一陣抽搐，露出糾結的神情，「我不希望香婷那樣活著。她跟我在一起的時候那麼充滿活力，對於未來有無限憧憬，兩人計畫一起做很多事情，一起出去旅遊，永遠生活在一起，後來什麼都沒了。他們倆破壞了一切。如果我有機會，我會為了她拔掉呼吸器，但我的動機是出於愛，他們不同。所以我決定讓他們完成我想做的，之後再好好的懲罰他們，對我來說一石二鳥。馮玉甄從後門進去不久，我也跟著進去，從廚房走到走廊時沒看到她，突然有聲音和人影，我趕緊退回到後面陽台，躲在洗衣機後面，等她離開關上後門，我才走到前面，走進香婷的房間，發覺她已經斷氣了。我不敢相信我的眼睛，眼前的香婷整個人瘦了下來，皮膚沒有光澤，完全失去以前的風采。香婷被他們害成這副模樣，我一直掉眼淚。最後，我撥開她的眼睛，希望她能看見我。我取下項鍊，在她的屍體前發誓，一定會讓他們兩人付出代價。」

「為什麼不告訴警察？」

「不，這兩人的邪惡需要特別制裁。我要折磨他們，讓他們活在恐懼之中。我要親自毀滅他們。」

「後來呢？」真相大白，快要想不出話題，不知能撐多久。

「我一邊代表小趙和警方周旋，一邊暗地裡恐嚇他們，同時不洩漏身分。我要讓他們沒一天好日子過，我要等警察不再懷疑小趙時才制裁他們。前天和你見面之後，我知道時間不多了。」

「你想怎樣？」我問。

「我不可能讓他們得到幸福。」

「他們之間算什麼幸福，不值得你賠上你的未來。陳榮昭，聽我說，你我都清楚，咱們倆不對盤，相看不順眼。但是我現在明白了，你對香婷用情很深，深刻的程度沒人可比。」

「沒有人知道她的好。她只想過好日子、專心愛一個人，我可以給她這些。」只要提到香婷，陳榮昭便會進入陶醉狀態，一時忘了馮醫師的存在。我一直在找制伏他的空隙。

「我不是很好相處的人，對女人也不會輕易動心。但是第一次和香婷長談的時候，她什麼都跟我說，完全信任我。從來沒有一個女人這樣對我，我很感動，想為她做任何事。」

「她只是看上你的錢。」沉默許久的馮突然插嘴道。

「妳胡說！」爆怒的陳再度把刀尖抵住她的脖子。

「妳閉嘴！馮醫師。」為了抵銷陳的憤怒，我表現得比他還生氣。「妳這種把殺人當情趣的惡魔有什麼資格談論愛？別理她，榮昭，你繼續說。」

聽我這麼說，陳榮昭對我的態度更加軟化了。

「別看我家境不錯、事業有成、一副恃才傲物的模樣，其實我對自己沒什麼信心。小趙他們總說羨慕我，其實我才佩服他們。我也想憑自己能力闖出名號，想證明給自己看、給爸媽和朋友看，我是有真材實料的，跟別人說的銀湯匙一點關係也沒。這些話我只有在香婷面前才願意說出來，她聽得懂，也鼓勵我。」

「你已經知道馮醫師有問題，為何聽從趙玉明的介紹把何琳安交給這種人？」

「這是我的錯。我想透過琳安了解她的底細。」

「你利用琳安。」

「沒錯。」

「而妳，馮醫師，妳明知琳安的恐慌症和趙玉明的事有關，卻故意把她的心思導向小時候發生的一件事。」

「人的心理很複雜，精神狀態出了問題，有近因有遠因，我把琳安導向遠因並不完全錯。我沒這麼做你會發現那樁二十年前的命案嗎？」

「她的夢境裡面有些畫面一定和最近的事有關，」我想起阿吉說過的話，「但是在妳的誘導下她忽略了近因，一心只想了解過去的事。」

馮醫師沒承認，也沒否認。

「琳安想要打聽石田修的下落時，我覺得有點不對勁，」陳說，「心想怎麼扯到那麼久遠的事情。我懷疑馮醫師在搞鬼，但不知道搞什麼鬼，只覺得那不過是煙霧。我不希望琳安聽她的，不想琳安找到石田修，更不希望琳安浪費時間和他見面，但是我無法告訴她我反對的真正理由。對於琳安我很愧疚，但是我真的喜歡她。我到酒吧去找她惹得她恐慌症復發那天，其實是希望，如果琳安願意接納我，我想跟她在一起，重新開始，我想告訴她實情，我可以為了她而放棄報仇。」

陳榮昭面露悔過的表情，我則被他的自白打動，責怪起自己的偏見，一時陷入遺憾的情緒。

馮玉甄與趙玉明趁此空隙行動，馮玉甄揹起座椅，駝著背地站起，撞向陳榮昭；同時，趙玉明旱地拔蔥，往我這邊衝來。我倒向一邊撞到牆面時，瞧見陳榮昭被撞倒地，馮玉甄則順勢倒下。

「警察來了！」我大聲叫喊。

趙玉明撲向倒地的陳榮昭，兩人扭打成一團。

「警察來了！」

警察真的來了。碰的一聲，幾名制服員警衝撞進來、把兩人分開時，陳榮昭的肚皮上已多出一把刀。

XX 渡輪

1.

不是那聲「警察來了」讓警察即時衝進來，而是時機正好。

警方適時出現，我頗為吃驚。原來，厲平威小隊長和其他組員為了處理那椿毒販火拚事件，已在林口郊區埋伏數日，且為了確保不走漏風聲，手機全都扣在局裡。那天傍晚他們展開攻堅，一舉逮捕組織首腦和數名手下。小隊長回到警局，打開手機一瞧才知事態嚴重，撥給我時卻無回應，用GPS定位系統確定我的位置後，立刻聯絡內湖分局。內湖分局趕到時，先前抵達的胡舍正為下一步急得發愁，現場指揮要胡舍等人退開，並迅速完成攻堅部署。有一名員警走上階梯在暗中偷看，發現有人質被綁在椅上且綁匪手持尖刀，指揮認為不宜輕舉妄動。兩名員警照我的方式潛入二樓，其他則在階梯下待命。指揮正想拿出大聲公對裡面喊話時，發現客廳裡人影竄動，覺得事不宜遲便一聲令下，用短臂式破門器撞開前門、衝了進來；同時，在樓上的員警則從樓梯衝下。我一時精神錯亂，以為他們是搶匪。

陳榮昭沒事，送醫急救後脫離了險境。他願意向警方供出一切，不過自己也難逃綁架與恐嚇的罪名。

加上我手機錄到的內容，趙玉明和馮玉甄很難脫身。然而他們無意抵賴，只是不願配合調查。記得員警帶走他們時，馮玉甄嚴厲地對著趙玉明說：「什麼都不要說，他們沒資格知道。」一分別接受偵訊時，兩人果然同心一意，除了承認殺害陳香婷外，其他概不回答。後來警方搞分化戰，負責偵訊馮玉甄的刑警說趙玉明願意坦白從寬，負責偵訊趙玉明的刑警則說馮玉甄願意坦白從寬。起初並未奏效，且招數老遠即被兩人識破；但是在疲勞轟炸之下，趙玉明的信心逐漸動搖，以為已被馮玉甄出賣，於是選擇和盤托出，其中包括兩人墜入情網的經過，以及兩次謀害陳香婷的執行細節。當刑警向馮玉甄透露一些只有兩人知道的祕密時，她知道趙已被擊垮但沒說什麼，只輕哼一聲，嘴角露出鄙夷的笑容。

「很難想像，我姊跟姊夫他們表面那麼平靜，幾乎可以說無趣，沒想到心裡亂七八糟。」秀婷說。

兩位老師正帶著小朋友在幼稚園對面公園的遊樂區玩耍，我和她坐在旁邊的長椅上看著他們跑來跑去。

「我不知道是姊姊變了，還是一直沒看到她這一面。以前的她單一思維，你知道嗎，只看著自己設立的目標往前衝，沒想到——你覺得我應該去醫院看那位陳先生嗎？他那麼愛著姊姊，沒有他姊姊就會死得不明不白，可是他的表現太畸形了，我會怕。」

「不用勉強自己。」

「他們之間算是愛嗎？」

我不認為那是愛，但沒說出來，也沒告訴她香婷愛上陳榮昭之後，也同樣陷入了單一思維，眼睛一閉往前衝。

沒想到引蛇出洞的招數，竟然從不見天日的地底引出一隻三頭巨蟒。陳榮昭的癡迷、趙玉明的價值扭曲、馮玉甄的控制欲，以及三人合起來的乖戾之氣。整起事件令人戰慄，所涉及的異色成分讓我寧可去抓姦掠猴。同樣是謀殺、同樣涉及錢財，它的性質，比起二十年前徐彥彬冷血殺人，更令人感到不安。徐彥彬無法融入社會，隱身於陰暗的角落；然而馮玉甄、趙玉明，甚至陳榮昭，他們擁有一般人欣羨的世俗成就與社會地位，卻因人格少了一樣東西，以致走向不是極冰就是極熱的兩端。面對世俗他們冷靜，面對私欲他們激情；在他們身上，水火不容的冷靜與激情竟能各自為政，各自茁壯。

2.

下著毛毛雨的十二月，殘葉滿地、遊客稀疏，商店半開不開，整排木麻黃無精打采。唯有此時，淡水重回在地人的懷抱。

這個有山有水的城鎮。有人路過走唱，有人留連忘返；有人到此流浪，有人到此跳河。為什麼很多人選擇在淡水跳河？為何不是基隆河？因為淡水比較浪漫？因為淡水離太平洋不遠？

我和艾瑪走在淡水河畔。

3.

心理醫學有個專門術語：apophenia（幻想性錯覺），意指人們不時在各自獨立的現象之間找到潛藏的關聯，例如在雲朵中看到一張對著你訕笑的臉，或者在意外撒落於地的花生米看到下一期樂透的中獎號碼。淡水對面那座小山毫不起眼，但自從人們從山形起伏聯想觀音菩薩仰天的側面容貌之後，它突然神聖起來。

因為無法證明關聯確實存在，所以被當成一種病，而我在這方面的毛病比一般人嚴重。就像之前提到的，狀況不好時什麼都是象徵，走在路上遇到送葬隊伍，以為死神正在對我招手；狀況不差時也疑神疑鬼，家裡臥室天花板上的彎月型燈具，不管橫看豎看都像是恐怖片裡的鬼臉。

對於這些時日感受到的神祕，我不至太過執著。到底它代表我個人對於生命的洞察或錯視，一直拿不定主意。依我的體質，對任何事不宜鑽牛角尖、追根究柢，因此對於神祕所帶來的啟示持保留態度，只希望繼續保有那份神祕感，但不急著知道答案。歌德曾寫道：「真理，或者叫做神明（兩者實指同一物）永遠不能直接把握。我們只能憑藉反光，憑藉實例、符號，憑藉一些單個而又互相聯繫的現象看到它。我們意識到它是不可理解的生命，但我們又不肯放棄理解它的意願。」

為了把阿修介紹給許桑，我在三重請了一桌。三重幫全員到齊，許桑依舊飄撇瀟灑，他的「辣妹」妻子阿娟更是花枝招展；老莊一副得道高人，阿吉則威嚴如昔。我們這邊有我和艾瑪、安安和阿修。得知今晚的聚會，胡舍也想參一腳，因此席上還有阿娥與小捨。

二十年之後，阿修終於回到三重埔。感覺有點奇怪，他說。許桑對他印象非常好，恨不得將其所知傾囊相授。小捨逗趣、阿娥豪爽，加上兩人毫不掩飾的親暱舉動，成為整晚焦點。我喜歡這種氛圍，希望永遠不要結束。

安安狀況好很多，已在另一家事務所上班。之前我告訴她事情的來龍去脈，聽完後她有點同情陳榮昭，不再覺得此人可怕，對於陳利用她去接觸馮醫師，並不怎麼介意。她能這麼想，我認為，因為她並未對陳投注多少感情。

夜已深，人已醉，宴席近尾聲。我像個小孩，心情逐漸低落。談話變得稀稀疏疏，三重幫陸續打道回府，喝醉的小捨昏昏欲睡，阿娥在一旁照顧。

快炒店即將收攤，老闆和老闆娘在收拾殘局，一桌一桌地把塑膠座椅倒放於桌面上。場面安靜下來，艾瑪建議大夥撤的時候，安安突然想說幾句話。

「吳大哥，我不知該怎麼謝謝你，你查出的真相對我很重要。我相信我會越來越好，請你放心。我現在明白了，真正困擾我的不只是那天趙玉明講電話的畫面，而是跟他和陳榮昭在一起時感覺奇怪卻不知所以的難受。趙玉明似乎沒說實話，陳榮昭好像在隱忍什麼，而我卻以為是自己的問題。雖然馮醫師刻意把我引導到過去，希望我不要去想到現在，但是這陣子我似乎看到了過去和現在之間的關聯，它們在某個層面其實是同一回事，也就是我面對讓我不安的事情時的逃避心理。我因害怕而不敢面對，於是選擇別過頭去假裝它不存在，甚至怪罪自己。但是我主要不是要講這些，我想跟你分享一個奇妙的感覺，你可能以為我胡思亂想。」

「誰說我胡思亂想？」小捨這個呆瓜突然醒來，抬起頭放個砲，又倒下。

「別理他，安安妳說。」阿娥說。

「有一股奇怪的力量要我找你幫忙。我在網路搜尋時，讀到很多關於你的報導，覺得你應該不適合，你不要介意，覺得我現在這個狀況怎麼可以找一個不正常的人幫忙。有一天我在找一本書，和我負責的案子有關的參考書，在書架找了很久一直找不到，原因是我一直分心，看到一個書名就會跟著聯想，忘了要找什麼書。突然，我看到一本奇怪的書叫《倒數計時》，我不記得買過這本書。翻開來看才想起，很多年以前我坐上一輛計程車，司機看起來很古怪，頭髮亂七八糟，滿臉鬍渣，但不覺得有危險。司機先是從後視鏡看我，然後問我，小姐，妳是地球人吧？我笑著說，是啊。然後他自我介紹，說他是外星人。我問他來自哪個星球，他說跟妳講妳也不知道。他說他被星球的長老派來觀察地球，他的結論是地球即將毀滅，但是他對地球已經有很深的情感，所以離開之前寫了這本《倒數計時》，警告地球人即將來臨的災難，只要車資加五十塊，就把書送給我。」

「妳買了？」艾瑪問。

「是啊，我想就五十塊嘛。」

「裡面寫什麼？」

「天書。一些中文，大部分是外星文。在書架前翻著書的時候，我想到那位司機，然後很自然的想到照片中的你，感覺你們兩個有點像。」

「吳哥，你沒開過計程車吧？」阿修說。

「記得沒有。」我說。

「那位司機雖然滿嘴瘋話，但口氣一點都不輕佻，而且眼神懇切。想到他，再想到你，突然之間你變得不陌生了。更妙的是，我把《倒數計時》放回書架時，發現我要找的書就在它隔壁。第二天我不再猶豫，也不再多想，下班之後便來到 DV8。店名很有意思，deviate 是指偏離正軌，但我走進後不久，直覺告訴我來對地方了。」

「為什麼？」

「我看到你和艾姊的互動，你們那麼熟悉彼此地談天說笑，給我溫暖的感覺。那天在撞球間的沙發上跟你講我的事，看你一下子專心、一下子心思不知飄到哪去，我感受到你的不安，同時想到自己的不安，我知道來對地方了。你一直是我該找的人，我會這麼說，不只是因為後來你幫我找到阿修，你懂我的意思嗎？」

「就是有緣千里來相會嘛。」不知何時醒來的小捨突然插話。「咱們都有緣千里來相會，乾一杯！」

「好了啦，還乾一杯。」阿娥說。

令安安感到神奇的是，她後來查閱參考書時發覺書裡提供的資訊她早已詳記；原來，她真正要找的書其實就是《倒數計時》。

4.

落雨霏霏，對面的觀音山煙霧彌漫。

「咱們坐渡輪吧。」艾瑪突然說。

「八里有什麼？」我問。

「你在找什麼嗎？」

「沒有。」

我們坐上渡輪。

渡輪先順流而下，不知情的人或許會以為掌舵者搞錯了方向，要把我們送往太平洋。

渡輪加足馬力，橫跨河面，迎向觀音山。

聲明與致謝

所有情節與人物全為虛構，若有雷同，純屬巧合。

本書得以完成多虧幾位貴人相助。感謝警政署刑事警察局偵七大隊副大隊長兼打詐中心執行祕書張文源先生，為我解說台灣警政的編制與沿革；感謝台灣大學法律研究生王佳珺，為我解答法律相關問題；感謝台灣師範大學梁孫傑教授擔任第一位讀者，為我指出推理邏輯上的漏洞；感謝我的編輯陳健瑜不斷地為此書催生。若本書仍有疏失，責任全由作者承擔。

藉此同時感謝幾個讓我安心構思和寫作的淡水店家及其主人：閑恬手作美味坊的小潔與佩斯、同感咖啡店的羊羊、壹咖啡的陸先生與陳小姐。尤其是離家最近的 You & Me，我幾乎天天報到，感謝喵喵、亮亮，以及喵喵的家人。

最後，感謝陳小霞的專輯《大腳姐仔》（一九九一），尤其是第一首〈魚〉，於撰寫期間讓我很快便滑入地帶，一頭栽進小說的世界。

文學叢書 650

DV8——私家偵探 2

作　　者　紀蔚然
總 編 輯　初安民
責任編輯　陳健瑜
美術編輯　黃昶憲
校　　對　吳美滿　陳健瑜　紀蔚然

發 行 人　張書銘
出　　版　**INK** 印刻文學生活雜誌出版股份有限公司
新北市中和區建一路249號8樓
電話：02-22281626
傳真：02-22281598
e-mail：ink.book@msa.hinet.net
網　　址　舒讀網http://www.inksudu.com.tw

法律顧問　巨鼎博達法律事務所
施竣中律師
總 代 理　成陽出版股份有限公司
電話：03-3589000（代表號）
傳真：03-3556521
郵政劃撥　19785090　印刻文學生活雜誌出版股份有限公司
印　　刷　海王印刷事業股份有限公司

港澳總經銷　泛華發行代理有限公司
地　　址　香港新界將軍澳工業邨駿昌街7號2樓
電　　話　852-27982220
傳　　真　852-27965471
網　　址　www.gccd.com.hk

出版日期　2021年 3 月　初版
ISBN　978-986-387-390-7

定　價　450 元

國家圖書館出版品預行編目資料

DV8 私家偵探 2／紀蔚然著 --初版,
新北市中和區：**INK**印刻文學, 2021.03
面；14.8 × 21公分.（文學叢書；650）
ISBN 978-986-387-390-7（平裝）

863.57　110002202

舒讀網